真故
悬疑
TRUMANSTORY

从悬疑深入现实

法医异闻录

陆玩 著

台海出版社

图书在版编目（CIP）数据

法医异闻录 / 陆玩著 . — 北京：台海出版社，
2024.8（2024.11重印）
ISBN 978-7-5168-3861-7

Ⅰ．①法… Ⅱ．①陆… Ⅲ．①推理小说－中国－当代
Ⅳ．①I247.5

中国国家版本馆CIP数据核字(2024)第099273号

法医异闻录

著　　者：陆　玩

责任编辑：王　萍　　　　　　策划编辑：邵博文
版式设计：李　一　　　　　　封面设计：何　平

出版发行：台海出版社
地　　址：北京市东城区景山东街20号　　邮政编码：100009
电　　话：010-64041652（发行、邮购）
传　　真：010-84045799（总编室）
网　　址：www.taimeng.org.cn/thcbs/default.htm
E - mail：thcbs@126.com

经　　销：全国各地新华书店
印　　刷：河北盛世彩捷印刷有限公司
本书如有破损、缺页、装订错误，请与本社联系调换

开　　本：710毫米×1000毫米　　　1/16
字　　数：220千字　　　　　　　　印　张：16.5
版　　次：2024年8月第1版　　　　印　次：2024年11月第2次印刷
书　　号：ISBN 978-7-5168-3861-7

定　　价：52.00元

版权所有　翻印必究

目录

001　命案几天后，死者的脚印出现在自己家中

微笑的尸体	002
密室	010
7枚指纹	021
机关	031
泥巴鞋印	040

002　女孩溺亡第二天，还在游泳馆练习跳水

带状勒痕	052
溺亡案中，尸体该浮起还是下沉？	062
跳水的尸体	069
珍珠奶茶	076
监控	083
被选择的人生	090

003　守灵夜身亡的女孩，脸上盖了块红手帕

烧了一半的日记	100
煤气中毒的必要条件	109
60度的夹角	117
契约书	124

004　密封的千年古窑中，躺着一具男尸

寄死窑的传闻	134
裤腰处的灰烬	140
带血的钢管	149
DNA 分型	159
湿润的绳子	167

005　男人失踪二十天，尸体去了三个地方

消失的头发	174
残疾女人	183
带血的刀	194
肠胃里的骨头	202

006　被害身亡后，死者帮凶手转移自己的尸体

斗拳姿势与假裂创	214
一滴血	223
惯犯	233
血手套	244
致命关系	255

001
命案几天后，死者的脚印出现在自己家中

"就是因为不是所有冻死的人都会出现反常脱衣现象，我才觉得这个人死得蹊跷。因为凶手自作聪明，做了一个多余的动作。"

"什么动作？"

"穿衣服。死者的衣服，是凶手穿上去的。"

微笑的尸体

"哎！陆玩！我说你能有一次开会不迟到的吗？局领导来开会你都敢迟到。"林霄一边呵斥我，一边将会议记录本递了过来。

"真服了，就为通知这么个破事，副局长都要来。"

"咱们刑侦大队作战制度改革，主管刑侦的副局长怎么可能不管不问？行了，别废话了，快进去吧。"

一推开会议室的门，就看见徐老头拉着个脸，两只眼睛直勾勾地瞪着我，感觉要把我生吞活剥了一样。我赶紧低下头避开他的眼神，和林霄找到一处角落坐了下来。

副局长在台上讲着刑侦工作应该怎样结合国家的政策，制定出自己的工作方针，台下的各级领导神采奕奕地聆听着，手中的笔在记录本上沙沙作响。

"好困啊！"我忍不住跟林霄低声抱怨。

"忍耐一下吧，又不是小孩子。"

"这么无聊的会，你是怎么听进去的？"

"大脑放空，时间过得很快的。"林霄向我传授着他的秘诀。

"决定我局刑侦工作方向和方针的会议,怎么能把大脑放空?哎呀!"我话还没说完,大腿上就传来一阵钻心的疼痛。

"我给你提提神,这下不困了吧!"

副局长的发言不知什么时候已经结束,刑侦大队一把手上台,宣布了一个重大消息:刑侦大队分组作战制度正式实施,各个专业部门将破案力量一分为四,分别与其他部门合并,成立四个打击部,每个打击部包括侦查、技术、信息、情报等力量单位,专案专破。此外,各个打击部要有一个负责人,指挥统筹案件的侦破。

我被任命为打击一部的负责人,我们这个部门还包括痕迹技术林霄、侦查员肖良和老包、情报信息权彬、法医王洁。王洁目前还在精进技艺阶段,等她能够独当一面后,就会被分到打击二部去。

此外,由于徐老头被提拔到大队部任副大队长,我被安排暂时管理刑事科学技术室的业务工作。组织突然的信任让我压力倍增,导致会议后半段内容我完全没听进去。让散漫惯了的我去管理整个技术室,不知道大队部怎么想的。

回到办公室,大家都在讨论刚才开会的内容,王宇几个吵着闹着让我请客吃饭,说什么我现在管事了,要好好庆祝一下。

"你们想吃啥?午饭我们出去搞定。不过说好了啊,帝王蟹、大龙虾之类的,想都别想。"看着这几只眼冒绿光的饿狼,我摸了摸口袋里的钱包,感觉它今天大概率要阵亡了。

"吃小龙虾怎么样?"王洁兴奋地问道,其他几个人也在一旁随声附和着。

"这么热的天,吃这个不怕上火啊?"

"不怕不怕,就是天热吃才过瘾!"

"行吧,地方就你来挑吧。"我拍了拍王洁的肩膀。

"好的，保证完成任务！"

"对了，把肖良和老包也叫上，以后要做搭档了。"林霄提醒道。

不得不说，林霄确实细心，他不管是在做事风格上还是思维方式上，都能和我形成很好的互补，这么多年有他在身边，我少了很多麻烦。但我想不通，这家伙一米八二的大高个儿，要相貌有相貌，要学历有学历，文质彬彬谦逊有礼，怎么就是找不到对象？

单位的大姐，甚至很多领导都给他介绍过女孩子，就没一个谈成的。王洁说，她觉得林霄肯定有一个深爱的人，得不到又放不下，所以别的女孩走不进他心里，对此我不敢苟同。有时候我甚至觉得，要弄清林霄找不到对象的原因，比侦破命案还难。

王洁找的地方离单位不远，我们一群人走进去，老板满脸堆笑地迎了上来。这种馆子一般是晚上火爆，这大中午冷冷清清的，突然来了一大单，可不是让老板喜出望外？

"今天大家放开了吃，全场由陆老板买单！"林霄学着电影里的场景吆喝着，王洁和权彬已经开始点菜了。没一会，热气腾腾的小龙虾就被端了上来，几个家伙不等我讲两句，就开始大快朵颐。我心想：算了，讲两句我没得吃了。

刚吃没几口，林霄的手机突然响了起来。他看了一眼手机屏幕，说道："大队值班室！完了，不会是发案子了吧？"

一句话让在座的所有人都安静了下来。

"喂？嗯……嗯……嗯……好的……"林霄边接电话，边看了一眼我和王洁，这不是个好信号，估计是有不明情况的死亡事件。

果然，林霄挂完电话便对我说道："陆玩，有一起非正常死亡，刘明他们已经去看现场了，大队部让派法医去看下尸体。"

还没等我开口，王洁便跳起来说："师兄，你们在这里吃饭，我自己去就行了。"

"你行不行？"

"可以的，等我出师了也要独立勘查现场，现在正好磨炼一下。"

"好吧，那你再吃一点啊，吃饱再去。"我关照道。

"对对对！多吃点！"肖良一边附和着，一边给王洁剥虾，这家伙真是会抓机会献殷勤。

两个多小时后，王洁带着装备，一脸兴高采烈地回到了局里。

"怎么样啊？"

王洁还没回答，刘明就抢过话头说："那还用说，咱们王洁一去，就把现场的人震住了，谁能想到这么漂亮的一个小姑娘，居然是来检验尸体的。王洁不光丝毫不畏惧，检验起来也游刃有余，动作十分麻利。"

听着刘明的称赞，我倍感欣慰，这毕竟是我一手带出来的徒弟。

"小洁，是个什么情况？排除刑案了吗？"

"排除了。死者不小心将自己锁在了冷库里，发现的时候已经冻死了。所里现在正在联系家属。如果家属没有异议，就能结案了。"

听完王洁的叙述，我点了点头。但这毕竟是她第一次独立出现场，我这个做师傅的也有必要把把关。于是我要来相机，连在电脑上，开始翻看现场和尸检的照片。

里面相关的照片总共有四十多张，有十几张拍的是尸体的不同角度和部位，我边喝水边逐一浏览着。突然，其中两张照片引起了我的注意，我来回观察了几遍，然后立马对王洁说："通知所里的民警，保护现场，快！晚了要出事的！"

"怎么了？"听我这么说，王洁一脸紧张，林霄也立马走了过来。

"先别废话，赶快叫派出所保护现场，这八成是命案。"我提高了音量。王洁见我突然这么严肃，也不敢再多问，手忙脚乱地跑去打电话；林霄则盯着电脑，上下翻动着照片。

"陆玩，怎么看出来是命案的？"

王洁打完电话，也凑到电脑前，紧张得一声不吭。看得出，她也是满脸疑惑。

"小洁，我问你，你是怎么判断尸体死因的，怎么排除刑事案件的？"

王洁回想了一下，小声说："死者有明显的苦笑面容，符合冻死的特点。此外，尸体没有明显外伤，双手手指上存在抓挠的擦伤，冷库大门内侧有抓痕和血痕，所以……"

苦笑面容是人被冻死的一种标志性表征，死者嘴角和眼角同时向两侧拉伸，呈现出似笑非笑的表情，是判断低温致死的一条标准。至于产生的原因，目前还没有定论。

"所以你就排除了刑事案件的可能？"我质问道。

"陆玩，先别激动，你究竟从照片中看到了什么？"林霄在一旁打着圆场。

我没理林霄，继续问王洁："死者衣服是穿着的吧？没有出现反常脱衣现象吧？"

"师兄，也不是冻死的人一定会反常脱衣啊！"

反常脱衣在冻死案例中的出现率为20%～30%，出现的原因尚存在争议。多数观点认为，人在被冻死前，身体体温调节中枢麻痹，会出现幻觉，感觉很热，于是会把衣服撩起，或者脱掉衣服仅剩下内裤，甚至全身赤裸。

"你说得没错，就是因为不是所有冻死的人都会出现反常脱衣现象，我才觉得这个人死得蹊跷。因为凶手自作聪明，做了一个多余的动作。"

"什么动作？"

"穿衣服。死者的衣服，是凶手穿上去的。"我边说边将尸体的照片放大，"你们看，死者上身穿了件短袖，外面穿的这个棉衣，右肩袖子和后襟连接的地方被扯破了。"

"等等，这么热的天，死者为啥要穿棉衣？"林霄开口问道。

"厂里的人说，这棉衣是给进冷库的人穿的，每个库里都备有一件。"回答完林霄的疑问，王洁转过头来继续问道，"扯破了能说明什么？"

"这个人是被冻死的，这没有错，但在被冻死之前，肯定出现了反常脱衣现象，他把自己脱了个精光。"我翻到下一张照片，"这是你做尸表检查的时候，将死者衣服脱掉后拍的，发现什么异常了吗？"

林霄和王洁歪着头，从不同角度观察了一会儿，摇了摇头。

"尸体背部有灰尘，这说明背部和地面接触过。我推测，凶手一定不知道冻死的人会出现反常脱衣现象，所以当他进来看见死者赤身裸体，一定很傻眼，他担心警察因此起疑，才自作聪明地帮死者把衣服穿了回去。应该庆幸这些灰尘比较顽固，没有被衣服蹭掉。而且由于现场环境温度很低，尸体已经僵硬，凶手在给尸体穿衣的时候用力过猛，将后肩的地方撕破了。"我一口气讲出了自己的推测。

"师兄，你怎么能肯定，这里是凶手给死者穿衣服的时候撕破的呢？"

"棉衣表面看起来很脏很多污垢，但破口处冒出来的棉花却很干净，说明这个破口很新。"林霄在一旁补充道。

我点了点头："收拾一下，马上去重新勘查，希望现场没被破坏。"

008

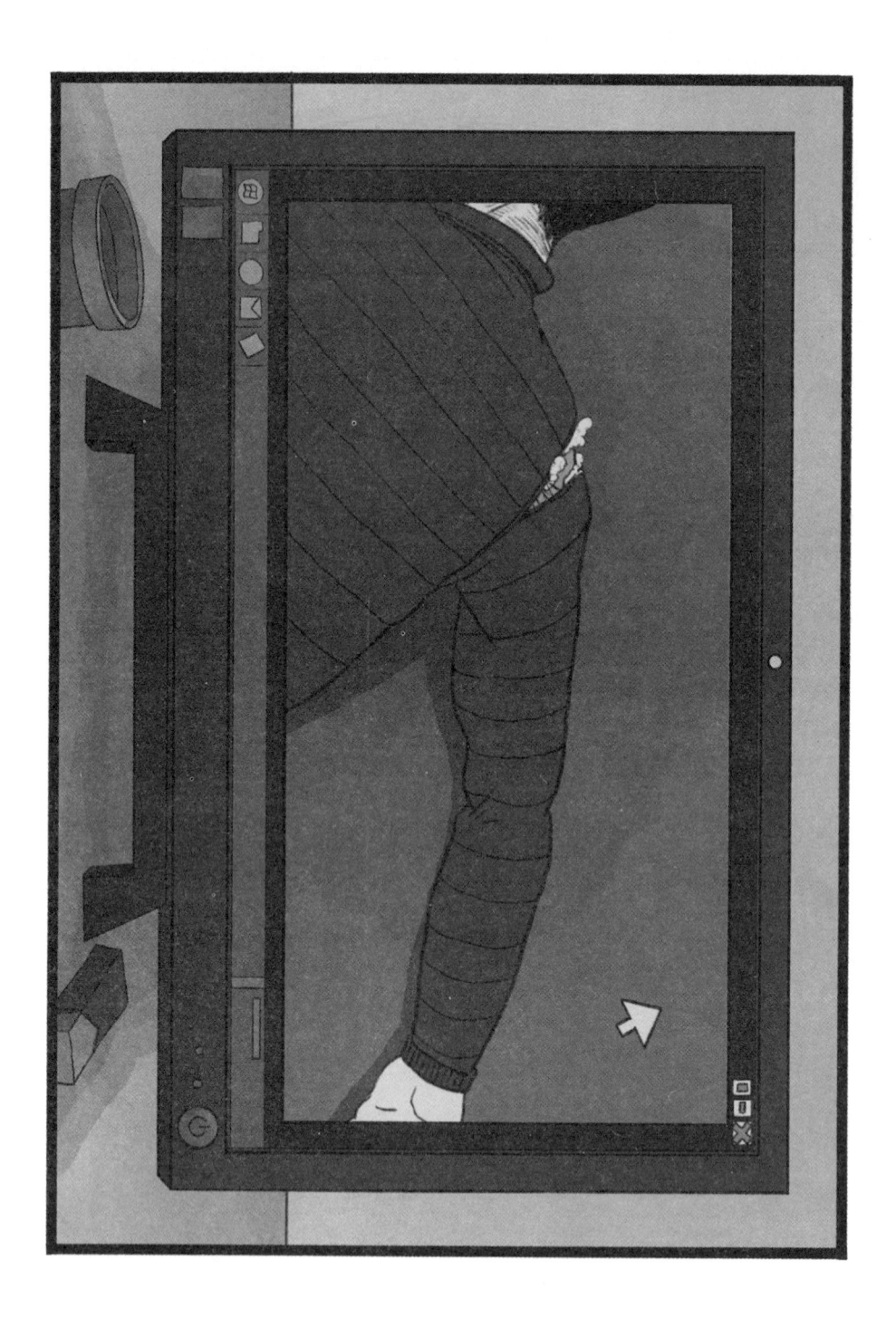

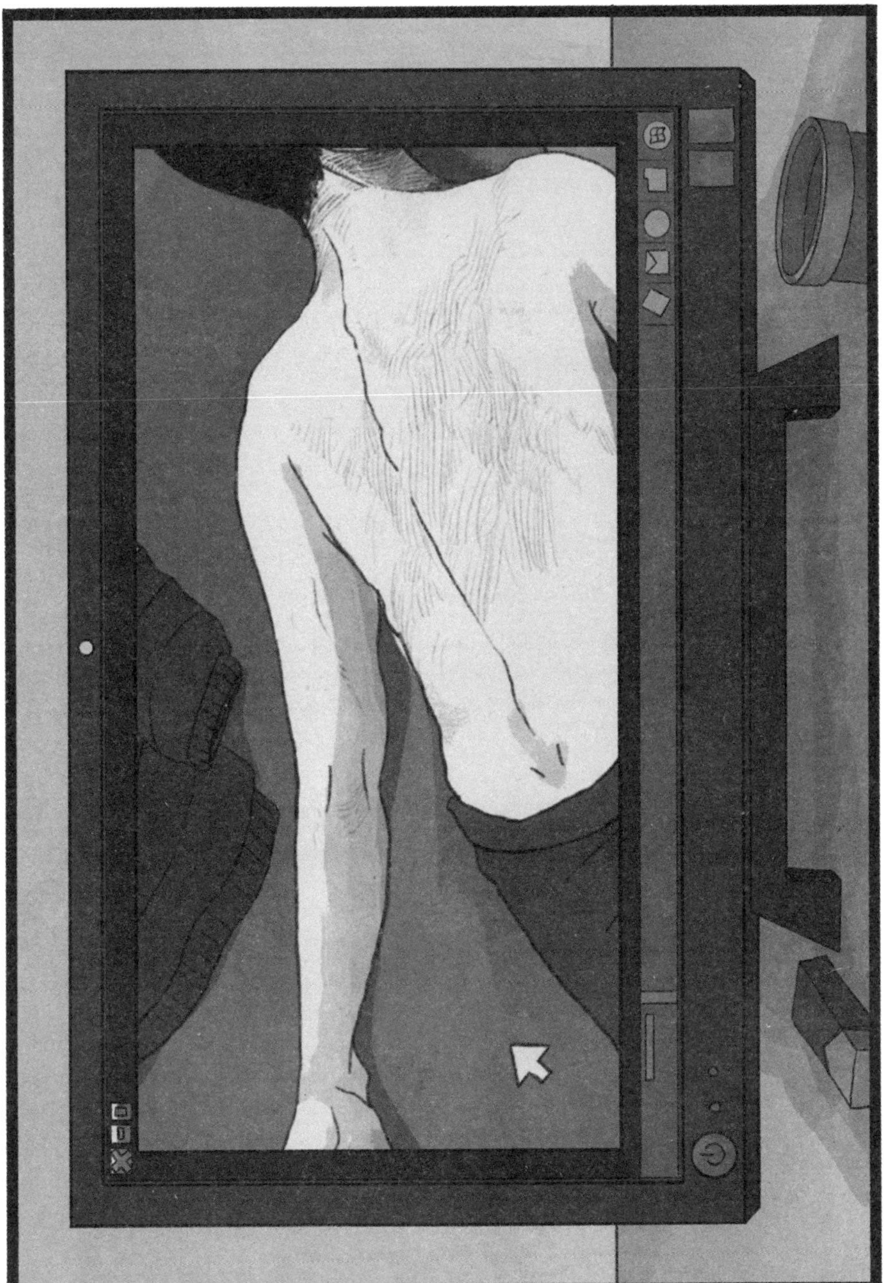

密室

在王洁的指引下，我们很快到了现场，是一个挂着巨峰冷链公司招牌的园区。除了招牌看起来比较新，园区其他地方已经破败不堪，外墙有多处残缺，上面隐约可以看见20世纪80年代用红漆写的宣传标语。

据说这里最早是一家国营的桑蚕养殖场，破产后一直荒废着，后来县政府出面将厂房出租给了私人企业，成了汽车修理厂。几年后，汽修厂经营不善倒闭，又被转租，成了现在的冷链仓库。

正对厂房大门不远处，横向排列着几排冷冻仓库的小房间，整体看起来小巧又整齐。大门左侧有个值班室，门口站着几个人，其中就有所里的民警徐峰。徐峰转头看到我们，立刻跑了过来。

"陆法医，林哥，你们可来了！这天气热死个人，我都想钻进冷库里了。"徐峰抱怨着。

"真的辛苦你们了！话说回来，死者是什么情况？"

"死者是冷链公司的老板沙世军。早上我们接到报警过来的时候，人已经冻成冰棍了，接着就通知你们了。王法医来做了尸检，排除了刑事案件，我们也就通知家属了。后来突然又让我们来这里，恰巧家属那边晕倒被送医院了，尸体没被拉走，还在冷库里。这到底怎么回事？"

我想也没想便说："嗨，还不是我们王洁犯……"

"发现尸体有问题！王法医回去重新看尸体照片的时候，发现了一些问题，就通知你们过来保护现场了。"林霄抢过话头，边说边用手肘狠狠地顶了我一下。我这才意识到刚才差点说错话，于是连忙转移话题。

二号冷库（命案现场）

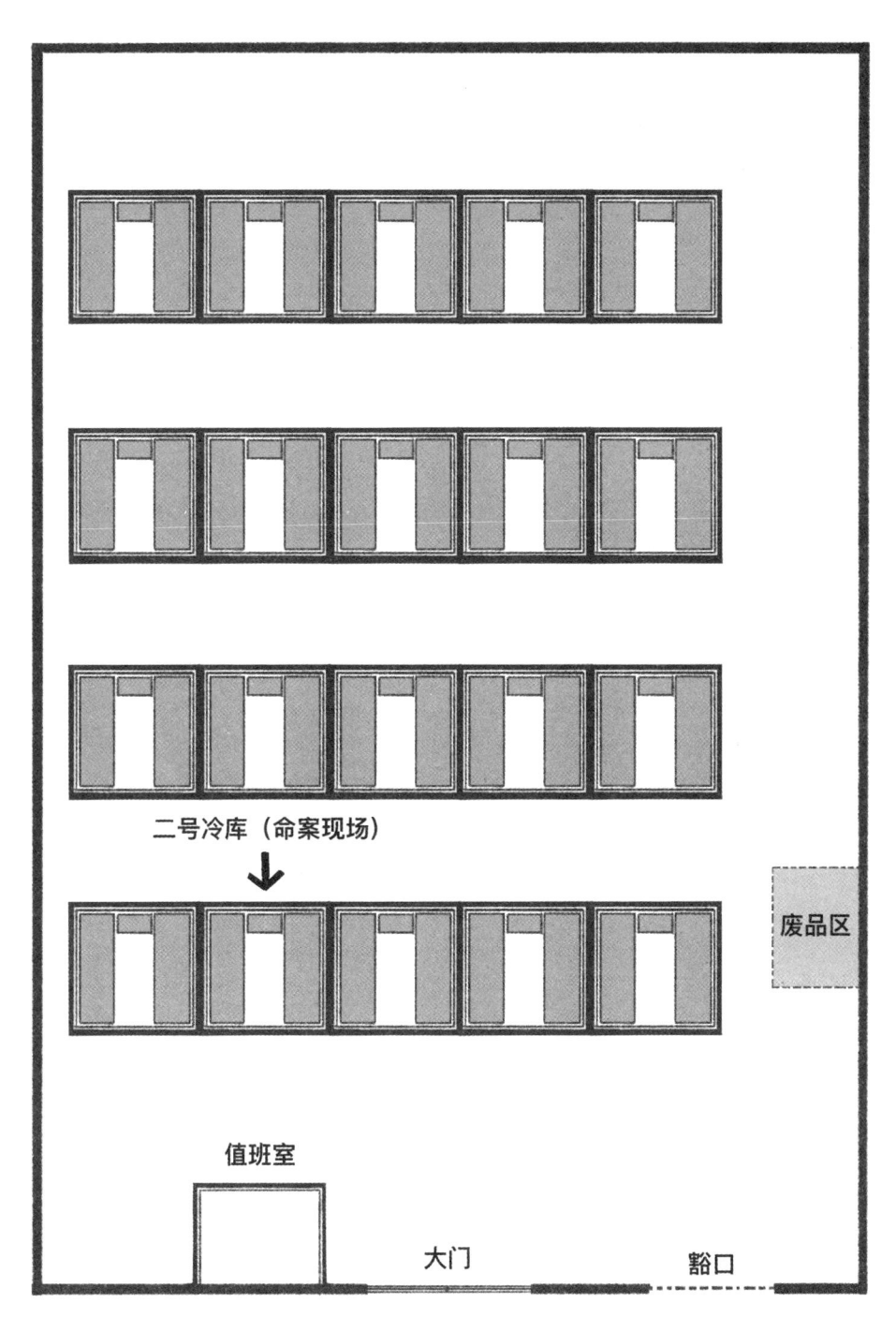

废品区

值班室

大门　　　豁口

冷链厂房俯视图

"尸体是谁发现的，怎么发现的？"

徐峰指了指值班室门口的三个人："他们是冷链厂的工人，昨晚和死者在值班室里喝酒打牌，中间死者出门接电话，他们三个当时已经喝多了，就睡着了。其中有个叫周广发的，第二天上班进冷库理货时，发现沙世军冻死在里面了，就是那个2号冷库。"

了解完基本情况后，我交代徐峰留住那几个人，然后提上勘查装备，跟王洁和林霄朝离值班室最近的2号冷库走去。

冷库近看跟集装箱或工地板房差不多，唯一不同的是，房间是完全密封的。可能是出于节能的考虑，每个冷库都有独立的制冷机，如此一来，没有存放货物的冷库，就可以直接关掉制冷机节省电费。但这样也有一个坏处，由于制冷机比较多，功率又大，冷库周围噪声特别大。

"师兄，这里太吵了，我们进去说。"王洁凑到我耳朵边说道。

冷库的门是地轨式推拉门，外侧有一个环形把手，右侧墙上有个电子密码锁。王洁戴上手套，输入临时密码后，门在电机的带动下缓缓打开了。

一股冷气扑面而来，我不禁打了个寒战，看到尸体就仰面躺在地板中间。

"小洁，你之前有没有问报警人，他进来的时候，这个冷库的门有没有锁？"林霄低着头，一边观察着冷库门的电子插锁，一边问道。

"问过了，那个人说他开门的时候，门是锁着的。"

林霄拿出足迹灯，侧着照向冷库的地面，然后转头问王洁："这里面足迹很乱，看来进来过不少人。你和刘明第一次进来的时候，足迹情况怎么样？"

"听刘明哥说，当时地面比较干净，除了死者的足迹，还有报警人的足迹，其他的就不清楚了。"

"估计门把手上的指纹也被破坏了，很多人触碰过了。"林霄有些失落地说道。

"刘明哥已经取过门把手上的指纹了，只比对上了死者的。"

听到王洁这么说，林霄明显放心了很多，点头示意我可以进去检查尸体了，然后又到冷库门口研究起来。

我戴好防护装备，来到尸体旁边。现场尸体所呈现的状态，跟王洁之前拍的照片和做的记录基本吻合，让我产生怀疑的背部灰尘和衣物破口也都存在，但还有个地方，王洁忽略了。

"小洁，死者有个东西不见了，你有没有发现？"

听我这样问，王洁瞬间紧张起来，目光迅速在尸体上扫了两遍，翻开尸检记录仔细看了一下，然后试探性地问道："师兄，少了什么？你别吓我。"

"手机。据报警人说，死者昨晚是出来接电话的，随后就没回去，但在他身上并没有发现手机。"

"会不会被人拿走了？"

"不是没这个可能。"

"陆玩，我告诉你个事，更不符合常理。"林霄在门口说道。

"什么？"

"这个冷库的门锁，根本锁不上！"

听林霄这么说，我和王洁赶紧走了过去。林霄指着门上一个把手状的东西说："门即便锁上了，扳动这个把手，也能从里面打开。这个设计，估计就是防止工作人员被误锁在里面。"

"那这个装置上？"

"有被扳动的痕迹，上面的指纹很清楚，我也采集了，准备和死者的比对一下。"

林霄的这一发现，无疑让整个事情变得更加可疑。既然人不可能被误锁在冷库里，那死者怎么会被冻死在里面？

"门会不会是从外面被固定住了？"

林霄摇了摇头："门外侧只有一个环形把手，我刚刚检查过了，没发现有价值的痕迹。"

我叹了口气："案子的疑点越来越多了，一个一个解决吧。小洁，你先去问一下报警人，有没有拿走死者的手机。林霄，咱俩也同步在冷库里找一下。"

这间冷库里堆放着整箱的水产，占据了差不多三分之二的空间。货物都是码放在木质的垫架上，可能是为了让冷气能更好地在货物底部流通。

林霄在一排货物的木架下，找到了一部老式的华为手机，不知道是坏了，还是没电了，没能开机。我让王洁拿着手机，去问了一下昨晚和死者一起打牌的三个人，确认了手机就是死者的。看来有必要让权彬查一下，死者最后一通电话是打给谁的，然后再看能不能从中发现更多有用的信息。

"陆哥，我刚查了，园区里除了大门口有一处监控，能拍到进出大门的情况外，没有其他的监控设备了。"权彬走进来说道。

"你来得正好。"我将手机递给权彬，交代了一下要调查的内容，然后接着问道，"监控内容调取了吗？"

"调取了。这边的工作人员说，那处监控主要是拍进出的货车。厂区四周的围墙到处都是缺口，凶手想进来，不一定走大门，他们自己人上班都穿墙过来，所以监控估计拍不到什么，不过具体情况要等排查完才能确定。"

"现在怎么办？要把尸体拉回解剖室吗？"林霄看着我问道。

"不急，放在这里也不会坏。冷库初步勘查完了，还有他们打牌的那个房间，我们弄不好要把整个厂区都检查一下。凶手不管用什么方法把死者困在这里冻死，他总是要来到这里吧？那就一定会留下痕迹，至于能不能找到，就看咱们的本事了！"

我和林霄提上勘查设备出了冷库，看到之前那三个工人还站在值班室门口，一脸无奈地和徐峰说着什么，王洁也在旁边。

我招招手把王洁叫了过来，让她、权彬和徐峰去分别看着三个人，不要让他们在一起聊天，等肖良来了再审问他们，我和林霄则去勘查值班室。

刚踏进值班室的门，一阵刺鼻的恶臭便将我和林霄硬生生熏了出来。那股混合着脚臭、汗臭和一些不知名臭味的气体，让我这个经常闻腐败尸臭的法医也望而却步。能待在这样的屋子里打牌睡觉，真不是一般人。

我用力眨了眨眼，张开嘴深吸了一口气，鼓起勇气走了进去，林霄随后也跟了进来。

因为经常去勘查现场，再怎么脏乱的房间我都进去过，但眼前的一幕还是震惊到我了。房间内靠着东墙的位置摆放着一个很高的纸箱，箱子上面是一台电视机，南北两侧各有一张床，床上铺着破破烂烂的草席，草席上堆放着布满油污的衣服，已经看不出原来的颜色。房间的中间有张桌子，上面散落着酒瓶和快餐盒，菜汤流得满桌子都是。桌上唯一干净的一角，放着一副扑克牌，牌的周围散落着无数烟蒂和烟灰。房间其他空间也堆满了垃圾，几乎没有下脚的地方。

"真服了！这也能住人？"林霄吐槽完，立马用手捂住了鼻子。

就在我考虑从哪里查起的时候，房间外传来一个熟悉的声音："陆玩，陆玩，你们在哪里？"听起来像是老包，我赶紧借机跑了出去。

"包大牙，你们怎么才来！肖良呢？"

"别提了，车开到半路坏了，我和肖良打车来的。现在什么情况？"

"这里的老板昨晚被冻死在冷库里了，我们刚查过，命案的可能性很大。

有三个员工昨天和死者在一起，人在那边。你和肖良先去做一下笔录，人手不够可以叫上权彬，具体情况你再去问一下王洁。"

交代完老包后，我转头看了看散发着臭味的房间，实在是没勇气再进去。

"老林，这屋子脏成这样，怎么查啊！"我心里打起了退堂鼓。

"不然等老包他们做完笔录，看看什么情况，再来针对性地勘查？"

我连忙点点头："就这么决定吧。让徐峰通知殡仪馆的人，将尸体拉回解剖室，我们先去解剖尸体。"

老实说，从尸体上能得到什么线索，我心里一点底儿都没有。从王洁的尸表检查结果来看，死者死因明确，体表没有其他任何的损伤和可疑表征，除了后背上的灰尘，但这一点不能作为指证依据。

尸体被冻得硬邦邦的，花了很长时间才完全解冻。王洁握紧手术刀，从死者下颌的地方切入，沿着尸体正中向下，一直划到耻骨上缘。我站在尸体的另一侧，一手拿着手术钳夹住切口边缘，一手拿着手术刀沿着切口分离组织。接着就是按照解剖的操作顺序，依次打开死者的颅腔、胸腔、腹腔、盆腔，对内部的脏器进行检查，并且提取部分脏器和血液、尿液、胃内容物等检材，送毒理检验。

我让王洁取出部分胃内容物，放在手术弯盘里，倒了一些清水进去。胃内容物在水中逐渐散开。

"能不能看出死者最后一餐吃的什么？"我看着拿着盘子仔细辨认的王洁问道。

"米饭、肉、青椒、生菜还有……这是什么？"王洁用镊子夹出一个白色碎块递到我眼前。

"如果我猜的没错，应该是嚼碎了的花甲肉。"

"这都能看出来？"林霄语气里没有一点佩服，反而满是质疑。

"不信？不信张嘴尝尝，是不是还有大海的味道。"我接过王洁手中的镊子，将碎肉伸到了林霄嘴边。

"陆玩，你给我滚！恶不恶心？"

"师兄，别闹了，在录像呢！"王洁推了推我。解剖尸体全程自动录像记录，这是对我们的一个保护，也是执法透明化的一个重要体现。

"师兄，你怎么这么确定这个是花甲肉？"看我停了下来，王洁继续问道。

"你看这里。"我捏着那块碎肉，用手术刀尖指着凸起的部分说，"这是花甲的进水管，也就是嘴，旁边的是出水管，排沙子用的。"

"师兄好厉害，这都知道。"王洁满眼钦佩地看着我。

"他厉害啥呀，吃得多而已。"

看我俩又要开掐，王洁赶紧把话题往回扯："从解剖结果上来看，没发现什么可疑的地方。"

"为啥感觉这个尸斑的颜色有点奇怪啊？比你们以往解剖的尸体鲜艳很多的样子。"林霄在一旁问道。

"低温致死的人除了苦笑面容和反常脱衣现象外，尸体还具有一些典型的病理学改变，比较鲜艳的尸斑就是其中之一。在低温作用下，氧气散入浅表毛细血管，使得还原血红蛋白变为氧合血红蛋白，这样尸斑的颜色就会很鲜艳。"王洁耐心地解释道。

"也就是说，可以确定死者是被冻死的？"

"低温致死的死因判定是一个综合认定的过程，不能根据某一项条件来直接认定。但有一个病理学变化很有价值，刚才让王洁将胃内容物取出，也是为了进行这一步检查。低温作用下，胃肠道血管发生痉挛和扩张，血管通透性改变，出现小血管应急性出血反应，从而造成消化道黏膜的坏死溃疡病变，这是低温致死比较有价值的佐证依据。死者的尸表表征很明显，病理改变现在也得到了验证，结合其死亡的所在环境综合判断，死因是低温冻死没有问题。至于案件性质，我们说过很多次了，基本能确定是人为造成的。现在最关键的是，查清楚死者是怎么被困住的。"

"老陆，要想弄清楚凶手的作案手法，还是要回到现场，再仔细检查那个冷库的门。不管凶手是怎么将死者困住的，一定会留下痕迹。即便他刻意抹去痕迹，但是这个行为本身，也会留下信息。"看着林霄坚定的眼神，我知道目前能做的，只有去仔细地复勘现场。

手机来电铃声打断了我的思路。我接起来，里面传来老包的声音："陆玩，我这边有情况，有人和死者有过节。"

"有过节？谁？"老包的话让我瞬间有些兴奋，林霄和王洁见我这么问，也将耳朵凑了过来。

"你让我做笔录的三个人里面，有两个人和死者有过节，其中一个前段时间还和死者当面爆发过冲突。"

"动手了吗？什么样的矛盾？是否有杀人的可能性？"我一股脑抛出了很多疑问，对面的老包立时顿住了，显然一时也说不清楚。

林霄一把抢过手机，打开免提问道："老包，讯问结束了吗？"

"肖良还在讯问，我出来给你们打个电话。人暂时传唤在局里，具体情况一时半会说不清楚，你们要不回来？"

挂完电话，我们迅速收拾好解剖室，带好装备，回到了局里。在去审讯室的楼道里，碰到了刚审讯完的肖良。

"怎么样？"林霄迫不及待地问道。

"找个地方，给你们详细汇报一下吧。"肖良带我们来到审讯室旁的休息区，坐定后说道，"昨晚和死者一起打牌的三个人里，年纪最大的叫周广发，55岁，主要负责管理货物。另外两个人中，较年长的叫冯立鸣，35岁，是沙世军的小舅子，在冷链厂负责拉货。最小的那个人叫刘启，22岁，在厂里主要帮忙整理仓库和搬货，晚上负责看守园区。"

"据周广发说，他们三人平常关系比较好，经常在一起吃吃喝喝。昨晚下班后，刘启买了几瓶白酒和一些下酒菜，叫他和冯立鸣一起到值班室喝酒。没喝多久，冯立鸣接了个电话，是他姐姐打来的，说是在家和沙世军吵了架。冯立鸣安慰了几句，然后打电话把沙世军叫了过来。之后，四个人在值班室一起喝酒打牌，中间沙世军出去接电话，一直没回来，另外三人喝多了，就直接在值班室睡了。第二天早上，周广发去盘货，发现了沙世军的尸体，就报了警。"

"老包说其中两个人都和死者有矛盾，是怎么回事？"

"是刘启和冯立鸣。刘启是本地人，家境不好，父亲跛脚，母亲患有精神病，他高中辍学后一直在社会上混，后来通过亲戚介绍来沙世军这里做事，平常就住在那个值班室里。他和沙世军的矛盾，是因为沙世军的女儿沙娟。沙娟就读于青岩高中，有次放学后被几个不良少年霸凌，刘启正好撞见，就出手帮了一下。在这之后，两人一直有联系，慢慢确立了恋爱关系。沙世军知道后很生气，对刘启动过手，还当着很多送货司机的面羞辱过他，碍于女儿的阻拦，才没有辞退刘启。"

"你们觉得刘启会因为这个事杀了沙世军吗？"林霄问道。

"不好说，刘启被羞辱后怀恨在心，因此杀人也不是没可能。另外，要看他和沙娟有没有分手，如果还在偷偷交往，甚至到了谈婚论嫁的地步，那就不排除刘启杀沙世军，是为了扫清障碍，进而霸占他的家产。当然这都只是推测。"我分析道。

几人听完后点了点头，王洁接着问："那冯立鸣呢，是什么情况？"

"冯立鸣起初在家里开了一家商店，但因为嗜赌成性，没多久店就关了，老婆也跟他离了婚，带着孩子回了娘家。冯立鸣走投无路，便来投靠自己的姐姐。沙世军本来不想管这个小舅子，但耐不住妻子的苦苦哀求，只能让他来厂里上班。为了不让小舅子再去赌钱，沙世军每月只给冯立鸣留少许生活费，剩余的大部分工资都汇给了岳母。冯立鸣对此一直挺不满的，前段时间他又找沙世军商量，想让他把工资直接给自己，遭到拒绝后两人吵了几句。"

"冯立鸣不至于为这个事情杀人吧？"王洁听完肖良的叙述后说道。

看林霄在一旁坐着没说什么，我问道："老林，你怎么想？"

林霄不紧不慢地说："我在想有没有可能，昨晚冯立鸣看到沙世军去了冷库，用某种方法将门偷偷从外面锁住，想让沙世军吃点苦头，再把他放出来，以此来发泄自己的怨气，但失手了杀了人，毕竟当时几个人都是喝酒的状态。"

"但之前周广发好像说，沙世军离开后，他们三人都没出过值班室的门……"

"冯立鸣离开过。"肖良打断了我的话，"沙世军出去接电话后，剩下的三个人继续打牌，中间冯立鸣突然说听到园区的围墙外有动静，可能是野狗，就拿着一把铁锹出去，说抓回来打牙祭。大概六分钟后，冯立鸣空手回来，说没找到野狗，三个人就继续打牌。"

"这些都是刘启和周广发说的吗？"我问道。

"是的，两个人的说法基本相同，应该错不了。他俩喝得有点多，就没跟出去，待在屋子里一边看电视一边等冯立鸣回来。"

"另外两个人没有离开过值班室？"

"没有。"

根据肖良的描述，刘启的杀人动机更强，但从时间上来看，冯立鸣动手的条件更成熟。

"肖良，你们再去问下冯立鸣，让他说清楚离开值班室到追狗回来的整个过程，做好记录，等十几个小时再去问一下，看他前后的叙述有没有出入。另外，去调查下死者老婆，弄清楚她和沙世军吵架的原因，然后再查下沙世军和其他人有没有矛盾。对了，把三个人目前的询问笔录也发一份给我。"

"好的，我这就和老包去查。"说完肖良离开了休息区。

林霄揉了揉眼睛，似乎有点疲倦："我们现在去复勘现场怎么样？"

"不怎么样！"我想也没想地回答道。

"怎么？"

"先吃饭啊，我快饿死了！去食堂吃，今天饭不错。"我拽着他和王洁就往食堂走。其实除了肚子饿，我还需要点时间整理下肖良提供的信息。

7 枚指纹

吃完饭后，我和林霄、王洁便再次赶往现场。所里的辅警兄弟看到我们，赶紧跑过来问能不能把厂区锁起来，把人力撤走，还抱怨说这里黑灯瞎火的不说，还很闷热，时不时地还被蚊虫咬上两口，大家都有点顶不住了。对此，我也没有办法，只能尽快复勘现场，早点弄清楚案件，让他们尽快撤岗。

厂房值班室的味道比早上还要难闻，我从勘查箱里拿出密闭性更好的口罩，递给林霄和王洁，两人赶紧抢过去戴上。

这个房间由于有太多人进出，地面的足迹已经没有意义了。林霄望着散乱的足迹和满地的垃圾，无奈地摇了摇头，然后拿起相机，拍了几张屋内的概貌照片。

我翻动着桌子上的剩菜，里面有鸭头、猪蹄骨头、毛豆壳和剩下的豆腐，和沙世军的胃内容物完全不一样，说明沙世军来这里之前已经吃过饭。

"陆玩，你读过韩寒的书吗？"林霄冷不丁地问道。

"读过，咋了？"

"他的小说《三重门》里有这么一句话：'一个人左脚的袜子是臭的，那么右脚的袜子便没有理由不臭。'照这么说，一个人的右手是脏的，那左手大概率也是脏的对吧？"

"你是不是被熏傻了？没头没尾地说什么呢？"

"你看这里。"林霄指了指左边的床单，上面有一个很显眼的灰尘手印，看形状应该是右手，手指张开指尖朝下，应该是有人坐在床上，手扶着床沿的时候留下来的。

"按理说几个人昨晚在这里喝酒啃鸭肉，手不会这么脏，那这脏手印有可能是吃完饭又出去过的人留下的。可惜这个床单表面不符合留下指纹的条件，无法确定是谁的手印。不然让肖良去确定一下，昨晚是谁坐在这个位置？"

"你这样猜测准确度不高，也许是之前留下的也说不定。"

"应该不会，这个手印很新，而且就算是我猜错了，排除一下也没坏处。"

除了这个灰尘手印，屋里其他地方没有什么有价值的信息，也没有发现用来锁门的工具。我和林霄对视了一下，摇了摇头，看来只能再回到冷库，从那里找突破口。

林霄在电子密码锁上输入一串数字后，伴随着一阵机械的声响，冷库的门自动打开。林霄戴上防护装备，拿着放大镜，开始仔细检查这道阻断了沙世军生机的大门。

"老林,关于凶手锁门的方法,你有没有头绪?"

"要想从外侧施加外力将门锁住,单纯靠人力是不可能的,肯定要借助工具,如此一来,工具和门之间的互相作用力就会在门上留下痕迹。而门外侧最适合固定的地方就是门的拉手,但我刚刚又仔细检查了一遍,还是没有任何发现。"林霄话语间透露出一丝失望。

我用手推动门板,看到滑轮在轨道上丝滑地滚动。

"有没有可能凶手的工具没有直接作用于门,而是卡住底部的滑轮,从而将死者困在里面?"

林霄摇了摇头:"想要用东西别住轮子,就要将门抬起来,这个门本身相当重,通过人力很难做到。"

"我想到个方法!"王洁激动地说,"楔子!卡车司机为防止溜车,都会把一个楔子放在轮子较低的一侧,这样轮子一旦滑动,就会被垫高。如果在门关闭的状态下,在紧贴门的轨道上放一个楔子,门自然就被别住了。"

王洁说完,林霄拿着手电筒,蹲下身在门和轨道处仔细检查起来。

过了一会儿,林霄开口说道:"可能是为了让门的开合更加顺畅,这个滑轨表面是涂了油的,如果王洁的猜测没错,那滑轨上一定会留下擦痕,而且会很明显。但目前看来,滑轨上相当干净,并没有类似的痕迹,所以凶手用楔子将门卡住的这个可能性,基本可以排除了。不过,我发现了另外两个可疑的地方。"

林霄指了指滑动门侧面边缘离地大约一米的地方,我和王洁赶紧凑了上去。

我盯着看了一会儿,然后转头问王洁:"你看到什么了吗?"

王洁摇了摇头。

"就在这个地方,你们戴手套摸一下,感觉有不明的黏液,像是什么胶,但上面没有指纹。"

我接过手套，戴上后摸了过去，确实是有黏腻的感觉，范围长三四厘米。林霄用棉签在黏液上按了按，慢慢靠近鼻子闻了闻，然后说道："应该是胶水。"

"林霄哥，你闻一下就能确定是胶水？"王洁有些惊讶。

"我在实验室熏显指纹，最常用的就是茚三酮和胶水，这味道我太熟悉了，不会错的。"

"难不成凶手用胶水把门粘住了？这太离谱了吧！再说，粘的方向也不对啊，要粘也要粘在电子锁锁芯的那个侧面啊！"

"小洁你是不是傻！这么重的门用胶水能粘住吗？"我忍不住嘲笑道。

"我不清楚这和案子有没有关系，但这个胶水斑迹的形状十分规整，没有拖拽的痕迹，应该是有人特意涂上去的。"林霄一脸严肃地说。

"老林，你不是说发现了两个可疑的地方吗？另一个呢？"

"这里。"林霄指向胶水斑迹下方离轨道三厘米左右的地方，并将放大镜递了过来。透过放大镜，我看到了一条平行于地面的磕痕。

"这道豁口非常新，像是金属物体碰撞留下的痕迹。但这个位置，进出搬货一般不会碰到，我有些怀疑是凶手封门留下的。"

林霄若有所思地说着，我和王洁也在一旁陷入沉思。

随后，林霄又上上下下检查了好几遍冷库的门，除了那两处可疑的地方，没有什么新的发现了。靠这两处可疑的地方，想要确定凶手的作案工具和手段，基本上是天方夜谭，想到这里，我不免有些失落。

林霄收拾好勘查设备，看我还在那里发呆，就用胳膊捅了捅我："想什么呢？目前冷库和值班室都检查得差不多了，再去院子里看看吧。"

根据冯立鸣的口供，他是当天晚上十点半拿着铁锨出来追狗的，大概追到了右侧距大门 15 至 20 米的一处围墙缺口，来回用了 6 分钟左右，这也在刘启的笔录中得到了印证。

我们根据记录来到了围墙缺口处，在手电筒的照射下，看到一片杂乱的足迹，有一串足迹旁边还有一个拖拽的痕迹。

"这个拖痕应该是铁锹留下来的。我把这些足迹拍下来，回去和冯立鸣的鞋底比对一下。"林霄说着将手电筒递给我，从包里拿出相机，对准足迹拍了起来。

"如果对上了，冯立鸣的嫌疑是不是就排除了？"王洁问道。

"从这里、值班室、冷库三处的距离来看，6 分钟的时间确实有点紧。"

我同意林霄的看法，但我在想，如果冯立鸣十点多离开值班室，封锁完冷库的门就直接回去，等后半夜另外两个人睡着后，拿着铁锹单独来这里伪造一个追狗的痕迹现场，时间上就绰绰有余了，这样打一个完美的时间差，确实让人很难察觉。

"对了！"王洁突然在一旁叫了出来。

"咋了？你喊什么？吓死我了！"

"师兄，林霄哥，你们说冷库门侧边的磕痕，会不会是铁锹留下的？"

王洁的话让我心里一亮，如果铁锹就是堵门的工具，冯立鸣从昨晚到现在都没有离开过园区，那很可能还没来得及将铁锹处理掉。

看着拖拽的痕迹是朝向冷库的方向，我们三个便开始分头寻找。将所有冷库和冷库中间的走道都找了一遍，但完全没有发现铁锹的影子。

之后，我们来到厂房东南角的废品区，那里杂七杂八地散落着很多东西，有碎玻璃、破木窗、灯管、废旧水管和角铁，还有几根粗麻绳和一些空塑料瓶，上面落满了灰尘。这里的东西虽然杂乱，但用眼扫一遍就可以看出，没有我们要找的铁锹，因为铁锹的长度不可能被这些东西掩盖住。林霄站在这些废物堆的旁边发着呆。

"还有哪里没找过？"我一边思索一边问。

"不然再回值班室看看？"林霄提议道。

"值班室咱们进去过，没见有铁锹啊，那里那么小……对了，值班室门后！门旁边堆的都是垃圾，所以当时我就没碰门，你们检查过门后吗？"

两人摇了摇头，我们又急忙奔向值班室，门后果然立着我们要找的铁锹。林霄赶忙放上比例尺给铁锹拍照，接着拿出指纹刷和磁粉，在铁锹把上来回刷拭，然后用指纹粘取胶带，将磁粉显现出的指纹印下来贴在相纸上，共取下了七枚完整的指纹。

随后，他将铁锹交给王洁，王洁戴着手套拿出脱落细胞粘取头，在留有指纹的地方反复粘取，这是在提取上面的脱落细胞，以便从中检出DNA基因片段。

"取完了，回去比对一下指纹和DNA，看看是不是冯立鸣用过的。"

"现在我们拿着铁锹去冷库，要是它能顶住冷库门，并且与那个磕痕吻合，这证据就够了。"我兴奋地说道。

可现实就像一记闷棍，狠狠地砸在了我的头上。不管怎么试，我们都无法用铁锹顶住门，铁锹的边缘也不能跟门侧边的磕痕重合。

"陆玩，假设铁锹的边缘能跟门上的磕痕吻合，你觉得凶手是怎么封住门的？"

"最简单的方法是将铁锹平放在轨道上，锹头顶住门，锹把子顶住门框，这样门就打不开了。要想这样顶住门，铁锹的长度应该是滑轨长度的一半，但这把铁锹明显长出很多，不可能是作案工具。"

听我说完，林霄低头想了一下，然后从包里拿出手电和放大镜，蹲在门旁检查起来。

"陆玩，你看这里。"

透过林霄手中的放大镜，借着微弱的灯光，我看到左侧门框上跟磕痕相对应的位置，也有一处不太明显的摩擦痕迹，形状和磕痕十分相似。

"你刚猜测的作案手法绝对没错，凶手应该是在门关闭的状态下，用一根坚硬的棍状物体横置在滑轨上，顶在了门侧面和门框之间，将门卡住了。"林霄语气坚定地说。

"关键是卡门工具是什么。"

"卡门工具我们见过！"

"别胡扯了，你还见过！"我下意识地反驳道。

"绝对没错！通过门框上的痕迹基本可以确定顶门的方法，那个东西应该就是凶手使用的工具。"林霄说完，转身离开冷库，往厂房的东南角走去，我和王洁赶紧跟了上去。

很快，我们便来到了刚刚找铁锹时到过的废品区。我努力地在那堆废品里，搜索着符合条件的物品。

林霄从包里拿出相机，调整焦距后对着杂物堆拍了个概貌照片，然后对着其中一根长条状的金属管拍了张特写。看着这张照片，我恍然大悟。

目测这根管子的长度差不多是门轨道的一半，可以顶在门侧面和门框之间，而且它的厚度跟门上磕痕的位置看起来也很吻合。还有很关键的一点是，其他杂物上都落着厚厚的灰尘，唯独这根管子看起来很干净，这说明它应该是近期才被人扔在这里的。

我说出了自己的想法，得到了林霄的认同："陆领导解释的和我所想的一模一样。"

"还是多亏了林大工程师,你以前老说,灰尘是痕迹检验最好的辅助,因为有了灰尘,痕迹才能更加清晰。"

我俩商业互吹完后,林霄拿着指纹刷和磁粉仔细地在这根钢管上刷拭着。但不一会儿他无奈地摇了摇头,将钢管递给王洁说:"你擦取脱落细胞吧。指纹被擦掉了,看来这个凶手有一定的反侦察能力啊。"

王洁取完脱落细胞后,我们三个人拿着钢管回到冷库门口,按照猜想的方法一试,钢管果然完美地顶住了门,钢管边缘也跟磕痕完全吻合。

"顶门工具基本确定了,我们马上回去,把检材给王宇,希望他能检出上面的 DNA,如果比中冯立鸣,就可以破案了。"

回去的路上,林霄和王洁都没有说话,我也陷入了沉思。就目前的情况来看,冯立鸣的嫌疑无疑是最大的,可用如此缜密的手法杀人,只是因为前几天和死者发生了口角,我总觉得这样的动机有点牵强。

到了局里,王洁将脱落细胞粘取器送去给王宇检测 DNA,林霄则拿着钢管去了实验室,说还有个事要搞清楚。

我回到办公室,坐在工位上稍微休息了一下,然后拿出手机给肖良打了过去。

"阿良,你现在在哪儿?"

"我来找死者家属了解情况,还在路上。"

"我跟你确认个事儿,昨晚打牌,冯立鸣坐在哪个位置你问了吗?"

"问了,他坐在正对电视左边的床上。"

"追完狗后也是坐在床上吗?"

"对,怎么了陆哥?"

"我们应该找到辅助作案的工具了。我现在发你个照片,你随后拿着去问问周广发,看他有没有见过照片上的东西。"

我翻开手机相册将照片发给了肖良。照片里的钢管看起来非常普通，如果不是在冷库门框上发现磕痕，这根异常干净的钢管在满是灰尘的杂物堆里又太扎眼，我们无论如何也猜不到凶手是用这样的工具顶住了门。现在看来，冯立鸣不仅在时间上满足杀人条件，那个床单上的灰尘手印，也很有可能是他用手擦去钢管上的灰尘，回到值班室后坐在床上不小心留下的。至于动机不足的问题，我觉得应该还另有隐情。现在只要王宇能在钢管上做出冯立鸣的 DNA 信息，拿着这个铁证，我们就可以直接去撬开他的嘴，弄清楚他杀人的真正原因了。

想到这里，我稍微松了一口气。王宇的专业水平不用担心，之前送去比这难度更高的检材他都能检出，凶手如果真的有徒手在钢管上擦拭的动作，必定会留下足量的脱落细胞，检出 DNA 分型只是时间问题。

"陆哥！你们回来了？"权彬推开门走进办公室，打破了我的沉思。

"嗯，你那边有什么好消息吗？"

"死者的手机破解了，没查到什么有用的信息。"

"社交软件上有没有存在债务关系的人，有没有仇家，这些都要排查清楚。"

"有一个债务关系，不过那个人只欠了他一万多，一万块不至于翻脸杀人吧？从聊天记录来看，两个人的关系还挺好的。"

我点了点头，继续问道："死者最后一个通话的人，确定了吗？"

"是死者老婆。这通电话打了三个多小时，一直持续到十一点多。"

"也不奇怪，两口子之前吵架来着。还有其他发现吗？"

"没有了。可惜这个厂房里没有监控，要不哪有这么麻烦！"权彬抱怨道。

"有监控也不会在这里杀人了，大门口不是有一处监控吗？有没有检查过？"

"我看了一半，这不是到办公室来取记录本？目前没有什么发现。"

"大门口的监控，能拍到门右侧围墙的情况吗？"如果监控能拍到，就能从时间上分辨冯立鸣到底是去追狗，还是在行凶之后伪造的追狗假象。

"只能拍到围墙一部分和内侧的情况，陆哥你和我去看看就知道了。"

我站起身，拽着权彬就往电子物证数据分析室走。

"白天基本没有什么问题，除了几辆货车来拉货，晚上门口的监控一直也没拍到什么异常。"权彬指着电脑屏幕说道。

"根据讯问笔录，冯立鸣是十点多从值班室跑到大门右侧来追狗的，那我们先从十点整的监控看吧，看看有没有拍到他追狗的整个过程。"

权彬将手放在鼠标上，我们两个人集中精力盯着屏幕，生怕漏掉任何一帧画面。由于是夜视成像，所有物体在里面都显示灰白色。

10:05，视频画面左下角出现一只狗，摇着尾巴像是在地上搜寻着什么，接着叫了两声跑开了。

10:09，冯立鸣拖着铁锨冲进监控画面里，在围墙附近来回走了几圈，将手中的铁锨插在地上，从围墙豁口处探出头张望了两下，然后拿着铁锨走出了监控画面。

"陆哥，看来冯立鸣确实是来追狗的，时间上也和笔录吻合。"

我没有回应权彬的话，拿过他手中的鼠标，将视频拉回到十点整，又放了一遍。整个过程，我都在仔细地观察着冯立鸣面部表情的变化，可短短几分钟，并没有捕捉到什么有用的信息。

我不死心，不断将时间轴往回拉，反复看从狗出现到冯立鸣拖着铁锨离开的过程。在看到第六遍的时候，有一个画面引起了我的注意，我将视频播放速度调慢，仔细地观察着狗即将跑走的画面。突然，一个可怕的猜想浮现在我的脑海中。我对着权彬说:"快去,把林霄叫过来!"

机关

"怎么了?"林霄推开门,一脸茫然地走到我跟前,后面跟着同样不明所以的王洁和权彬。

我将刚刚那段视频又放了一遍,林霄和王洁看完后,向我投来疑惑的眼神。我将画面拉回到狗逃跑的那一帧:"你们不要看冯立鸣,仔细看这只狗。"

我将狗从出现到逃跑的那段又单独放了一遍,三人还是没看出端倪来。

"现场还有一个陌生人!"我直接说出了内心的猜测。

"怎么看出来的?"

"你们看这只狗,"我指着电脑屏幕解释道,"刚进入监控视野的时候,它在墙根处嗅来嗅去,明显在觅食。之后走到围墙豁口的地方,它突然停住了,像是看到了什么人,然后冲着墙外叫了几声,还做了蹲伏的姿势。一般来说,狗只有受到威胁准备攻击时,才会有这样的反应,所以墙外面的那个人一定是进入了狗的警戒范围。随后狗就逃走了。狗从开始警惕到准备攻击再到逃走的整个过程,一直都注视着围墙的外侧,这些反应绝对不是针对冯立鸣,毕竟狗跑掉之后,冯立鸣才拿着铁锹出现在围墙豁口,还是在里侧。"

林霄拿过鼠标,又确认了一遍视频。

"从冯立鸣的表情可以看出,他没有看到狗,也没有追出去,所以应该也没有看到墙外的人。"我补充道。

"会不会是路过的人?冯立鸣过来的时候已经走远了。"

"应该不会。那个地方偏僻得很,连路都没有,大晚上的还有野狗出没,谁会从那里路过？"

"走，我们再去趟现场！"看来林霄也相信我的推测。

我让王洁留下和权彬继续看监控视频的后半段，然后和林霄再度赶往现场。一路上林霄把车开得飞快，恨不得把脚踩进油箱里。其实我内心也十分着急，如果当晚真的有可疑人员出现在那里，痕迹很容易被破坏。

"老林，你刚才拿着钢管在实验室里搞什么呢？"

"我想搞清楚凶手到底是怎么封的门。"

"不是用钢管顶住了吗？"林霄的回答让我一时有点摸不着头脑。

"我的意思是具体的细节。我猜凶手没有直接去用钢管顶门。"

"你越说我越不明白了，凶手没有顶门，门是鬼顶住的吗？"

"我推断凶手是设计了一个机关，等着沙世军掉进陷阱。"

"哦？怎么说？"

"你还记得我们勘查冷库门的时候，在门侧边发现一段胶水斑迹吧？找到这根钢管的时候我就一直在想，胶水是用来干什么的，和钢管有啥关系。所以一回到局里，我就拿着钢管跑到实验室里检查，结果和我想的一样，在钢管相应的地方也有胶水的成分，只是量很少。"

见我一脸疑惑，林霄接着说："这个机关其实很简单。冷库是个错拉门，只要将钢管放在轨道上，门就被顶死了，这也是我们调查后得出的结论。但我们一直在一个思维误区里，觉得凶手要等着死者进入冷库，再去完成放置钢管的动作，其实不一定。我猜凶手早就将钢管竖在左边的门框处，在门的侧边和钢管顶端差不多高的地方涂上胶水，当门打开再关上的时候，钢管顶部在胶水的作用下会贴在门的侧面，而钢管的下端由于摩擦还在原地，随着门缓慢关上，钢管就平躺在了轨道里将门顶住了。"

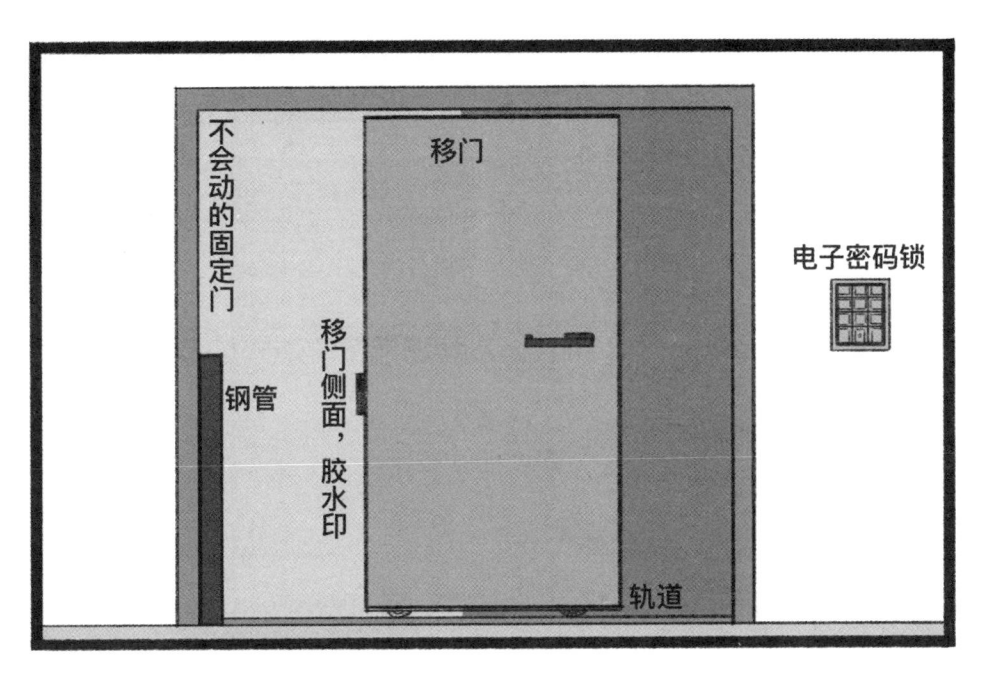

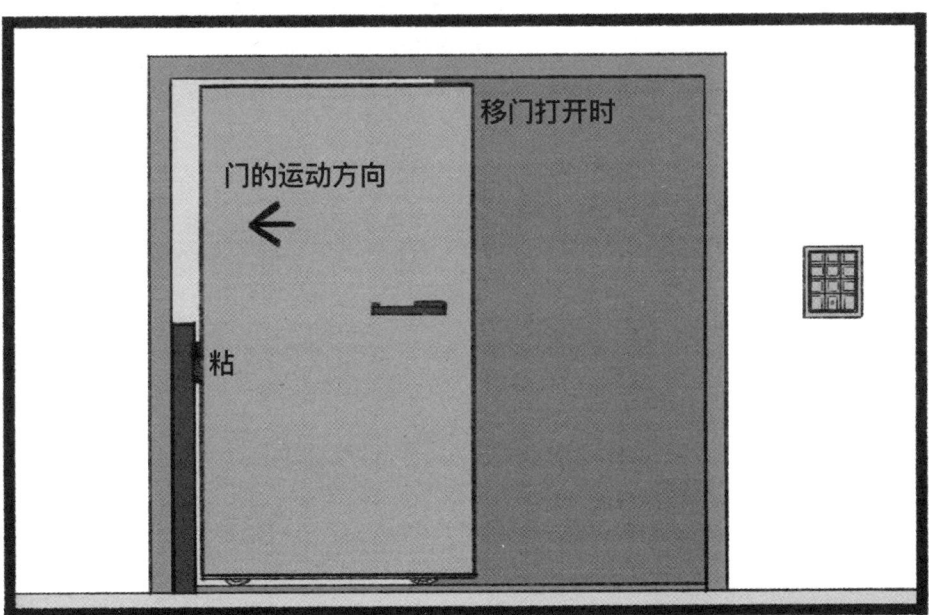

机关示意图1

机关示意图2

"钢管是金属的,这样一倒很容易弹开啊!"我质疑道。

"不会。冷库的门十分厚重,移动的速度也很慢,钢管是被慢慢带倒的,另外,轨道上的油膏也有一定的黏性,所以钢管不会弹开。实在不确定,我们可以再试一次。"林霄说着,指了指后座的物证袋,显然这货为了证实自己的推断,把钢管也带来了。

再次来到案发地已经是夜里十一点多了。停好车后,我和林霄径直来到园区大门右边的围墙豁口外侧。林霄从勘查箱里拿出了功率最大的宽频足迹灯,打开灯的一瞬间,我下意识地闭了一下眼。

强烈的灯光下,一堆散乱却又相同的足迹无处遁形,由于地面是湿润的泥土,所以足迹非常清晰。林霄将足迹灯塞在我手里,掏出相机调好参数准备固定足迹概貌照片,我按照他的要求打着灯。随后,林霄又拿回足迹灯,蹲在那些足迹前用比例尺一边测量一边拍照。

"是同一个人的足迹吗?"

"应该是的。这个人在这里来回转悠,足迹被踩得很乱,但还是能看出有好几个足迹的足尖都朝向围墙里。"

"从足迹上能看出什么信息吗?"

"根据足迹数值推断,这个人的身高接近一米八,穿的应该是一双运动鞋,左脚后跟的鞋底花纹有一定缺失,大概率是磨损掉了,这个足迹和围墙内冯立鸣的足迹有很大差别。目前只能看出这么多信息。"

林霄从包里拿出足迹踏板,放在其中一个足迹的旁边,然后站上去保持和足迹同一个朝向,用足迹灯照了过去,这个位置的斜对面,就是2号冷库。

我有些纳闷,这个人站在这里看着冷库干吗呢?等着沙世军死掉吗?等着沙世军死掉!

"老林，既然你推测钢管有可能是凶手提前放在门框处的，那你说这里的足迹，会不会是凶手在等着沙世军死掉，然后去拿回钢管？"

"我也是这么判断的。走！"

"干吗去？"

"这人总要进去吧，但肯定不是从这里，因为摄像头有可能会拍到，所以我们来个足迹大追踪。"

足迹显示，这个人顺着围墙，从大门右侧的豁口走到了几百米外的另一处豁口，从这里踩着断墙进入了园区。因为园区内是水泥地，带着泥巴的足迹在上面越来越浅，最后无法观察到了，但可以确定的是，这个人是朝着冷库去的。

"现在往哪个方向调查？"林霄站在足迹消失的地方问道。

"钢管既然带过来了，就先去验证一下你的推测能不能成立吧。至于这个足迹，我们只能随后排查值班室的所有人，如果不行，扩大排查范围也行。"

我们两个拿着钢管，来到冷库门口，按照林霄在车里的推测完整演示了一遍。钢管在胶水的作用下，果然不偏不倚地躺在了滑轨上，将门封得死死的。不得不佩服凶手的脑回路和手法，我很好奇死者到底得罪了什么人，才会被这样算计。

就在这时，手机突然响了起来，是王宇打过来的，我直接开了免提："王宇，怎么样？结果出来了吗？"

"陆哥，刚出来，钢管上的拭子检出了冯立鸣的 DNA 分型。"

"你没弄错吧？"林霄抢过电话，提高音量问道。

电话那头的王宇似乎被林霄的反应吓了一跳，赶紧解释道："绝对没错！我用的是最新型的磁珠全自动提取仪和 32 位点试剂盒，很灵敏。而且我是拭子和人口腔拭子分开扩增，分泳道检测的，绝对不会污染。"

"32 位点基因盒会灵敏很多吗？"

"对的，而且准确率也大大提升了。DNA分子链上有很多特殊的基因位点，都是我们检验的目标，因此试剂盒的位点越多，就越能精准地锁定目标个体。而且我是分开泳道检测的，能避免相互污染，就好比在不同的盆里和面，但互相不掺和一样。"

刚通过监控和足迹初步排除了冯立鸣的嫌疑，现在又在钢管上检测出了他的DNA，是哪里出了问题吗？难道是有人陷害他，可又是怎么做的呢？

我打算当面问冯立鸣，既然确定钢管是辅助作案工具，上面还有他的DNA，那他怎么也脱不了干系。

我和林霄开车往回走的时候，已经是午夜一点了。空气中的热气依然没有消散，身上穿的制服又被汗水打湿，像膏药一样紧紧地贴在我的背上。

到了单位，肖良刚好在值班，我大概说了一下目前的情况，让他把冯立鸣提出来。

看到我和林霄进来，冯立鸣瞬间有些紧张，他揉了揉眼睛，挺起腰，用手理了理胸前粘着油污的衣服，眼睛里充满不安和疑惑。

我掏出手机，打开钢管的特写照片，递到冯立鸣面前："这个东西，你见过没？"

冯立鸣盯着照片看了几秒钟，干脆地点了点头："见过。"

"在哪里见过？"林霄追问道。

"早上我出门尿尿，看到厂房门口左边的地上丢着这根钢管，我就随手捡起来，跟其他废品扔到一起了。那边有好多废铁，我准备攒一攒去卖了。"

冯立鸣对答如流，跟我预想的有些差别，不知道是不是他预先想好的。据王宇说，王洁送去的几个拭子上，都检出了冯立鸣的DNA，且峰值很高，王洁当时是分段擦取的，如果冯立鸣只碰触了一下，脱落细胞的浓度和密度不会这么高。

"钢管你拿了多长时间？拿起之后还做什么了吗？"

"我就捡起来擦了擦上面的灰，然后就丢到废品堆里了。"

"擦了擦？你怎么擦的？"

"就用手捋了一把。"冯立鸣说着抬起双手，演示了一遍。

"你用的右手？"

"对。"

一股怒火顿时在胸中烧了起来。人的脱落细胞留在物品表面才能检出DNA，如果一个人留下的脱落细胞是另一个人的很多倍，那另一个人的DNA基本就无法检出。冯立鸣一个无意的举动，将物证上凶手的DNA全部掩盖住了。除此之外，钢管上的指纹也被他这个动作毁坏殆尽，所以这唯一的辅助作案工具，失去了它最大的证据效力。

"你觉得冯立鸣说的是真的吗？"离开审讯室后，我问林霄。

"虽然没有直接证据，但直觉告诉我，冯立鸣不是凶手。当你把钢管照片拿给他看的时候，他眼中闪烁出的疑惑说明，他并不清楚钢管和沙世军被杀之间有什么必然联系。"

"我同意你说的。可现在麻烦了，到哪里去找那个一米八的凶手？而且就算找到了，怎么能证明他杀了人？"

"先找到人再说吧，车到山前必有路。你目前有想法吗？"林霄用一双布满血丝的眼睛看着我问道。

"有预谋的杀人，动机无非是谋取利益，或者是泄愤，不管是哪一种，凶手一定是沙世军认识的人，所以接下来还是要从死者的社会关系着手。"

林霄托着下巴，用手抚摸着原本就稀疏的胡楂子说："并且这个人很了解他，应该就是他身边的人，先去问问他老婆吧。"

"那走吧！"

"走啥啊！也不看看都几点了！先凑合着在这里睡一晚吧，天亮了再去。"林霄一脸无语的表情。

感觉刚躺下没多久，林霄的声音便在耳边响起。

"干吗啊，我这才刚睡着！"我有些生气地说道。

"什么刚睡着？你看看表，都七点了！我已经给肖良打电话了，叫他和我们一起去找沙世军老婆。快起来收拾一下，我从食堂买了包子，你路上吃。"

一个小时后，我们来到了一个老小区。这片地方好像是本市一直以来的改造盲区，几次拆迁都完美避开了这里。小区最初是一家国营纺织厂的家属院，国企破产后，房子被卖给了很多外来打工的人，住户开始变得很杂。小区破旧的程度跟沙世军的冷库园区不相上下，围墙上满是涂鸦，路面也坑坑洼洼的。院子里没有嬉闹的孩子，没有跳广场舞的阿姨，更没有四处标记地盘的宠物狗，只有一小撮老年人在树下呆坐着，不远处的墙根下放着一堆垃圾。

"你确定这是沙世军的家？"林霄转头问肖良。

肖良点了点头："我第一次来也不相信，等会儿到了他家，你会更吃惊。"

"调查过沙世军的经济情况吗？"

"查了，这家伙有不少钱呢，不知道为啥要住这里。"

"也许是个守财奴，有钱也舍不得花，就喜欢攒着。"我半开玩笑地猜测道。

爬了三层楼后，我们来到了沙世军家门口。肖良敲了半天门，里面也没有任何反应。

"不应该啊！我跟他老婆说好的，等我再打个电话。"肖良拿出手机到一边联系。

过了一会儿，肖良走过来解释道："陆哥，沙世军老婆在附近买东西，这就回来。"说着将头探向窗户，向小区门口张望。

大概过了十分钟，肖良指着楼下一个中年女人说，那就是沙世军的老婆。只见女人提着一袋橘子和半个西瓜，缓慢地走进这幢楼里，接着，楼道里就传来了女人的喘息声，仿佛每上一个台阶都很吃力。

"肖警官，不好意思让你们久等了！"一个虚弱的声音从身后传来。我转过身，提着水果的女人出现在我眼前。

泥巴鞋印

沙世军老婆戴着医用口罩，看起来有气无力的，不用问也知道肯定是常年受疾病的困扰。她拿出钥匙，用另一只手扶着，才颤颤巍巍地将钥匙塞进锁孔。

虽然事先已经有心理准备，但屋内的样子还是让我吃了一惊。可能是采光不好的原因，整个房间显得十分昏暗，不多的家具上全是斑迹，一看就用了很多年，电视机和饭桌上落了一层灰，茶几上摆满了药瓶，茶几旁边放着几个吱嘎作响的木凳子。

一声巨响从门口传来，我们冷不防被吓了一激灵，同时看向门口的女人。女人慌张且尴尬地低下头，用手顺了一下耳边的头发说："实在不好意思，这个门太破了，我手上没力气，不用脚踹一下关不上。让你们见笑了。赶紧坐吧。"女人拉出凳子让我们坐下，顺手从袋子里拿出橘子递到我面前。

我接过橘子，道了声谢，在脑海中快速整理了一下思路，然后开口说道："你好，我们今天来，主要是和你丈夫的死因有关系。"

女人明显怔了一下:"怎么?老沙不是被意外锁在冷库里冻死的吗?"

"是被锁在了冷库里,但不是意外。"

"什么意思?"女人的音量突然提高,眼里满是震惊。

"我们现在怀疑,冷库的门是有人故意锁上的。今天来找你是想了解一下,你丈夫平常得罪过什么人吗?"

女人没有回答,低头呜咽起来,随后她拿起桌子上的卷纸,扯下一截擦了擦眼泪和鼻涕,缓缓地摇了摇头:"从没听他提起过和什么人结仇,应该没有。"

"你们的孩子呢?"林霄在一旁插话问道。

"考上大学去了外地。老沙的事我还没敢告诉她,这以后怎么办啊!"女人说到这里,语气中又带了点哭腔。

"沙世军去世的那晚,是在和你打电话吗?听说你们那晚吵架了?"我问道。

女人点了点头。

"吵架的原因是?"

"还不是为了钱!这个之前我也跟这位警官说过了。"女人指了指肖良,然后继续说道,"我知道家里有些存款,但具体有多少不清楚,他把钱管得死死的。我想让他拿出来一点给我弟弟弄个铺面,他不愿意,我生气就和他吵起来了。都怪我,要是不和他吵架,他也不会大晚上跑到厂里,也就不会……"

女人说着,眼泪又流了下来。我们三个不知所措地看着她,也不知道怎么劝,感觉继续问下去也得不到什么有用的信息。我向林霄和肖良使了个眼色,给女人留了个电话,让她想到什么可疑的人,随时联系我。

我一边回头跟沙世军老婆告别,一边往门外走,没留神直接撞到了林霄的身上。

"发啥呆呢？走啊。"我催促道，但林霄还是站在那里不动，还一个劲儿地朝我挤眼睛，眼神不断往门背后瞟。以我多年和他混的经验，这货肯定是有什么发现。

"怎么了？"我低声问道。

"支开她！"

我看了林霄一眼，然后转身问沙世军老婆："对了，沙世军平时穿的衣服在哪里？能带我去看看吗？"

"哦，好的……"女人看起来有些费解，不过还是带我走进了卧室，将一个衣柜打开，说沙世军的衣服都在这里。

我假模假样地在衣柜里翻看着，心里期待着林霄能动作快些。就在我盘算着接下来用什么借口拖住女人时，林霄不声不响地走了进来，看女人背对着我们，就直接趴在地上往床底下看去。

很快，林霄站起来，冲我点了点头。我知道不管他在搞什么鬼，这会儿已经完成了，于是赶紧告别了沙世军老婆，离开了那里。

"这个女人有问题！"刚出小区门，林霄就迫不及待地说道。

"你发现啥了？鬼鬼祟祟的。"

"我看到她家大门背面有一个泥巴鞋印，和我们在案发园区围墙外发现的一米八大个留下的鞋印一样！"

"你没看错？"我和肖良瞬间来了精神。

林霄掏出手机递了过来，上面是他从门背后拍下的泥鞋印，从花纹和磨损情况来看，确实跟现场的一米八鞋印很像。

"刚才让你支开她，就是为了这个。但我找了一圈，没看到这双鞋子，床下也没有。"

沙世军家很简陋，东西也少，一眼扫过去就能看得差不多。

"陆玩，沙世军尸长多少？"林霄突然问道。

"一米七八。怎么，你怀疑那个鞋印是沙世军留下的？"

"应该不是。"

"沙世军老婆手上没力气，关门会用脚踹，门上的鞋印会不会是她的？"肖良在一旁说道。

林霄点了点头："我也是这么想的，如果是这样，她肯定去过围墙边。现在关键是找到那双鞋。鞋既然不在家，肯定是被扔了，沙世军老婆身体不好，我猜她不会扔太远。"

"墙角那个垃圾堆！"我和林霄异口同声地说道，然后立马转身，快步往小区墙根处走去。

肖良在一旁看着我俩不顾形象地翻垃圾，想要上来帮忙，又下不去手，象征性地做做样子，又觉得不好意思。看他纠结的样子，我忍不住笑出声来。

"你笑啥？想到啥了？"

"没啥！我就想着咱俩翻垃圾的样子一定很帅。"

"你快找吧！臭死了这里。"

"你还嫌臭？应该让肖良给咱俩拍个照，为了破案啥苦都能吃！"我小声嘟囔着，林霄找得很投入，完全没听到我说啥。

没一会儿，林霄从一堆垃圾下拽出一双又脏又破的运动鞋，将鞋反过来仔细确认过鞋底后，对我和肖良说："是这双没错，走，回去做DNA。"

"做啥啊！他老婆的DNA都没取，鞋子做出来和啥比对？"我用看傻子一样的眼神看着林霄。

"你看这是啥？"林霄一脸坏笑地从包里拿出一个物证袋，里面装着一团卫生纸。

"这是她刚才擦眼泪和鼻涕用的？"

林霄点了点头。

我朝他竖了下大拇指："你什么时候拿的？"

"你把她支开的时候。"

回到局里后，林霄将鞋和卫生纸交给王宇检验DNA，自己则拿着照片钻进实验室，说是要和现场的足迹进行比对鉴定。

我回到工位坐下来，冲了杯咖啡，想趁这个空当稍微休息一下。昨晚睡得不太安稳，每次遇到这种麻烦的命案，我总是苦苦思索无法入眠。

正在我准备放空的时候，权彬火急火燎地走了进来。

"陆哥，我这边有发现。"说着将手里的文件放在我面前。

"这是什么？"

"沙世军和另外一个人的聊天记录。从内容上来看，两个人很亲密。"

我大概翻了下权彬递过来的聊天记录，时间跨度有半年，基本上每天都会聊天，以语音为主，文字聊天的内容大部分是"在忙吗？""吃了吗？"之类日常的问候。

"这些聊天有奇怪的地方吗？"

"你看这里！"权彬抽出其中的几张纸，"1月18日，沙世军问对方'还疼吗？'2月17日和3月20日又这样问了，日期间隔这么规律，陆哥，你觉得沙世军在问什么？"

"月经。"我冲着权彬赞许地点了点头，"连对方的生理周期都知道，两个人的关系很明显了。还有其他发现吗？"

"我查到了这个人社交账号绑定的手机号，发现所属身份证号码是沙世军的。"

"社交账号上还有其他有价值的信息吗？"

"没有，没有朋友圈，也没有转账记录，联系人也只有沙世军一个。"

我低头想了一会儿，然后对权彬说："你现在去查一下沙世军的开房记录和通话记录，如果有必要，再去查一下他的银行消费记录，反正穷尽一切手段，查明这个女人的身份。"

不得不说，权彬这小子这次确实立了大功。查到现在，整个案子我差不多能猜测个八九不离十了，现在要做的就是证实我的推断并拿到证据。

我来到实验室，看林霄还在忙活。

"有什么发现吗？"我来到林霄身后，突然出声问道。

"你有病啊，吓我一跳！"林霄冲我翻了个白眼，"围墙外的足迹确实是这双鞋留的，而且这些足迹有个特点，就是两侧边缘存在明显的虚影。"

"这能说明什么？"

"说明这个人的体重很轻，并且脚底作用在鞋底中间的位置，致使鞋子两侧边缘作用力较小，通俗来说就是鞋大脚小。但你看这双鞋，边缘的磨损很严重，这证明鞋两侧长期和地面是有一个很强的作用力的。这两个相互矛盾的现象表明，案发现场围墙外的足迹很可能不是鞋子本来的主人留下的。如果鞋子里做出了沙世军老婆的DNA，是不是可以说明足迹是她穿着这双鞋子留下的？"

"精彩啊，老林！你这一顿分析，直接提升了鞋子的证明力。"我发自内心地夸奖道。

"现在就等王宇的DNA结果了。"林霄说完，看了看DNA实验室的大门。

"老林，你先忙，我想起来个事，要跟权彬交代一下，先出去了。"

"你要和他交代啥？"林霄好奇地问道。

我没理会林霄的追问，匆匆回到办公室，拨通了权彬的电话。

我在办公室将目前掌握的线索梳理了一遍。这个凶手确实厉害，杀人计划设计得几乎天衣无缝，整个实施过程沉稳冷静，细节处理得也很好。要不是因为法医专业知识欠缺导致的一点疏漏，可能真的会瞒天过海。

虽然还没有直接的证据，但我觉得已经可以和大家汇总信息，主动出击了。我拿出手机，在群里通知了打击一部的所有人。

除了王宇正在分析数据，其他人都很快聚到了会议室里。我站在中间，用力清了清嗓子，然后说道："沙世军案的作案工具、手段和嫌疑人基本确定了，虽然还缺少直接证据，但间接佐证和推断线索依据，我觉得有必要和大家同步一下。"

我话音刚落，王洁便迫不及待地问："师兄，嫌疑人是冯立鸣还是刘启？"

"都不是，我怀疑凶手是冯立慧，就是沙世军的妻子。"

"他妻子去过现场？"王洁看起来有些惊讶。

"去过！"权彬抢过话头说，"沙世军死亡当晚，跟冯立慧通了将近三个小时的电话。陆哥刚刚让我去查了，这三个小时，冯立慧的手机信号始终在案发园区基站信号覆盖的范围内，具体位置虽然不清楚，但她当时肯定在现场附近，不在家。"

"那就是说冯立慧在撒谎！"肖良在一旁补充道。

"没错。除此之外还有一个佐证。"我看向林霄说，"老林，你来说吧。"

林霄思考了片刻，将在围墙外和沙世军家门后发现脚印的过程，以及他的推断，复述了一遍。

"林霄哥，冯立慧为啥要穿沙世军的鞋子？"王洁问道。

"显然是为了伪装，沙世军的鞋印出现在那里很正常，凶手不用担心足迹会暴露。"

"但怎么证明冯立慧和命案有关呢？"肖良看着我问道。

"别急，我们一点一点来。林霄和权彬提供的信息，能确定冯立慧当晚到过现场，并且在沙世军死前一直在和他通电话。确定这两个事后，我刚开始很不理解，她为啥要跑到现场，结合杀人手法考虑后，我有了一个大胆的猜想：凶手自己用一根钢管设计了一个机关，当沙世军进入冷库后，钢管就会横置在门的轨道上，将门封死，但这个过程中需要同步做三个动作：第一，确保钢管滑落在了预想的位置；第二，确定沙世军死亡；第三，拿走钢管，造成门意外卡死的假象。由于以上三个原因，冯立慧才来到现场，在围墙边徘徊观望。"

我说完自己的推论后，整个会议室陷入了沉默。

过了一会儿，林霄率先开口："我有一个疑惑，凶手怎么确定沙世军一定会进入那间冷库？如果沙世军没有进去，岂不是所有的计划都落空了？"

"这就是整个案件最精彩的地方了。大家想想，沙世军当晚为什么会去厂房？"

"和冯立慧吵架后才去的。"王洁说道。

"对的。冯立慧找借口和沙世军大吵了一架，之后沙世军离家。冯立慧应该知道冯立鸣当晚在值班室喝酒，就给他打电话，找借口让他把沙世军叫了过去。之后，冯立慧也来到现场，她先把钢管放到对应位置，然后找准时机，站在围墙外开始给沙世军打电话。目的很简单，就是继续吵架。"

"为什么继续吵？"王洁和权彬疑惑地看着我。

"为了让沙世军从值班室出来。毕竟家丑不可外扬，更何况在座的都是自己的员工,所以沙世军一定会出来接电话。你们想想,两个人吵得异常激动,现在这个气温闷热难耐,再加上厂房的几个制冷剂来回运作,非常吵,这时候沙世军会去哪里接电话?"

"冷库!"几个人异口同声地说。

我点了点头:"而且正在争吵的沙世军没有心思做出选择,肯定会走进离值班室最近的2号冷库,也就是被冯立慧放置钢管机关的那个。可是沙世军没有想到的是,他这一进去,就再也没能出来。"

"陆哥,我有个问题!就算沙世军被锁住,他也是带着手机进去的,完全可以在里面打电话,向值班室的三个人求助吧?"权彬问道。王洁和其他几个人也一个劲地点头。

"这就是冯立慧打电话吵架的另一个目的,就是要将沙世军的电话打没电。当时两人肯定吵得非常激烈,以致沙世军忽视了手机没电的提示。我们的手机用的是锂电池,正常工作温度是 $0 \sim 35$ 摄氏度。低温条件下,电池中的锂离子在正负极之间的运动受到的阻力增大,导致放电过程中,电池电压过早达到放电终止电压,放电容量也就会相应减少。也就是说,低温环境下,手机电量的消耗会变快。冯立慧绝对知道这点,所以她一直给沙世军打电话,一直到沙世军的手机突然关机,剩下的就交给时间了。她只要等着沙世军冻死,值班室里的三个人睡熟了,再去将钢管拿走就大功告成了。"

"所以她一直在围墙外等着,其间遇到了只野狗,还差点被出来打狗的冯立鸣发现。"林霄补充道。

"可能是在外面站了一夜身体疲惫,加上杀人后紧张,这边厂区又黑,她从厂房出来的时候,不小心将钢管掉在了院子里。她怕吵醒值班室内的人,所以慌张地跑了。本来钢管上有她的DNA和指纹,是最直接的证据,但冯立鸣阴差阳错将钢管捡起来擦了个干净。"我说完后，可能是信息量太大，几个人看起来都若有所思。

"陆哥，这些都是你的推测，没有直接证据，怎么把冯立慧和杀人行为联系起来？"肖良一脸愁容地看着我。

"没错，确实是推测，但不是凭空瞎猜。至于怎么证明，就要看你的了。"

"看我？我能做什么？"肖良疑惑地问。

"你把这个拿过去给冯立慧看，诈她一下！"我将装着钢管的袋子递了过去。

这时候，王宇推开门，慌里慌张地走了进来："陆哥，结果出来了！"

"让我猜猜，鞋子里检出了鼻涕纸上的DNA对吧？"

王宇点了点头。

"兄弟们，收网吧！肖良，能不能拿到口供，就看你的本事了。"

我坐在办公室里，表面看起来很平静，其实内心十分焦灼。林霄看起来也是一样的心情，他站在窗户旁，不停向局大门处观望。

"回来了！"林霄看到远处马路上往回开的一辆警车，转头快步向楼下走去。

我俩刚到审讯室门口，就看到肖良从车上下来，后面跟着冯立慧。她没有戴手铐，神情非常憔悴，看起来像大哭过一场。老包将她带了进去，肖良走在后面低声说道："去的路上我还一直在想怎么诈她合适，结果我刚把钢管拿出来，她就什么都招了。整个作案过程和你推断的几乎一样。"

"杀人动机是啥？是因为她老公找了个情人吗？"

"沙世军出轨确实让冯立慧很生气，但真正让她动了杀心的是钱。"

"是因为沙世军用钱养情人，也不给自己小舅子开店吗？"林霄在一旁问道。

"不是的。冯立慧的身体一直不太好，但因为沙世军总说自己生意入不敷出，她就以为家里真没钱，所以也没有责怪沙世军，还处处为他着想。结果前不久，冯立慧不光发现沙世军在外面养小三，还发现他有一大笔存款，至此她才明白，沙世军一直哭穷，是不想给她治病，想把她耗死另娶新欢。于是，她在绝望中策划了整个案子。"

"既然这样，她怎么会这么轻易就交代了？就因为你跟她说钢管上有她的DNA？"

"不是，因为她彻底没有希望了。"肖良说到这里，脸上的表情略显复杂。

"什么意思？"

"她的检查结果出来了，是不治之症。我和老包到她家后拿出钢管，她也知道我们为什么找她，就都交代了。也是个可怜人，来的路上一直在哭。"肖良说完后叹了口气，走进了审讯室。

002
女孩溺亡第二天,还在游泳馆练习跳水

我点头示意后,王洁拿起手术刀,从夏莉莉的下颌开始下刀,慢慢地划开身体。在这个过程中,腐败产生的气体在手术器械的挤压下,发出捻挤气泡的声音,令人窒息的恶臭也在房间里蔓延开来。

带状勒痕

　　刺耳的警笛声引起了学校值班室保安的注意，他一边开门，一边向警车驶来的方向张望。看得出整个学校都在焦急地等待着我们的到来。

　　这所科技大学是省重点，在全国高校中的排名都很靠前。位于天港市的这个校区，是整个省付出了大量人力物力财力建造的新校区，谁知学校将数个专业的学生迁移到这里不久，游泳馆内便发生了非正常死亡案件。

　　"小洁，靠边停车，游泳馆就在那里。"林霄指着前面的一栋建筑说道。虽然是新校区，建筑周围的植被却非常茂盛，宽大的树叶将游泳馆外墙遮得严严实实。

　　看热闹的学生已经将现场围得水泄不通。辅警和保安一边挥手，一边大声喊着，想要制止学生们用手机拍摄。但不管怎么疏散，都挡不住他们的好奇心。

　　在所里辅警的带领下，我和林霄、王洁、权彬穿过人群，跨过警戒线，来到了游泳馆门口。

　　一个40多岁的女人，正在和派出所副所长黄发英说着什么。她满脸愁容，看起来都快急哭了。黄所看到我们提着勘查设备走过来，立马用手指了指我们。

"你们终于来了！"黄发英扯着嗓子说，"杨校长，这是我们刑侦大队的同事陆玩法医。老陆，这位是校区的杨校长。"

杨校长上身穿着碎花裙，下半身套着一条运动裤，高挺的鼻梁上歪斜地戴着一副金丝眼镜，黄褐斑从眼角的皱纹里溢了出来。看这情形，应该是大清早被人从床上拽起来的。

黄所刚一介绍完，杨校长一把握住了我的手："陆警官，你们快开展工作吧！学生越围越多，这件事要是被挂到网上，肯定会影响到学校声誉的。"

林霄帮我把手抽了出来，冷冷地说："杨校长，学生的死因才是你更应该担心的事吧？"

"对对对！你们警方需要什么协助，我们极力配合。"杨校长带着尴尬的表情说道。

我向杨校长微微点头表示感谢，接着转头问黄所："怎么回事？"

黄所长贴着我的耳朵小声地说了两个字："溺水。"

"死者身份信息你们调查了吗？"

"死者叫夏莉莉，22岁，是本校外语系德语专业大三学生。"

"发现尸体的人还在吗？"

"在，是学校的保安。"黄所说完拿起对讲机，让警戒线外的辅警将人带了进来。

进来的小伙子大概20多岁，他站在我面前，眼睛却控制不住地往我身后的游泳馆内张望。

"小伙子，别看了，说说你是怎么发现尸体的。"我用手扯了扯他的衣服。

"今天周一我上早班。8:30的时候有学生说游泳馆还没有开门，我拿了备用钥匙打开门后，发现泳池里有个人一动不动，喊了两声也不见回应，我便拿旁

053

边的棍子捅了捅她，发现还是没有动，我赶紧跑出去叫来同事，用绳子把人拉了上来，发现都……都变形了……"小伙子说着，脸上浮现出惊恐的神情。

"游泳馆是什么时间开放？"

"周一至周五的早上 8:00 到下午 4:00。闭馆后会有管理员锁上门，没人能进去。"小伙子肯定地说。

"你开门的时候，门是锁着的吗？"我问道。

"是的。"

"管理员在哪里？叫过来一下。"林霄转头对旁边的黄所和杨校长说道。

杨校长看了一眼林霄，说："夏莉莉就是管理员。"

"那她是不是随时都可以来这里？"

杨校长点点头说："应该是的。这样，我让管后勤的刘主任来给你们说一下。"说着，便向警戒线外正在劝阻学生的一个中年男人喊道，"刘老师！刘立升！"

男人听到杨校长的呼喊声，一脸谄媚地小跑过来："杨校长，有什么指示？"

"夏莉莉的情况，你跟这几位警官具体介绍一下吧！"

听到杨校长的吩咐，刘立升慌忙点头，然后面向我们说道："夏莉莉是德语专业三年级的学生，通过学校的勤工俭学项目，在这里做管理员。"

"这个岗位是做什么的？"

"主要是开馆前来开开门，闭馆的时候打扫一下卫生，负责失物招领，再就是照看一下泳池循环净水系统设备，别的没什么了。"

"游泳馆还有其他管理员吗？"

"没有了，因为工作轻松，就招了她一个。"

"除了死者外,还有谁有游泳馆的钥匙?"

"另外两把都在物业。"

"好的,刘老师,多谢您配合。如果有什么需要,我再问您。"

见我的询问告一段落,林霄转身接着问保安:"发现尸体后,除了你还有什么人进过游泳馆吗?"

"还有两个来游泳的学生,以及跟我一起捞尸体的同事,别的就……哦对,还有刘主任。"保安说着指了指刘立升。

刚好那两个学生还在现场,林霄逐个取了几个人的鞋印后,拿出光源等勘查设备,从游泳馆入口开始仔细检查地面的足迹。

场馆内的结构很简单,进入大门穿过一段走廊,就是男女更衣室入口。和男更衣室不同的是,女更衣室里有一个套间,是游泳馆水循环过滤系统的机房,门上着锁。

为了防滑,更衣室通往场馆的地上铺了假绒毛的塑胶垫子。林霄检查了所有能进入的地方,没有发现有价值的足迹。女更衣室里只有一套连衣裙和内衣内裤,还有一双凉鞋和洗漱用品,不知道是不是夏莉莉的。

我们穿过更衣室来到游泳馆内,看见水池边的地垫上躺着一具成年女尸,身穿连体游泳衣,尸体呈轻微腐败状态。林霄从包里掏出相机,开始拍照固定尸体概貌。

"陆哥,你看!"权彬指着游泳馆第二层看台边缘对我说道。我顺着他手指的方向,看到一个监控探头,正对着泳池。

"阿彬,去问下学校的人,这个监控是不是好的。如果可以,把监控调出来,看看有没有拍下什么。对了,游泳馆周五下午闭馆,周六日应该没人来,不过这两天的视频你也要拷贝全啊。"

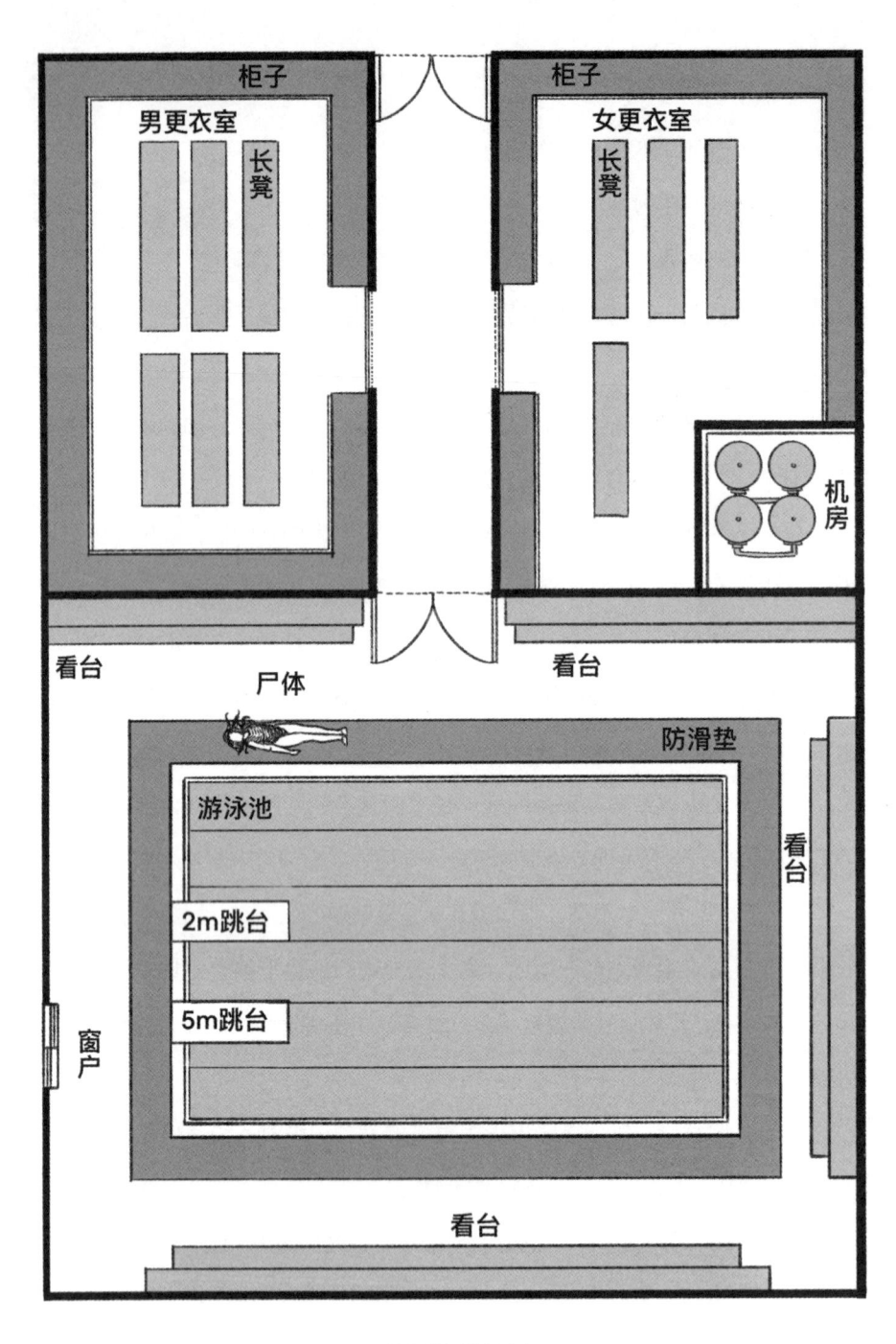

游泳馆俯视图

"知道了！"权彬说完就跑了出去。

等我回过头，看到王洁已经开始动手做尸表检查了。

尸体皮肤惨白，整体发生肿胀，巨人观较轻，口鼻部存在蕈样泡沫。王洁轻轻按压尸体胸部，有更多泡沫顺着口鼻溢了出来。

"师兄，尸体溺死征象明显。"

我点了点头。蕈样泡沫是确认生前溺死的表征之一。当人溺水时，水顺着口鼻灌进呼吸道，刺激呼吸道黏膜分泌大量黏液。黏液、溺液和空气经剧烈的呼吸运动相互混合搅拌，会产生大量白色泡沫，若支气管黏膜或肺泡壁因压力破裂出血，泡沫还会呈现浅粉色或红色。这些泡沫涌出并附着在口鼻部，呈蘑菇状，故被称为蕈样泡沫，又因为看起来像螃蟹在吐泡泡，所以又被称为蟹样泡沫。蕈样泡沫因富含黏液而极为稳定，不易破灭消失，抹去后可再溢出。压迫尸体胸腹部或翻动尸体，泡沫溢出更多。

除了蕈样泡沫，尸体角膜中度浑浊，关节处尸僵明显，尸斑主要分布在腰背部，呈粉红色，双下肢见腐败静脉网形成。另外，尸体手掌表皮呈洗衣妇手样改变，这是因为尸体在水中长时间浸泡，水分因为渗透压作用进入皮肤，导致表皮角质层被浸软、变白、膨胀，随后起褶皱。

"师兄，你看这里，死者的左腋下到胸前有一处明显的条带状表皮剥脱。"王洁说着将尸体手臂移开，并指给我看。

尸体腐败后，大量的腐败细菌会产生腐败气体，使各器官组织胀气。随后，这些腐败气体窜入表皮与真皮层之间，形成大小不等的气泡，被称为皮下腐败气泡，气泡增多到一定程度后开始大面积融合，导致尸体的表皮很容易剥脱，露出鲜红色的真皮。但眼前尸体上的表皮剥脱具有明显的条状特点，很显然是人为接触造成的。

"小洁，你去问问那个保安，他们当时是怎么把尸体捞到岸上来的。"

"师兄，你怀疑是打捞尸体的时候造成的？"

"对，这一处表皮剥脱不在颈部，并不会造成什么严重的后果。更重要的是，表皮破损的地方没有皮下出血或者更严重的损伤。但是谨慎起见，还是要去核实一下。"

没一会儿，王洁走进来，满脸轻松地说："我问过了，保安说他们用尼龙绳系了一个圈，用棍子挑着套在尸体腋下，将尸体拉回水池边，然后拖上来的。"

看来，表皮剥脱的确是打捞尸体的时候造成的。根据目前的尸表检查情况来看，死者应该是生前入水溺水身亡，至于是意外还是人为造成的，暂时还无法判断。

"陆玩，整个场馆内地面干净，应该是被打扫过，没发现搏斗的痕迹，尸体也没有损伤，所以我觉得，夏莉莉应该是周五闭馆后来打扫卫生，随后在这里游泳意外溺亡。周六日是闭馆时间，门又被夏莉莉反锁，所以没人发现异常，直到周一早上保安来开门，才发现了夏莉莉的尸体。"

"尸体的腐败程度结合这两天的气温，可以推断死者大约在两天前死亡，不过目前所有的信息和推论，都无法直接证明死者死于意外溺水。小洁，先取心血检材回去做毒化排除常规中毒可能性，还有取阴道拭子排除一下性行为可能性，先把这些常规的检查做了吧。我们继续调查，看能不能找到更有力的证据支持意外溺水。"

"陆哥！陆哥！证据我这里有！"

权彬兴奋地跑进来。"陆哥，你看我从监控里调到了什么。"说着将手中的移动警务工作站递给了我。屏幕上播放的是游泳馆的画面，上面显示的时间是上周五晚上 7 点多，当时已经闭馆了，空荡的游泳馆内显得十分冷清。不一会儿，一个年轻女孩从右下角进入画面，只见她一边调试着泳衣，一边活动着四肢关节。从泳衣不难分辨出，女孩就是夏莉莉。视频中夏莉莉做好准备活动后，坐在池边撩起水池中的水浸润身体，之后便钻入水中畅游起来。

"你看她技术这么好，怎么会溺水呢？"王洁凑在屏幕前疑惑地问道。

"你往后看！"权彬边说边拿起移动警务工作站，开始快进视频。

大概快进了十几分钟，画面里夏莉莉游到了水边，双手撑着池边轻轻往上一跃便上了岸。接着，她来到画面最左边，那里有一处楼梯，她沿着楼梯向上走，消失在了画面里。

我抬头环视了一下场馆，看到了视频中的楼梯。楼梯位于泳池深水区的边上，尽头连接着一个两米跳板和一个五米跳台。监控里能看到整个游泳池，但看不到跳台，根据画面中夏莉莉消失的位置可以推断，她应该是上到了五米跳台处。

"这个摄像头的视野怎么不全啊！"我将头微微倾斜了一下，仿佛改变观看角度就能看到更多似的。

权彬指了指二层观众席底部说："这个装摄像头的是个二把刀，把监控装在那里，可不就只能拍到泳池？高于它的位置完全监控不到。我估计就是为了应付验收，工程方觉得只要装了，能运行就行。"

我无奈地摇了摇头，继续盯着屏幕。没一会儿，便看到夏莉莉用一种比较笨拙的姿势从画面的上方落入水中，显然她并不太擅长跳水这项运动。之后，夏莉莉坐在泳池边稍微休息了一下，重新起身走向跳台楼梯，1 分钟后从上方垂直落入水中，姿势比前一次标准很多。接着，夏莉莉钻出水面，看了看身后的跳台，脸上露出兴奋的神情，似乎很享受到从高空自由落下的快感。这次她没有休息，上岸后马上沿着楼梯跑了上去。就在我以为她会以更完美的姿势入水的时候，她却头枕部朝下，身体呈45度角斜拍在了水面上，溅起的水柱达到了一米多高，在白色水花归于平静时，夏莉莉也消失在了水面上。

"跳水失误摔晕溺水了！"林霄一语中的。

从夏莉莉的入水角度来看，应该是后脑受到了冲击，这个地方距离脑干比较近，受到冲击后人容易晕厥，严重的会直接死亡。

"好家伙，这下真相大白了！监控把整个过程都拍下来了，估计学校拿着这个视频，也不怕家属闹事了。"王洁在旁边说道。

"可怜的女孩，这么年纪轻轻就没了，但凡旁边有个人救她一下，也不至于死掉。"权彬一脸惋惜地感叹着。

少女在最好的年纪殒命，确实让人叹惋，但事情已经发生了，再唏嘘也于事无补。我整理了一下自己的心情，转身对王洁说："看来确实是意外死亡，通知殡仪馆来拉尸体吧，然后给黄所看一下监控视频，让他们联系家属说明一下情况，后续的工作交给派出所，我们可以收工了。"

没过多久，殡仪馆的车就到了游泳馆外，几个工作人员拿着裹尸体的塑料布，将夏莉莉的尸体运上了车。对于这种腐败尸体，殡仪馆不太愿意用裹尸袋子，据说那个质量太差，腐败产生的液体容易从拉链处流出来，他们更喜欢用厚的塑料袋将尸体裹严实，再用绳子捆起来。

正当我们收拾东西准备离开的时候，殡仪馆的工作人员跑过来对王洁说："保安师傅，我们忘带绳子了，你们有吗？想借用一下。"

"谁是保安？你不认字吗？保安在门口呢！"王洁生气地回怼道。我们这已经不是第一次被当成保安了，现在很多保安的制服都仿造警服，所以很容易弄混。

保安在门口听到里面的争吵，赶紧跑进来："师傅，这是刚才捞尸体用的绳子，你们拿去用吧。"说着将一捆一厘米粗的尼龙绳递给抬尸人。这捆绳子看起来不少，绑尸体应该绰绰有余。抬尸人一脸尴尬地接过绳子，对着王洁道了个歉，一溜烟跑走了。王洁只顾低头收拾东西，也没回应。

我们回到局里，刚停下车就看见肖良躲在电梯旁边，鬼鬼祟祟地对着我们招手。权彬和肖良的眼神撞在一起，以为是在叫他，便下车屁颠屁颠地跑了过去。

"找我干吗？"权彬一脸疑惑地问道。

"谁找你啊！"

"那你朝着我使劲挥手。"

"自作多情！我在叫王洁，你别在这儿瞎掺和！"说着一边把权彬往我们这边推，一边冲着王洁继续招手，好像要和她说什么机密的事。

不一会儿，王洁回来了，手里还拎着一大杯珍珠奶茶。

"肖良这小子行啊，终于对我师妹出手了！"我不怀好意地拱火道，"阿彬，你看人家，还知道等着我妹子回来送奶茶，你呢，除了气她还会干吗？"

"哎！不是我说，这个肖良太过分了，我们这么多人出现场回来，他就给王洁准备奶茶，还鬼鬼祟祟的，生怕我们占到他便宜似的。小洁啊，这种男人不能要的，太不大气了。"权彬嘴上不落下风。

"对对对！我妈说了，抠门的男生不能要。我妈还说了，背后说人坏话的男生更不能要！"王洁边说边扮了个鬼脸。

看着权彬欲言又止的样子，我和林霄笑得前仰后合。

调侃完权彬，王洁顺手把奶茶递了过去："给你喝吧！太甜了我不爱喝，而且那个珍珠都是明胶，吃下去很不容易消化，还有诱发肠梗阻的风险。"

权彬脸上的表情瞬间由阴转晴，高兴得像个孩了，伸手接过奶茶就朝楼梯间冲了过去。

"臭小子，你急着干吗去？"我在后面喊道。

"我去当着肖良的面喝，气死他！"那一瞬间，感觉他捧着的不是奶茶，而是肖良的战败投降书。

权彬像个傻子一样跑掉了，勘查设备和移动警务工作站也落在了车上，我这个"大领导"只能屈尊帮他拿上去。

回到办公室，我闲来无事，便躺靠在电脑椅上，打开权彬的移动警务工作站，第一个就是游泳馆的监控视频。我随手打开视频，夏莉莉的身影又出现在屏幕上，我快进到她最后一次跳水发生意外的地方，反复看了起来。

落水时的状态拍得很清楚，死亡的过程也没发现什么疑点，可不知为什么，我心里莫名有点不安。

"陆玩，你在这里来来回回看，有什么问题吗？"林霄凑到我跟前，两只眼睛盯着屏幕问道。我刚开口准备回答，手机响了起来。

"喂？哪位？"

"陆玩吗？我黄发英，出事了！"

溺亡案中，尸体该浮起还是下沉？

"黄所，出啥事了？"我这么一问，倒把旁边的林霄吓了一跳。

"溺死在泳池的女孩的父母来派出所，我给他们说明情况，让他们签死亡告知单，但死者家属的情绪很激动，非说女儿是被害的。"

"你没给他们看监控视频吗？"

"给看了，但他们就是不相信。死者妈妈还说，女儿有恐高症，不可能去跳水。"

"为了挑战自我而去尝试,也不是没有可能。再说了,整个过程视频都清楚地拍到了。我理解丧女之痛,但也不能胡搅蛮缠吧。"我有些气愤地说。

"我就是给你通个气。家属比较激动,说要去信访。万一信访调查,你好有个心理准备。先这样,我挂了啊。"

黄所的这一通电话,加深了我心中的不安,我转头问林霄:"游泳馆更衣室的那些女士衣物提回来没?"

"提回来了,已经和死者的指甲一起送去,让王宇做 DNA 比对了。对了,要不要去取死者父母的口腔拭子,做亲缘鉴定证实死者身份?程序还是要走一下的。"

"她父母现在这么激动,还是算了。不过可以让派出所去趟学校宿舍,把夏莉莉的牙刷拿来送检 DNA,也可以证实身份。既然死者家属要去上访,我们要把工作做得仔细一点。"听我说完,林霄赞同地点了点头。

"走,去食堂吃饭!"我用力把林霄从椅子上拽了起来。

"小洁,吃饭了,让你师兄给你加个鸡腿。"林霄对着正在茶水间倒水喝的王洁喊道。

"你们先去,我等会儿。"王洁盯着手机,头也不抬地回答。

"小洁,你在看啥呢?"

"在看跳水出意外的短视频。"王洁说着,把手机递到我面前,"这些视频都是世界各地的跳水爱好者拍的,视频里的人和夏莉莉一样,入水姿势不正确导致晕厥,由于被现场的人及时救起,多半没有生命危险。但我发现了一个奇怪的现象,视频里的人入水晕厥后,都是漂浮在水面上的。"

"这有什么奇怪的?"林霄在一旁问道。

"理论上讲，人的密度比水大，溺水后会先下沉，随着尸体腐败，体内的腐败气体不断增加，尸体在浮力的作用下才会漂起来。这种跳水晕厥溺水的案例，我还是头一次见到，感觉有点违背常理啊。"王洁若有所思地说。

"夏莉莉出意外的时候，是浮起来的吗？"我疑惑地看向两人。

见林霄和王洁也不确定，我立刻跑回工位上，拿起权彬的移动警务工作站又看了几遍监控视频，发现夏莉莉最后一次入水后，是直接向下沉的。

这种跳水意外的情况，我也是第一次见到，一时间也想不明白，为什么短视频里跳水砸晕的人会漂浮在水面上，而夏莉莉就直接沉底了。刚刚心里的不安感，此时又涌了上来。这异常的现象一定有原因，想要搞清楚，只有一个办法。

"老林，小洁，我下午想去解剖夏莉莉的尸体。"

"不合适吧！按照规定，只有定性为刑事案件的尸体咱们才能解剖，这个案子目前已经定性为意外了。"王洁有所顾虑地说。

"只要取得家属同意，非刑事案件的尸体也能进行解剖。刚才黄所不是还说，死者家属对死因有异议吗？我本来还觉得死者家属无理取闹，现在看来，夏莉莉的死因可能不简单。"

王洁想了一下，说道："那我现在就通过黄所联系家属，询问他们的意向，再打电话到殡仪馆，让工作人员提前帮忙把尸体从冷冻柜里取出来解冻。"

等我们拿到家属的解剖委托，收拾好装备到解剖室的时候，夏莉莉的尸体已经解冻得差不多了。王洁很快摆好了尸检工具，然后抬头向我确认道："师兄，我要开始了。"

我点头示意后，王洁拿起手术刀，从夏莉莉的下颌开始下刀，慢慢地划开身体。在这个过程中，腐败产生的气体在手术器械的挤压下，发出捻挤气泡的声音，令人窒息的恶臭也在房间里蔓延开来。

尸体解剖检查显示，死者各级支气管内检见蕈样泡沫和溺液，喉部及气管、支气管黏膜充血肿胀，肺脏体积膨胀明显，表面存在明显肋骨压痕，肺脏切面流出大量红色液体，心脏内检见左心腔血液稀释明显。

由此推测，死者溺水后吸入了大量的液态水，呼吸运动使得水、空气和黏液在呼吸道内相互作用，形成了蕈样泡沫，剧烈的呛咳，导致了呼吸道黏膜充血肿胀。而在濒临溺亡的时候，人的吸气力量大于呼气力量，水吸入肺部后不易呼出，充盈在肺部的水通过肺泡壁进入肺脏毛细血管，经肺静脉进入左心腔，导致左心腔内血液较右心腔血液稀释。

尸体的这些特殊征象，都在说明死者确实是溺水而亡，而且是生前溺水，这也与监控中的情况相吻合，夏莉莉跳水意外溺亡的结论更进一步得到证实，但我心中的疑问却还是没有解开。

林霄看出了我的失落："陆玩，也许是一些非常随机的因素，导致了跳水溺亡的人有的浮起来，有的直接沉下去，对整个案件并不重要，你也不要太钻牛角尖。"

我点了点头，无奈却又不甘地接受了林霄的安慰。

"师兄，那我开始缝合了啊！"王洁边给缝合的皮针穿线边问道。

"记得取胃内容物和其他常规检材送理化检验，严格排除一下中毒和醉酒。"我嘱咐道。

没一会儿工夫，王洁便将腹面沿正中线的切口用线缝牢，尸体正中间的缝合伤口，正好垂直于捞尸造成的那一条表皮剥脱，看起来像是个别扭而丑陋的十字架。

缝好后，王洁将尸体用塑料布包好，拉着绳子想把尸体重新捆上。我双手拽着绳子的另一头帮忙，拉扯间我突然意识到不对。

手中的绳子有问题！

"老林，小洁，这绳子是学校保安捞尸体用的吧？"

"是的，就是这个，一大坨。"林霄肯定地回答道。

"怎么了师兄，有什么问题吗？"

我没回答，一把扯开了刚包裹好的塑料布，重新检查了尸体腋下到胸口的表皮剥脱，接着又拿起绳子比较了一下。

"你们看，这处表皮剥脱至少比绳子宽两倍。如果尸体上的痕迹是保安捞尸造成的，宽度不会和绳子的粗细有这么大出入。"

"师兄，这处表皮剥脱并非致命伤，而且也没有生活反应，明显是死后形成的。"

"我不是怀疑死者生前被绳子捆绑，我的意思是，如果这不是保安捞尸体形成的，会不会有别人碰过尸体？"

"陆玩，我告诉你，为什么剥脱的地方比绳子宽。保安捞尸体的时候，用的是双股绳，这绳子这么长，用双股捞绰绰有余，而且还结实。"

"师兄，这个案子明显是意外溺水，你别多想了。"

我没有再说什么，也许是心中的疑问没解开，让我耿耿于怀，以致过于敏感。其实对于专业的事情，我是有一些偏执的，每当遇到难题，都能唤醒我埋藏在心里的执着。我相信一个真理，这个世界上发生的所有事，都有直接或者间接的诱因，夏莉莉溺水沉底和短视频中溺水上浮这两种截然不同的现象，背后一定有它的道理，只是我暂时还没找到。

在强烈的无力感中，我想起实习的时候，带我的大师兄俊伟哥给我说的一句话：如果想要搞清楚一个谜题，就要将自己当作谜题的制造者，从他的角度去考虑整个事情。这句话对我的影响特别大，之后在办很多案子的时候，我都是通过代入嫌疑人的视角，从而找到了案件的突破口。也许想要解开夏莉莉沉底的原因，需要从死者的角度去思考。对，先从死者的行为入手。

"老林，明天和我去一趟市体育馆吧！"

"去干吗？"

"游个泳，锻炼下身体。"

"别扯了，我看你是想搞清楚夏莉莉溺水沉底的原因吧。我就不懂了，为什么要对一个和案件真相无关的现象这么执着？"林霄有些无奈地说。

"一起去呗，就当去放松一下，怎么样？"

"你是怕自己去跳水出意外，带上我好救你吧？选择市体育馆，还不是因为那里的游泳馆有跳水设施，我说得对不对？"

我嬉皮笑脸地看着林霄没有说话。

"师兄，要不我也去吧？我水性好，你溺水了我救你！"王洁在一边担心地说道。

"你的力量不够，在水里拖不动我，林霄可以，他是咱们省军警体育比赛游泳亚军。不过你要想去也行，到时候给我录像。"

在我不断的乞求和威胁下，林霄终于答应配合我做实验。我临时买了一条泳裤，别的什么也没准备就来到了市体育馆。因为正值工作日，游泳馆里的人并不多，显得有些冷清。

我在更衣室换上泳裤，来到泳池边，撩起里面的水，将身体一点点浸湿，然后慢慢地钻入泳池。可能是太久不游的原因，我的身体在浮力的作用下突然失控。这种失控带来的恐惧感就像是一只无形的手，将我拽入深渊。我有点后悔自己的决定，但是没办法，半途而废不是我的风格，而且会被那两个人狠狠嘲笑的。

稍微适应了一下之后，我从泳池上了岸，走向五米高的跳台。当我真的站上去的时候，这仅仅五米的高度瞬间将我的恐惧放大了数百倍。从视觉上来说，我一米八的身高站在地上看五米跳台其实只有三米二，但是站在跳台上眼睛到水面的距离却将近七米，我承认我的内心十分恐慌，两条腿在不自主地颤抖。

"陆玩，你跳不跳？不行就下来，看你腿抖的，尿货！"林霄在下面疯狂地嘲笑道。

"你闭嘴，我这是冻的。"我辩解道，不想被这家伙看扁。

我咬着牙站在跳台边缘，迟迟不敢往下跳。这时候好想有人能从后面踹我一脚，帮我结束尴尬的处境，可是我知道，最终还要靠自己。

既然不能临阵脱逃，大不了拼了！我心一横，松开了旁边的扶手，闭上眼睛，深吸一口气，双脚用力一蹬，剩下的就交给重力加速度了。我完全不知道自己在下落的过程中是什么姿态，只感觉到五脏六腑突然失重带来的不适。

突然，屁股上传来一阵火辣的刺痛，整个世界仿佛静止了一样，我什么都看不到，也什么都听不到，但能感受到水的巨大阻力。我用尽全力在水里扑腾着，不一会，感觉胸骨以上的阻力消失了，原来我已经将头露出了水面。我努力地往岸边游去，急切地想要离开泳池。

"陆玩，你还真厉害，这都敢跳！感觉怎么样？要不要再来一次啊？"林霄幸灾乐祸地说道。

"吓死我了！我是屁股入的水吗？"

"是的，大屁股。"

"这冲击力挺大的，夏莉莉是后脑入水，绝对有可能被冲晕。"我一时间有些后怕，要是我也后脑入水，说不定现在这两个人正在抢救我呢。

"小洁，你拍下来了吗？"

"拍得非常完整，连你发抖的样子都拍下来了！"

我撇了撇嘴，接过手机，认真地看了一遍自己从爬上跳台到入水游向岸边的整个过程。看完后，我将手机递给王洁："继续录，我再去跳几次。"

"你疯了吧师兄！"

"陆玩，不把自己跳死，你是不是不甘心啊？"

我没有理会两人，走向跳台，又连着跳了几次。我一次比一次胆大，就像监控视频里的夏莉莉，甚至还想学着电视上的运动员翻两个跟头。

上岸后，王洁将后面录下来的跳水视频拿给我看。我看着自己一次一次狼狈地入水，再一次一次从水里倔强地爬出来，说实话，我都怀疑自己是不是有病。最后一次入水后，我费了好大劲儿才从水里浮上来，那种紧张感可能这辈子都忘不掉。

看着视频，我回想起最后一次起跳前，不知是为了显摆还是什么，我大喊了一声，难道这跟浮起困难之间有什么关系？我盯着手机画面，努力思索起来。

"不对，不对啊！"我喃喃自语道。

王洁大概以为自己视频拍得有问题，急忙问道："什么不对啊？"

"我好像知道网上视频里跳水意外晕厥的人为啥漂浮起来了！"我激动地说道。

"为啥啊？"

"不对！"突然间，一个可怕的想法划过我的脑海，我一把抓住林霄，"夏莉莉的死不是意外！"

跳水的尸体

"你胡说什么？"林霄听到我的话看起来明显有点蒙。

"可是师兄，监控里面拍得清清楚楚啊。"王洁反驳道。

"我再说一遍，夏莉莉的死不是意外！快联系派出所和科技大学，保护游泳馆，我们去复勘现场！"我一边擦着身上的水，一边往更衣室走。

我们先回局里拿了勘查设备，然后往科技大学赶去。路上，王洁忍不住问道："师兄，你到底发现了什么？为什么说夏莉莉的死不是意外？还有为什么网上跳水视频里的人入水后不沉底？"王洁一口气问出了心中的疑惑，我知道开车的林霄也在等着我解释。

我清了清嗓子，整理了一下思绪，希望能尽量说得简单明了："我一个一个解释给你们听。首先，法医学教科书介绍的溺水案例，通常是人在清醒状态下落水，落水后挣扎呼救，直至体力完全丧失，呼吸道呛水后窒息死亡，随后沉入水底，直到尸体腐败产生腐气，才会浮出水面。

"但是跳水摔晕溺水完全不一样。刚才，我看完自己跳水的视频后意识到一个问题，人在起跳时，会下意识地深吸一口气，直到入水之后再浮出水面才会换气。如果因为姿势不正确或其他原因，入水时受到冲击后晕厥，人的肺部短时间内还是充盈着气体，身体还是有很大浮力，所以会漂在河面上。直到肌肉松弛，胸廓回缩，将气体挤出，人才会慢慢沉底。

"刚刚在市体育馆的时候，我最后一次起跳前大喊了一声，无意中将肺部气体排光，入水后明显感觉浮力下降，导致我差点溺水，我也是由此得到了启发。至于夏莉莉为什么直接沉底，我觉得……"

"你想说夏莉莉没有浮起来，是因为她跳之前没有憋气，被冲击晕厥后溺水，所以才直接沉底的对吧？"王洁抢答道。

"对也不对。"

"什么叫对也不对？"林霄着急地问。

"小洁猜测夏莉莉是因为没有憋气，导致晕厥后没有浮起来，这点没错，但她为什么没有憋气？这是人的下意识反应，不可能忘掉的。我认为，她之所以没有憋气，可能是因为她跳水前就已经没有呼吸了！"

很显然，我的话顿时让王洁和林霄惊掉了下巴，林霄猛地踩了一脚刹车，将车靠边停下，然后一脸不可思议地看着我。

"你是说夏莉莉在跳水前已经死了？怎么可能！而且之前你俩解剖完尸体，不是已经明确了夏莉莉是生前溺水窒息的吗？"林霄激动地说。

"我不清楚，我只是觉得夏莉莉最后一次入水前，就是尸体了，跳水的尸体！"

"就因为她晕厥后直接沉底了？也许她像你一样，起跳前大喊了一声呢？"

"不只是沉底这一点。之前我反反复复看了很多遍监控视频，总觉得她下落的过程中，身体的姿势很奇怪，怎么说呢？有种四肢在空中被空气阻力和重力肆意扭曲的怪异，就好像她的肌肉没有张力，看起来像个假人。但这只是我的感觉和推测，没有非常明确的证据，所以我们要再去看一次现场。"

因为游泳馆里刚溺死了学生，学校在平息这件事的影响之前，选择暂时闭馆，这对我们来说十分有利，"意外溺死"的第一现场没有被破坏。

管后勤的刘主任再次看到我的瞬间，明显愣了一下，从他微张的嘴巴和瞪得溜圆的眼睛可以看出，我们的到来出乎他的意料。但他很快迎了上来，带着官方的微笑向我伸出手："警官，有什么需要我协助的吗？"

"刘主任，打扰了，我们想再看一下游泳馆的情况，麻烦帮忙开一下门。"我礼貌地说道。

"好的，没问题……那个……陆……陆警官，这个事还有什么疑点吗？还麻烦您又跑一趟。"他支支吾吾地问出了最关心的问题。

"这个我暂时就不方便透露了，不过你不要担心，没什么大事，我就是看看。"显然我的回答让他更担心了，他不安地站在那里，一副欲言又止的样子。

"对了刘主任，我问一下，夏莉莉的父母来过学校吗？和你们怎么沟通的？"

刘主任一脸难为地说："这个我就不清楚了，是校领导和院系领导出面接待的，具体您可以去问他们。"

林霄明白从他这里得不到什么有用的信息，对我使了个眼色。等门打开后，我们提上勘查设备，再次进入了游泳馆。

推开电闸，顶棚的灯光亮起，稍稍驱散了馆内的阴暗。泳池里的水平静地躺在那里。林霄拿上光源和相机，直奔跳台下，但我估计不会有什么收获。

对于现场来说，指纹和足迹是最重要的两样痕迹，但游泳馆环境比较特殊，泳池周围都是防滑塑胶地垫，足迹基本留不下来。其次，物体表面都沾有水，指纹也无法在客体上留下，从法医物证学的角度来说，这种极为湿润的环境，DNA的检出概率也会大大下降。所以，以上的这些检验对象，在这个环境都很难提取出来。

"陆玩，小洁，你们俩快上来！"不知什么时候，林霄已经爬到了跳水台起跳的位置，眼睛死死地盯着旁边的扶手，像是有了什么发现。

这个跳台的栏杆和扶手的材质，不是常见的不锈钢，而是一种坚固的金属材料，表面包了一层厚厚的塑胶。左侧栏杆底部有部分塑胶被磨损掉了，痕迹还很新鲜，应该就是这两天的事。我暗暗觉得磨损的位置很奇怪，按理说这个地方除非刻意去碰触，一般都不会有人接触到的。

"破损的边缘比较规整，裸露出来的金属上有水平的细微划痕，最重要的是，这块破损的宽度，是不是很熟悉？"

林霄的话让我心里一激灵，我一把抢过他手中的相机，调出尸检照片，将左腋下至胸前处的区域放大。对着照片上的比例尺我目测，尸体上条带状表皮剥脱的宽度，跟栏杆塑胶皮破损的宽度差不多。

"这两处很可能是同一个工具造成的！"我指了指照片和栏杆破损处。

"你也发现了！我刚才看到的时候吓了一跳，你觉得会有这么巧的事吗？"

"不好说，如果尸体上的痕迹不是捞尸造成的，只能是保安在捞尸时绳子接触的位置，正好重叠在了表皮剥脱的地方，导致我们忽视了痕迹形成的时间。"

"师兄，我记得尸检的时候，并没有发现剥脱处有任何生活反应，这绝对是死后损伤。"

夏莉莉从走上跳台到死亡，前后不到一分钟的时间，落入泳池后再也没有人接触过，直到周一早上保安发现尸体。那这尸体上的表皮剥脱是怎么形成的？它跟栏杆的胶皮破损之间有什么关系？我一时没有任何思路，眼神在尸体照片和栏杆之间来回游移，想从中找到蛛丝马迹。

"难道有别的人进来过？在监控死角没有拍到？"林霄若有所思地说。

"但尸体在监控范围内，进来的人怎么接触？"

听完我的话，林霄也低头不言，我们三个就这样站在高台上，像是三件展览品。傍晚的太阳仿佛燃烧殆尽的火炉，减弱了它的光辉，透过跳台背面的窗户照射进来，给我们镀上了一层金色。我不由自主地向窗户看去，这窗户离地大概五米，跟我们所站的跳台高度基本持平。

"那个窗户有啥用，修得那么高？"王洁小声嘀咕着。

"可能是游泳馆水汽太重，用来通风的吧。"

"咦？窗户上好像有个东西。"林霄眯着眼睛伸长了脖子，努力观察着。

"什么东西？我怎么看不到？"

"是啊！林霄哥，你看到什么了？"

"等等，相机给我。"林霄拿过相机，对着窗户玻璃找了个合适的角度，放大倍率后按下快门。检查完刚拍摄的照片，林霄将相机递到我和王洁面前。

"这……这好像是个手印啊！"我将照片放大，看着玻璃上若隐若现的轮廓猜测道。

"林霄哥，你眼神可真好，这都能被你发现！"王洁也拿过相机认真观察着。

"其实也是运气好，夕阳照在窗户玻璃上，只要角度合适，这样的印迹很容易显现出来。如果我晚一点回头看窗户，估计也看不到这个手印。"

"难不成有人通过那扇窗户进来过？"

"现在还不好下结论。"林霄说着，走下跳台，来到窗户下面，仔细地检查了一下墙面，又抬头看了看窗户，"小洁，你去物业借个梯子来，我要上去看看。"

王洁应了一声，一溜烟跑了出去。

"你真的觉得这个窗户有问题？"

"不知道，所以才想上去看看。"

没多久，王洁就拖着一个超大的人字铝合金折叠梯，气喘吁吁地回来了。

林霄接过梯子立在窗户下面，小心翼翼地爬了上去。梯子不能承受两个人的重量，所以我除了在下面干着急，完全起不到作用。

"有什么发现没有？"我迫不及待地问林霄，但是并没有等来他的回应。他拿着多波段光源，仔细地检查着窗户和窗台的每一寸地方。过了一会儿，他从梯子上下来，拿着相机又爬了上去。

"你看到啥了？"我没好气地问道。

"灰尘！"

对于痕迹技术员来说，灰尘绝对是好东西，不论是足迹、指掌纹还是别的痕迹，灰尘都是最好的固定媒介。林霄肯定是发现了有价值的痕迹，想到这一点，我也不便继续追着问。

等林霄拍完照片从梯子上下来，我和王洁立马冲到他面前："怎么样，有什么发现？"

"窗台长 1.2 米，宽 25 厘米，满足一个成年人攀爬蹲坐的条件，窗户的高度为 1.4 米，如果想从这里进出也非常容易。窗台上的灰尘有大面积的缺失，从缺损的形状上可以大致判断是蹭掉的，因为灰尘缺失的一侧有擦划状的拖尾痕迹。窗台下墙内表面有灰尘被水侵蚀的流柱状痕迹，说明有水从窗台上流下，但现在是夏天，玻璃上不会凝结水珠，所以流柱状痕迹也存疑。此外，窗户是对开两扇窗的结构，中间是一根垂直的铝合金窗框，窗框下段对着室外的那一面有新鲜的擦划痕迹，还有就是玻璃上的手掌印没有指纹和掌纹，手印的下边缘有流柱状的水渍。"

"玻璃上的手掌印为啥没有指掌纹？"我疑惑地问道。

"这要从指纹形成的原理说起。人的手指、手掌面的皮肤上，存在有大量的汗腺和皮脂腺，因此只要手指、手掌接触到物体表面，就会像原子印章一样自动留下印痕。但如果手掌非常潮湿，手指边面的汗液等减少，就不会留下指纹了。"林霄详细地解释道。

"这下指纹比对没戏了！"我叹了口气，"那你取 DNA 了没？"

"取了。"

"如果这个掌印做出 DNA 结果可以比中身份，就可以查到掌印主人的社会圈和夏莉莉有没有交集。如果完全没有交集，也不能排除是临时激情作案。"

"还有一个地方让我觉得很奇怪。"

林霄的话让我再次绷紧了神经："什么？"

"窗框上的擦划痕迹和跳台塑胶缺失还有尸体上的表皮剥脱宽度一样，误差不超过 0.2 毫米。这应该不是巧合，可能真的有人从窗户进来过。"

"这里是监控盲区，即便有人进来也拍不到，我再打电话问问权彬具体情况吧。"

我急忙拨通了权彬的电话，传入耳中的响铃声让我越发急躁。

"陆哥，什么指示？"

"游泳馆的监控检查得怎么样了？"

"从上周五下午四点游泳馆闭馆到这周一保安捞尸体的这段时间，我都看了！"

"当时游泳馆的人都走光了吗？"

"走完了。夏莉莉收拾了游泳馆的杂物，在快五点的时候离开的，直到晚上七点，才再次出现在画面里。"

"这期间有别的人进来吗？"

"从监控上来看没有。夏莉莉回来以后，监控就被挡住了。"

"挡住了？谁挡住的？这么重要的事你怎么没和我说？"我有些着急地提高了音量。

"夏莉莉自己挡住的，她用拖把擦墙的时候扫到了摄像头，拖把上水太多，摄像头糊了没法对焦就看不清了。大概过了二十分钟，摄像头上的水慢慢干了才看清楚。"

"好的，我回来后再确认一下。"我回头示意王洁、林霄收拾勘查设备，接下来要回去看看手掌印到底能比中谁了。

珍珠奶茶

回到局里，我一头扎进权彬的数据分析室。监控内容果然和权彬说的一样，周五闭馆后除了夏莉莉，没拍到其他人进入游泳馆。但综合目前的线索来看，夏莉莉的死很可能不是意外，一定有什么关键的信息被我们忽略了。

我一边想着，一边往办公室走，一进门就看见林霄在忙着整理勘查照片和资料。

"那个水掌印虽然送检 DNA 了，但是王宇这会还没做出结果，咱们也不能干等着啊。"

"那你的意思是？"林霄头也没抬地问道。

"让侦查介入，从夏莉莉的社会关系入手。"

"目前有确切的证据，支持夏莉莉死亡是命案吗？"

"刑警大队侦查员只管命案吗？现在案件性质存在疑点，弄清楚不就是我们的工作吗？党怎么教育你的？对党忠诚，服务人民，执法公正，纪……"

"得得得，你赶紧闭嘴吧！就你是优秀党员。夏莉莉的社会关系就派肖良和老包他们去调查吧，只要他们听你的指挥没怨言就好。"

我打电话给肖良，这货一听我叫他下来，像只兔子一样蹦跶进了我们办公室，一进门两只眼睛就贼溜溜地来回扫视。

"别看了，小洁不在。"

见小心思被戳穿，他明显有些不好意思。

"你这家伙，进门不先找我报到，到处找王洁，过分了啊！"我继续调侃道。

"哪有哪有！陆哥，你找我啥事？"

"昨天我们出了个非正常死亡的现场，死者是个大三学生，目前死因存疑。你去调查一下死者的社会关系，看她死前见过什么人，是不是遭遇过重大挫折，以及此前有没有自杀倾向，具体案情你去问林霄。"

"好的没问题，我现在就去。"

"对了，你先从学校开始调查，家属那边情绪不太稳定，暂时不要有太多"

接触。"

"好的，老大！"

这天晚上我没有睡好，梦里还在不停地跳水，下坠过程中的那种失重感，让我数次从梦中惊醒。我不由自主地想起监控里夏莉莉下坠的画面，尤其是最后一次死亡之跳，她舒展的四肢仿佛断线的木偶般不受自己控制。

好不容易在后半夜睡得安稳了些，一大早却又被手机铃声强行唤醒。

"陆哥，你到局里了吗？"王宇问道，声音听起来很急切。

"离上班还有两个小时，我连床都没下。"

"陆哥，是这样的，我早上检测你们昨天提回来的玻璃上的水印拭子，发现了一个问题。"

王宇的话让我瞬间清醒了："什么问题？"

"DNA 分型比中了死者夏莉莉！"

"你没弄错？"

"陆哥，你每次都这样问，我啥时候弄错过？"

"这种湿润环境中的 DNA 不容易检出吧？"

"是的。所以我用磁珠法提取，又过了一遍过滤柱对提取产物进行浓缩，然后用三十倍循环 25 微升体系扩增，可以说已经做到极致了。出来的结果虽然分型不全，但可以认定就是夏莉莉的 DNA 分型。"

"这种环境的剥脱细胞 DNA 检出效果怎么样？"

"看情况，如果水分很快蒸发变干，就容易检出；要是长时间湿润加上细菌滋生或者剥脱细胞随水流掉，就很难检出了。对了，还有个事情，理化那边说死者胃内容物检出氯气和三氯异氰尿酸钠，这是游泳池消毒剂的成分。"

"好的，我知道了。"听到王宇这么说，我心里咯噔一下，也就是说夏莉莉确实是在泳池溺死的，可这不就和我推测的夏莉莉死后入水矛盾了吗？我越想心里越乱，反正也睡不着，干脆穿上衣服，往局里走去。

到办公室后，发现里面空荡荡的一个人也没有，果然拜王宇所赐起得太早。不大一会儿，林霄手里端着满满一杯咖啡，小心翼翼地走了进来。

"林霄，王宇跟你说了吧，水手印DNA是夏莉莉的。那个地方怎么会有她的手印，难道是擦玻璃的时候留上去的？"

"我第一反应跟你一样，但后来仔细一想，这个猜测站不住脚。"

"怎么说？"

"首先，那个窗户离地五米多，主要是用来排水汽的，平常完全没必要爬上去擦。另外，你看这里，"林霄说着指了指电脑屏幕，上面是他昨天拍的窗户的近照，"玻璃上能留下这样一个清晰的水手印，说明上面有灰尘。"

"那也不一定，玻璃擦得不干净，不也会留下手印？"

"那样的话不会只留下水手印，应该还有大面积平行的擦痕，目前照片上这种情况，说明没有擦玻璃的行为。"林霄笃定地说道。

"如果不是为了擦玻璃，那她爬这么高干什么？为了进出游泳馆？她不是有钥匙吗？犯得着从这里进出吗？难不成是为了躲什么人？"

我一边想着，一边和林霄来回翻看着现场勘查照片和监控资料，突然一个想法从我脑子里一闪而过。

"林霄，你说夏莉莉从窗户进出，会不会不是为了躲人，而是为了躲监控？毕竟这个位置，监控拍不到。"

"为啥要躲监控？偷东西吗？"

"不知道，不排除这个可能！"

总之现在案子不合常理的地方越来越多了，这个夏莉莉也越来越神秘了。她爬上窗户肯定有目的，为了解开这个疑团，我让权彬去问一下，看游泳馆外围的路上有没有监控。如果有的话，希望能从中发现有价值的线索。

权彬刚出去肖良就走了进来，这次他居然没有四下搜寻王洁的身影，而是直接朝我走了过来。

"陆哥，我查回来了，没什么发现。"他看上去有些沮丧。

"辛苦你了，没事。说说你的调查结果吧！"我安慰道。

肖良从旁边拉过来一把椅子坐下，将笔记本电脑放在腿上，开始汇报："我走访了夏莉莉的大学同学和室友，并没有了解到夏莉莉在学习和生活上遇到过什么挫折。据她室友说，因为夏莉莉是游泳馆管理员，所以经常在闭馆后还去游一会儿泳，也带同学一起去过。"

"夏莉莉上周五的行踪，你问清楚了吗？"

"室友说周四晚上她们都睡了，夏莉莉才回来，周五一早就出门了。上午她们一起上了课，下午四点夏莉莉去了趟游泳馆，然后去吃了晚饭，之后回游泳馆游泳，就出意外了，这些都有同学见到。"

"夏莉莉四点多离开游泳馆，两个小时后回到游泳馆打扫卫生，这段时间她去吃饭了吗？"

"是的，她室友在食堂见到她了，还说她看起来有点奇怪。"

"哪里奇怪？"

"那个同学说当时她问夏莉莉上午的课有没有帮自己签到，夏莉莉明显愣了一下，随后点了点头。为了表示感谢，这位同学还请夏莉莉喝了一杯珍珠奶茶。可是后来，她得知夏莉莉并没有帮她签到，自己还因此被扣了纪律分。她觉得很奇怪，自己和夏莉莉平常关系非常好，她不会不帮这种忙。另外这位同学还说，整个吃饭的过程中,夏莉莉都没怎么主动和她说话,就……"

"停!"我打断肖良的陈述问道,"你说那个学生给夏莉莉买了一杯珍珠奶茶?夏莉莉喝了吗?"

"我没问。"肖良看我突然打断,有些困惑地问道,"陆哥,这很重要吗?要不我现在问,我留了那个女孩的电话。"

"打,现在就打过去。"我紧张得冷汗直流,声音都变得颤抖起来。

肖良拨通了电话,并打开了免提。

"喂?您哪位?"电话里传出来一个女孩子慵懒的声音。

"你好,刘同学,我是昨天找你了解夏莉莉情况的警察,肖良,你还记得吗?"

"记得!警官小哥哥。"电话里女孩的声音立刻变得清脆有活力起来。

"我打电话是想问你一下,你当时说在食堂请夏莉莉喝珍珠奶茶,她喝了吗?喝完了吗?"

"喝完了啊!杯子还是我帮她丢掉的。怎么了,你们不会怀疑我下毒吧?那个奶茶是食堂买的呢。"

"肖良,问她夏莉莉有没有吃里面的珍珠。"我在一旁提示道。

"吃了一半。"女孩子听到了我的声音,直接给出了答案。

"姑娘,你确定她吃了珍珠?"我一把抢过电话大声问道。

电话那头的女孩显然是被我突如其来的质问吓到了,用小心翼翼的口吻说:"我……我确定她吃了,有什么问题吗?"

"没事没事,你别怕,我们就问一下。"肖良急忙安慰道。而我在一旁已经心乱如麻,无暇顾及自己的态度了。我冲到王洁的电脑前,翻出夏莉莉尸体解剖的记录和照片,迅速查看起来。

"怎么了？老陆！"林霄看我反应这么大，小心地问道。

"找到了！林霄你看，"我指着电脑上夏莉莉的解剖照片对林霄说，"死的人不是夏莉莉！"

"怎么可能！DNA确定过没错啊！"

我一时不知道怎么解释，声音和手指都已经颤抖得无法控制。我坐在椅子上狠狠地攥了攥拳头，好让自己尽快冷静下来。

"林霄你回忆一下，我们解剖夏莉莉尸体的时候，有没有从肠道和胃内食物里看到珍珠奶茶里的珍珠？"

"没看到不是很正常吗？"肖良在一边不解地问道。

"不正常。一般奶茶里的珍珠都是食用明胶做的，不管咀嚼得多烂，都很难被消化。你前几天给王洁买的珍珠奶茶，她就是因为这个没喝，转手给了权彬。"我激动地解释着，完全没顾及肖良的颜面，"夏莉莉如果在食堂吃了奶茶里面的珍珠，那消化道里为什么没有？"

"到底怎么回事？"

我没有回答林霄的提问，在大脑里将尸体解剖、两次现场勘查得到的信息过了一遍：尸体胸口的表皮剥脱，保安捞尸体用的绳子，跳台和窗框上与尸体表皮剥脱等宽的摩擦划痕，水手印DNA分型，夏莉莉躲避摄像头的行为，打扫卫生将游泳馆摄像头擦湿，尸体入水没有浮起……所有零散的线索，此时全部联系了起来。如果我没有猜错的话，夏莉莉真的不是跳水意外死掉的，整个事件是一场设计好的谋杀。

"林霄，夏莉莉的死不是意外，是谋杀。"

"什么？"

"你没听错，夏莉莉是被谋杀的。"我一字一句地说。

"谁杀的？"

"假的夏莉莉杀了真的，或者真的杀了假的。肖良，你在单位待命，做什么等会儿我会告诉你。林霄，我们两个出去一下！"

"去干吗？"

"找人。"

"谁？"

"夏莉莉的父母。"

监控

我拖着林霄走出了办公室，同时在移动警务工作站上，查到了夏莉莉的户籍信息。根据上面的记录，夏莉莉家就在天港市，父亲夏立明是一家大型超市的老板，母亲也在自家超市里工作。在去找夏莉莉父母之前，我拨通了黄所的电话："黄所，我在警讯通上发了夏莉莉父母户籍信息地址，你帮我核实一下是不是他们的现居住地。"

"你们要去找夏莉莉父母？"黄所问道。

"对，她父母现在状态怎么样？"我有些担心，不知道去夏家会遭到怎样的对待。

"你这么一说我突然想起，夏莉莉的父母不是一直都认为夏莉莉的死不是意外吗？来所里闹得挺厉害，我们也反复解释。前天夏莉莉父母又来了派出所，和我们掰扯这个事，我们只能又拿出视频给他们解释。奇怪的是，这次他们看了几遍后，态度突然有些转变，什么也没说就离开了，也不知道是为啥。分明之前闹得那么凶，还说要去信访，现在却没有任何音信了。"

"这是好事啊，你还盼着人家投诉你吗？"我打着哈哈，结束了与黄所的对话。

"陆玩，你刚刚说什么真假夏莉莉，都把我搞糊涂了，到底怎么回事？"林霄还在一旁焦急地问。

"我怀疑夏莉莉有个同卵双胞胎姐妹，我们现在去她家看看，如果我推测得没错的话，目前一切疑点都能解释通了。"

我和林霄开车来到城北的一个联排别墅区，警车进入小区后，停在了其中一栋别墅前。我们按了很长时间门铃，才听到里面发出响动。不一会儿，房门被打开，一个身穿睡衣的女人探出头来，她大概四十多岁，憔悴的样子和脸上精致的妆容十分不协调。

"你好！请问是夏莉莉的母亲韩芬吗？"我开门见山地问道。

女人上下打量了我一番，面无表情地点了点头。

"韩女士，我们是市公安局刑侦大队的，关于你女儿的死，我们发现了新的疑点，想再找你了解情况。"

我话音刚落，韩芬的身体明显颤抖了一下："我女儿不是跳水出的意外吗？派出所已经给我们看过监控视频了，还有什么好调查的？"

韩芬的话让我有些意外，之前还一口咬定女儿的死不是意外，现在态度突然一百八十度大转弯，反而弄得我有点不知所措。

"起初我们接到报案，通过现场勘查和尸体检查，结合游泳馆的监控，初步判定你女儿是意外溺水身亡。但每一起非正常死亡事件的勘验过程，我们都是要进行复审，在复审期间，我们发现了重大疑点，现在基本上可以确定，夏莉莉是死于他杀……"

听我这么说，韩芬瞬间显得有些慌张，她避开我的视线，扶着门把的手攥得更紧了，像是在极力控制着自己的情绪。很快，她平静下来，用略带愤怒的语气说："不是……我之前去了几次派出所，警方都说我女儿死于意外，现在你又跑来说有人杀了我女儿，你们一会儿一个结论，我究竟应该相信哪个？"

"韩女士，最初勘查完现场，我们确实认为是意外，但后来经过调查又发现了一些新线索，案件性质也有了变化。我们的最终目的，也是想把事情调查清楚，希望您能配合。"

"我现在已经接受了女儿死于意外的事实，我们家里人现在精神都很脆弱，请你们不要再来打扰！"韩芬边说边将我往门外推，另一只抓住门把的手准备关门。

我一把扣住门边缘："等一下，韩女士，我想最后问你一件事。"

"什么？"女人不耐烦地问道，关门的力气却一点没减少。

"夏莉莉是不是还有个双胞胎姐妹？"

韩芬瞬间愣在原地，推我的那只手也没了力气，她两只眼睛死死地盯着我，里面是难以掩饰的不安。接着，她慌忙低下头，嘴里说着："我不知道！我不知道你在说什么！我就莉莉一个孩子，我根本不信任你们，请你们离开！"然后一把将我推了出来，用力地关上了门。

"我们来对了！你看韩芬的反应，绝对有双胞胎的存在。"林霄在一旁若有所思地说，"你突然问双胞胎的事情，她没有任何准备，如果确实没有，她的反应绝对是否定，但她却来了句'不知道'。这是什么答案？自己生几个孩子不知道？还有你看她的反应，这里面绝对有问题。"

"没错，而且她明显慌了。她之前一口咬定夏莉莉的死不是意外，可是现在又突然接受了，刚刚黄所也在电话里说，韩芬夫妇前天去派出所反复看过监控视频之后，态度突然一百八十度反转，其中肯定有问题，她一定是在视频中发现了什么！"

林霄低头想了一会儿，然后说道："只有一种可能，她发现了视频里跳水的不是夏莉莉，而是另一个孩子。她已经失去一个女儿了，不能再失去另一个。如果我是韩芬，我也不希望警察继续追查。"

"越是这样，我们越要想办法查到另一个孩子的下落。"

"你说得轻松，韩芬不配合，我们怎么查？"

"林专家，这话能从你嘴里问出来？我们是干吗的？"

"别在这里装啊，你有办法就说。"

"韩芬第一次看视频，没有认出那个双胞胎女孩，有没有可能她也对那女孩不太熟悉，也就是说，那个女孩没有在她身边长大？如果是这样的话，就好办了。"

"怎么说？"

"一般孩子上户口，需要医院开的出生证明。而抱养或领养的孩子，因为没有相应的出生证明，就需要带着孩子到公安部门，由公安部采集孩子的DNA信息，录入打拐库比对，没有问题的话，公安部会出具文书，证明这个孩子不是拐卖或者走失儿童，家长拿着这个文书，就可以给孩子上户口了。因此，只要拿着夏莉莉的DNA信息，去库里比对一下，就能找到韩芬这个送出去的孩子的信息。"

"之前检查尸体DNA的时候，为啥没有比中？"

"因为之前比对的是全国DNA数据库，跟打拐库数据不互通。现在让王宇去打拐库查一下，应该有希望查到。"

王宇很快给我回了消息，说他比中了邛州市一个叫韩笑笑的女孩。他还告诉我另外一个消息：韩笑笑的父亲韩俊，跟夏莉莉的母亲韩芬，是亲姐弟。

我让王宇把地址发给我，回到局里接上王洁，一行三人马不停蹄地驱车前往邛州市。

一个多小时后，我们来到了邛州市韩俊的住处，但并没有找到他们一家人。邻居说韩俊在市场经营一个小吃摊，这个时间应该在做生意。

在邻居的帮助下，我们在市场上找到了韩俊的小吃摊。韩笑笑穿着一套破旧的中学校服，围着一条沾满油污的围裙，正在摊位的油锅旁边炸着鸡柳，眼神里没有一点青春洋溢的气息。她站在那里机械性地重复着手上的动作，熟练地将炸好的鸡肉捞起拌料，再将未化冻的鸡柳放进油锅，任凭飞溅起的热油溅在手上，却没有丝毫的躲避。

我们将警车停在稍远的地方，下车后朝着那个摊位走了过去。韩俊看到我们，笑脸相迎地问："警官，你们要点什么？"

"哎呀！你在干什么？"韩笑笑听到韩俊招呼警官，手中的漏勺不慎掉落进油锅，溅起的热油飞到了旁边一位顾客的手上。

"对不起，对不起！"韩俊赶忙上去赔着笑脸，安抚好顾客后，转头看着韩笑笑问，"你有没有被烫到？算了，这边我一个人就行了，你回家弄点饭给你妈妈吃吧。"

"韩笑笑，等一下，我们就是来找你的。"林霄尽量用平和的语气说道。

"警官，出什么事了吗？"韩俊整个人紧张了起来。

"放轻松，我们就是找你女儿了解点情况。"我使了个眼色，让王洁将韩笑笑带到了一旁的僻静处。女孩已经没有了刚才的慌张，转而是一副冷漠的神色。

"韩笑笑，知道我们为什么来找你吗？"我开门见山地问道。

"不知道。"女孩泰然自若地说，比起刚才的狼狈，此时的她显然已经做好了心理准备，来应对我们的提问。

"上周四下午你在哪里？"

"我去天港市批发市场帮我爸爸进货了。"

"谁可以证明？"我问道。

"没有人可以证明，我自己去的。但是半路我妈给我打电话，说她不舒服，我就又回来了。我妈长期卧床，我爸忙不开的时候，我要照顾她。叔叔，你这是在审问我吗？出什么事了？"女孩不仅没有惊慌，还淡定自若地反问我，她自然的神态让我一瞬间怀疑是不是自己弄错了。

"不是审问，只是有个事情要和你核实一下。别紧张，喝点水，大热天的在这里帮父亲出摊很辛苦吧！"说着，我将王洁手上未打开的可乐递给女孩。韩笑笑没有客气，伸出手接了过去。在她接过可乐的一瞬间，我看到她右手掌心处有一条明显的擦伤，和之前我们所看到的夏莉莉尸体表皮剥脱、跳台扶手磨损以及窗框的摩擦痕迹的宽度一模一样。看来我猜得没错，凶手十有八九就是她。

我稳定了一下自己的心情，看着眼前的女孩，考虑接下来怎么找突破口。正在这时，我的手机响了起来。

我走到一旁接起电话："阿彬，什么情况？"

"陆哥，游泳馆外围的监控我看了，没什么异常。但我排查了周四游泳馆内的监控，发现了一个很奇怪的现象。周四下午四点闭馆后，夏莉莉在游泳馆打扫卫生。过了一会儿，她放下拖把进了女更衣室，这中间没看到她从更衣室出来，但半分钟后，她又出现在游泳池边上，再次走进了更衣室。不仔细看，还以为是监控器卡顿画面重播了。"

"不是画面重播，是两个人！"

"对，我来回看了很多遍，才发现画面没有问题。两个人穿的衣服一样，高矮胖瘦、神态甚至连走路姿势都一模一样，太吓人了。"电话那头的权彬语气显得异常激动。

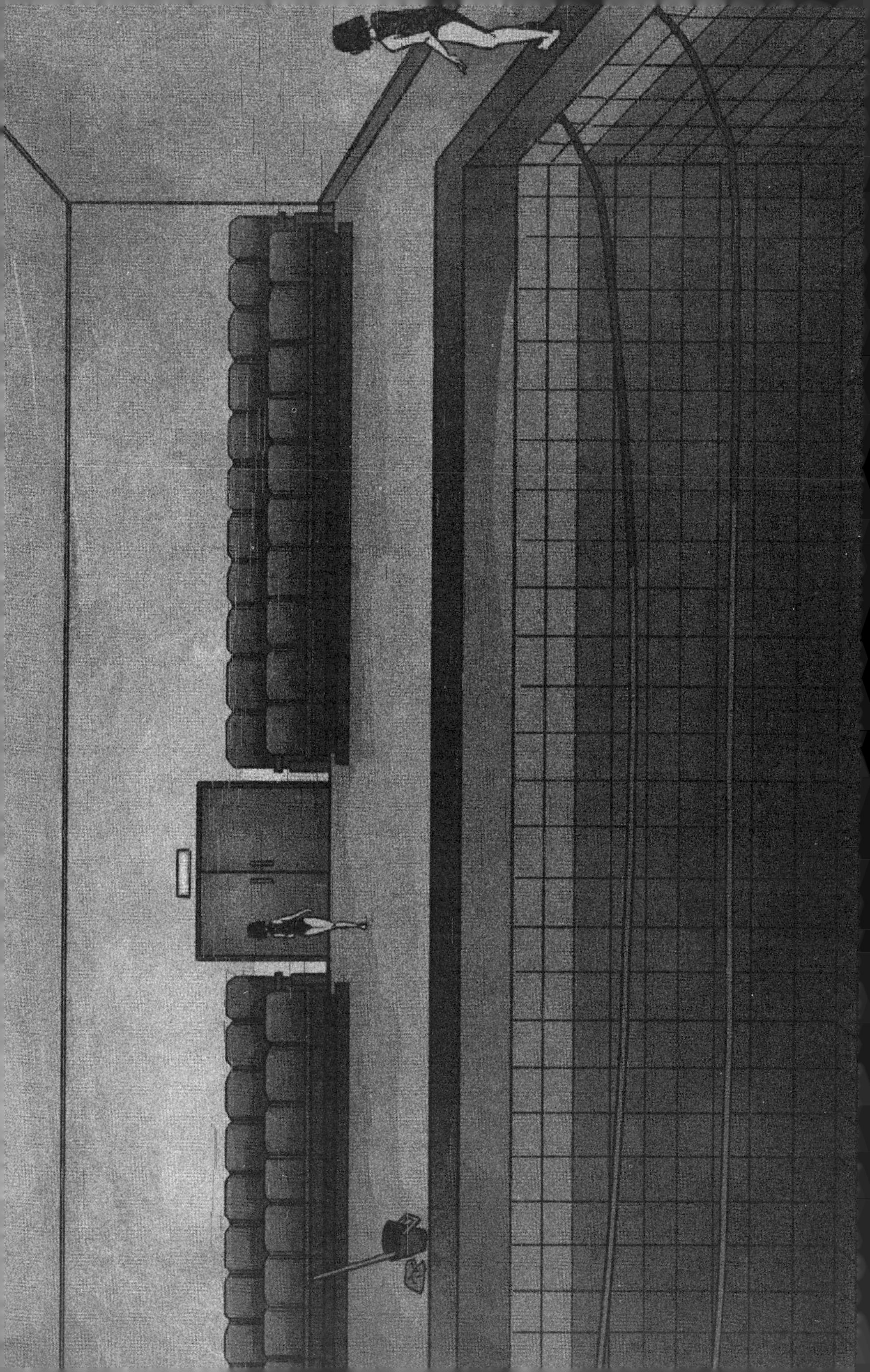

"对了，我让你检查的那个地方怎么样了？"

"学校正在配合我们弄。"

"师兄，你在让他们做什么？"王洁突然出现在我身后吓了我一跳。

"暂时保密，等权彬顺利完成任务，这个事情就真相大白了。现在我们把韩笑笑带回去。"

被选择的人生

审讯室里的韩笑笑依旧平静如水。这个事情从头到尾我比较清楚，所以除了老包和肖良外，我也在一旁陪审。

"韩笑笑，是你自己主动说，还是我们来问？"

韩笑笑还是一副无动于衷的表情。

"小姑娘，你还年轻，有大把的美好时光在等着你，做了错事争取一个宽大的处理，对你没有坏处。"我知道这样套路性的劝说很少能起到作用，但还是抱着侥幸心理，希望能够说动她，让她自己交代。

"叔叔，你们是为了我姐的事来找我的吧？"

"是的，对此你没什么想说的吗？"

"没有，我姐不是意外溺水的吗？"女孩说完，嘴角不经意露出一丝微笑，她一定做足了功课，对自己的杀人手段充满了信心。

"韩笑笑，那我问你另外一个问题，你和夏莉莉关系好吗？"

"很好，虽然住得远，但是我和她会经常在一起玩。"

"她死了你不难过吗？"

"我不难过也是你们抓我来的理由吗？她已经死了，我难过有什么用？你们如果怀疑我姐姐是被杀死的，应该去找证据抓凶手，而不是在这里审问我。"这丫头还真的是伶牙俐齿。

"找到证据对我们来说只是时间问题，我只是好奇你为什么要杀你姐姐。"

"你说我杀人了就拿出证据，没有请不要污蔑我。"

我让肖良和老包继续给她做笔录，然后从审讯室出来，回到了办公室。坐到座位上后，我深吸了一口气，看了看手机上的时间，盼着权彬那边尽快有好消息汇报过来。

"师兄，你要的东西。"王洁拿着打印的现场勘查材料和尸检记录朝我走来。

"都齐了吗？"我问道。王洁点了点。

"老陆，你现在能推测到韩笑笑是怎么作案的吗？"林霄在一旁问道。

"差不多。我们可以先来回顾下查案过程。第一次勘查现场后，我们认为夏莉莉是意外溺水身亡的，主要有三点依据：第一，尸体确实有溺水表征；第二，现场没发现可疑痕迹；第三也是最重要的，现场的监控记录了夏莉莉溺水的整个过程。后来在王洁的启发下，我们觉察到了夏莉莉入水直接沉底这个疑点，通过复勘现场，我们又发现了跳台扶手胶皮缺失、窗框摩擦痕迹、水手印等新线索，这些都说明案件绝非跳水意外那么简单。另外，这期间我还得到了一个消息，让我费解了很久。"

"什么？"林霄急切地问道。

"尸体里检出了游泳池消毒剂的成分。"

我的话让两人陷入了沉默。王洁低头想了一下，若有所思地说："师兄，难不成凶手在别的泳池溺死了夏莉莉，然后通过某种手段将尸体运到游泳馆，再伪装成溺水身亡？"

"没错，就是这个思路。但并不是别的游泳池，就是这个地方！"看林霄和王洁满脸的不解，我继续说道，"我们忽略了一个重要的地方，女更衣室。"

"陆玩，你是说更衣室里的那个水循环系统机房？"

"没错。我在网上查了一下，游泳池水循环系统里有一个重要的构成叫平衡水池，主要的作用是稳定泳池水位，作为水泵吸水池，沉淀较大颗粒污染物，如果我没猜错的话，夏莉莉就是在那里被溺死的。我已经让权彬去现场调查了。"

"陆玩，目前为止你的推测没有什么漏洞，权彬如果找到线索，便可以印证你的推断。现在的问题是，尸体怎么跳水的？"

"先别急，听我慢慢说。权彬后来扩大范围排查游泳馆监控的时候，发现了一个诡异的画面。"我把权彬说的，跟他俩复述了一遍。

"后面进去的是韩笑笑吧！"王洁惊呼道。

"是的，她应该就是在这时候杀了夏莉莉，并且把尸体保存在了水循环系统机房里。随后，她充当夏莉莉在学校里面活动。"

"这么热的天，尸体从周四放到周五会臭的。"王洁说道。

"韩笑笑肯定用了某些办法。上周五下午快五点的时候，韩笑笑离开游泳馆，跑到食堂吃饭，还故意和夏莉莉的同学接触。但她一时大意喝了对方给的珍珠奶茶，这是她最大的败笔。

"吃完晚饭回到游泳馆后，韩笑笑做了一件事，她借着打扫卫生的机会，故意将水弄在了监控摄像的探头上，使得监控探头变得模糊一片。随后，她走到游泳馆外的窗户下面，拿出事先准备好的绳子，和一个足够长的竹竿，用竹竿挑上绳子头，再将绳子的两头搭在窗台上。

"紧接着，她回到游泳馆，将两个绳头固定在跳水台的扶手上，这样一来，就形成了连接跳水台和窗框的双股绳桥，跳水台扶手的橡胶就是这时候被弄破的。

"准备好这一切后,她将夏莉莉的尸体带到跳水台上。因为跳台空间比较有限,韩笑笑便用另外一段绳子,将尸体固定在跳台栏杆处,尸体上的条状表皮剥脱,就是这时候造成的。

"接下来,我猜她应该是待在更衣室里,等着监控镜头上的水干掉,这样可以拍到她回来的画面,她算准了水蒸发干的时间,清楚什么时候监控会恢复正常。从更衣室出来后,她开始表演游泳和拙劣的跳水,等最后一跳的时候,她走上跳台,解开绳子,将尸体推进泳池。随后,她通过绳桥爬到窗户处,再将绳子收走,利用绳子从窗户溜下去,就完成了整个过程。"

听完我的推理,林霄和王洁看起来有些恍惚,办公室一时陷入了沉默。

过了一会儿,林霄率先开口问道:"有个问题,拴在跳台上的绳结怎么解开?"

"韩笑笑爬到窗户上后,将绳结转到窗框处解开,再拉动其中一头,就把绳子取回来了。在爬向窗台的过程中,韩笑笑的手被擦伤了,在玻璃上留下了携带 DNA 的水手印。接着,她将绳子绕过窗框,顺着绳子下去,再扯下绳子离开就好了。游泳馆窗户外植被茂盛,监控拍不到,也不容易被看见。"

"还是不对。如果像你说的,她在窗台处解开绳子,拉动其中一头将绳子收回来,那另一个绳头肯定会掉在地上,这样就会被监控拍到。"林霄再次质疑。

"你说得没错,不过这也是可以解决的。我有办法,但不知道韩笑笑是不是这样做的。"

"什么办法?"林霄和王洁异口同声地问道。

"用渔线。韩笑笑解开绳结后,在绳子的一头拴上渔线,接着一边拉另一端的绳子,一边释放渔线,整个过程使绳子始终紧绷,这样就不会被监控拍到。等抽出所有的绳子后,原来的绳子就被替换成了渔线,这时候抽出渔线,即便渔线垂落在监控范围内,也不会被发现。"

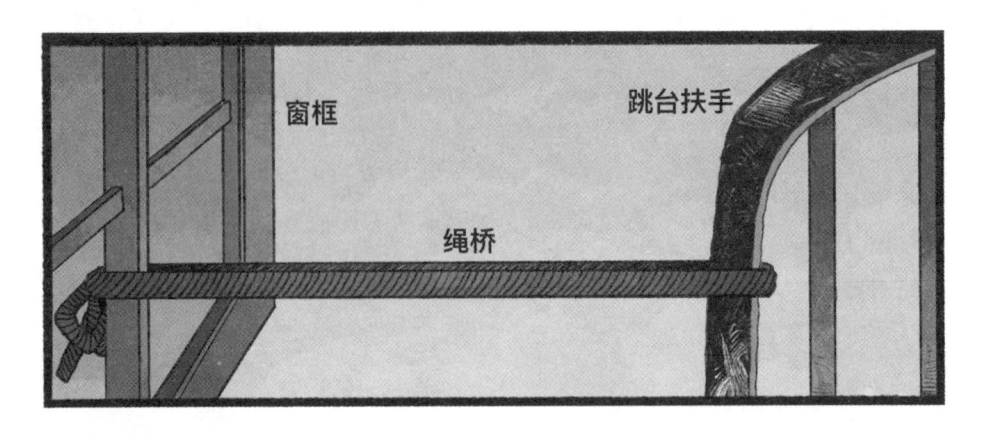

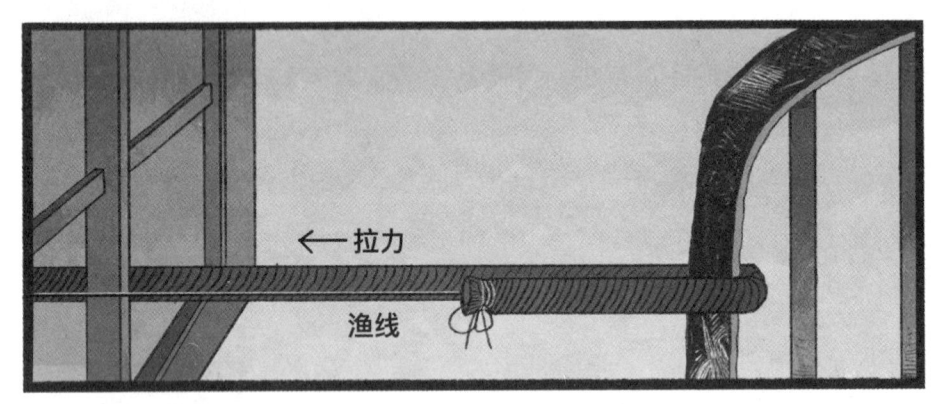

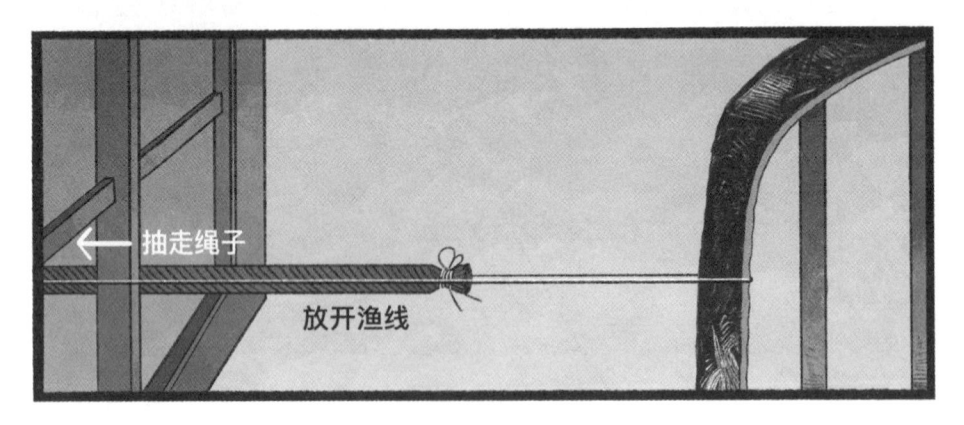

机关示意图

这时候，门突然开了，权彬举着个物证袋走了进来："陆哥！陆哥！你看我找到了什么！"

"什么东西？"王洁抢先问道。

"陆哥说女更衣室里那个房间是循环水系统机房，里面果然有一个水池，我让保安关了阀门抽干了水池就找到这个。"权彬说着晃了晃手上的物证袋，从里面掏出一个卡通的海贼王钥匙挂件，"我问了韩笑笑的父亲韩俊，确定这个就是韩笑笑的东西。你看这个挂件上还有字应该是定制的，送给笑笑妹妹，夏莉莉送的吧！"

"房间里有没有冰柜或者能保存尸体使其不变质的设备？"我问。

"没发现冰柜，不过那个房间有空调。"

"空调调到最低，再带点冰保存尸体，也不是不可以。"王洁在一旁说。

"这姑娘为啥杀自己的姐姐？审出来了吗？"权彬问道。

"还没有，不过我觉得杀人动机很明显了，两姐妹一个是开超市的亲生父母养大，从小衣食无忧，还考上了大学；一个小小年纪就得帮着父亲在社会上讨生活，出于嫉妒杀人不是没可能。"林霄说道。

"我倒是有个方法。"说完我往审讯室走去，林霄、王洁、权彬三人紧跟在我后面。正好肖良他们刚做完笔录，看着肖良失落的表情，我知道这姑娘肯定什么也没交代。

"韩笑笑，你看这是什么？"我拿着钥匙挂件在她面前晃了晃。女孩原本红润的脸蛋瞬间变得煞白，很明显她不光认出了这个挂件，也知道它被落在了哪里。

"我不知道这是什么。"韩笑笑低下头，身体紧张地颤抖起来。

"韩笑笑，我已经告诉你姑姑……哦，不对，应该是你的生母，是你杀了你姐姐。她一会儿就来，你想好怎么跟她解释。"我随口编道，想刺激她一下，让她开口。

听我这样说，韩笑笑的身体颤抖得更加厉害，两只眼睛死死地盯着我，里面透出明显的不安。我觉得她并不是害怕，而是不知道怎么面对自己的生母。

看到她的反应，我决定乘胜追击：“韩笑笑，你亲生母亲知道你姐被人杀害的时候，说不管付出什么代价，都要让凶手偿命，你觉得她会轻易放过你吗？何况你在他们心里也不是很重要。”

"你闭嘴！"韩笑笑咬着牙挤出这三个字。

"不要做无谓的抵抗了，你觉得我们没有切实的证据，会随便传唤你吗？现在交代还来得及。说吧，为什么杀害夏莉莉？"

"为什么？你问问他们为什么把我过继给韩俊那个烂赌鬼？为什么我要天天照顾躺在床上又死不掉的王丽萍？为什么夏莉莉可以读大学，我却要在菜市场炸鸡柳？我就是要杀了夏莉莉，这样没人给他们养老，他们才会想起我。等我回去了，要让他们知道什么叫痛不欲生！"韩笑笑盯着我一字一句地说道，脸上露出得意又狰狞的笑容。

看着眼前这个被恨意冲昏头脑的姑娘，我的内心突然生出一丝不忍，便开口宽慰道："韩笑笑，当年你父母之所以把你过继给你舅舅，也许有什么难言之隐，他们其实还是爱你的，知道是你杀了你姐姐后，还想帮你隐瞒下来。"我把之前找韩芬的经过，以及我和林霄的推测，跟韩笑笑复述了一遍。

在这个过程中，韩笑笑脸上凶狠的表情一点点消失了，转而是一副疑惑和不知所措的神情。听我讲完后，韩笑笑低下头，盯着地面沉默了好大一会儿，然后突然问道："他们会来救我的，对吧？这次他们不会再放弃我了吧？"

是略带哭腔的语气。

我不知道该怎么回答，只看到两滴眼泪从她的眼睛里落了下来，砸向地面。

后来我们找了心理医生给韩笑笑疏导，我和王洁也陪了她很长时间，在这个过程中，逐渐了解到了她溺死夏莉莉的过程。

事情的真相和我推测的差不多。韩笑笑知道夏莉莉周四下午四点要去游泳馆打扫卫生，于是说自己想去游泳馆偷偷游泳。到了游泳馆后，韩笑笑说想看游泳池怎么净水的，就把夏莉莉骗进了水循环机房。接着韩笑笑就乘其不备，将夏莉莉溺死在了机房水池中。在这个过程中，背包上的钥匙挂件掉进了池子里。

后来我们也了解到，在早年的一次意外事故中，韩俊为了救夏莉莉的生父受了伤，失去了生育能力，两口子商量后，把韩笑笑过继给了韩俊。韩俊的妻子王丽萍怕韩笑笑长大回到亲生父母身边，所以和韩芬两口子约定，尽量不要来往并对孩子保守秘密。随后，韩俊举家迁到了邛州市。

机缘巧合下，韩笑笑知道了自己的身世，但是她没有相认，一直到夏莉莉上大学的时候，她单独找到夏莉莉建立了联系。之后，她经常和夏莉莉一起玩，但在这个过程中，她内心越来越不平衡，嫉妒最终使她丧失了理智。

后来，我从办案单位的民警那里打听到了韩芬的情况，他们夫妻两个人还有她弟弟两口子，倾尽所有在找最厉害的律师帮韩笑笑打官司。不知道韩芬是想弥补自己这么多年对韩笑笑的亏欠，还是不想失去这最后的孩子，但我知道，即便她竭尽全力救韩笑笑，内心的痛苦也只会增加不会淡化。

003
守灵夜身亡的女孩，脸上盖了块红手帕

这所农宅不大，院子东边有个小房间是厨房，正对大门的是两层楼房，上下各三个房间，一层堂屋的门梁上高悬着一面八卦铜镜，墙上贴着黄纸朱砂批写的灵符。整个院子透露出一股浓重的诡异气氛。

烧了一半的日记

　　"这路况也太差了吧，我快被颠吐了！"林霄一边嘟囔，一边将靠在车窗上的头往后仰了仰，像是要借助重力，让食道内的东西安分一点。王洁则一声不吭地躺在后座上，面色苍白，看起来已经晕车了。

　　"小兄弟，我们在山路上晃了快半个小时了，还有多久到啊？"我转过头，无奈地问所里开车来接我们的辅警。他嘴上说着快了，眼里却有掩藏不住的嘲笑。也许对他来说，在这样的山路上行驶是再正常不过的事情，所以无法理解我们为何如此脆弱。

　　不知过了多久，车子终于停在一户农宅前。我们三个像是得救了一般，慌忙下了车。

　　一群村民围在农宅门口，或是窃窃私语，或是伸着头往门里看。门的右侧搭着一个凉棚，上面挂着白幡，凉棚内一块木板上放着一具尸体，用白布遮盖着整个身体，前方摆放着供台和香烛，旁边还有一口棺材。

　　"让开，让开！让我出去！离远一点！到警戒线后面去！"民警柯景良一边呵斥着围观的人，一边挤了出来。

"小陆,你们来了,路上不好走吧!"老柯笑呵呵地问道。

"尸体怎么都被抬出来了!你们怎么保护的现场?"王洁有些着急,没太注意说话语气,听起来像是上级在指责下属。

老柯愣了一下,然后解释道:"凉棚里的死者叫樊勇,23岁,是这家的孩子,前天在医院病死的。今天让你们来看现场不是为这个尸体,是为樊勇的女朋友徐璐,女孩的尸体还在里面,现场我们保护得很好。"老柯故意将最后一句加强重音,并看了王洁一眼。

"女朋友?怎么会死在这里?女孩家人在吗?"我急忙问道。

"就是家人报的警,现在一直在这里纠缠不清,想要赔偿。"老柯看着我无奈地说。

"把死者家属叫来一下,我们问问情况。"

老柯跟旁边的辅警低声交代了一下。过了一会儿,辅警带过来一对中年夫妇。男的嘴里叼着半截没抽完的烟卷,两只手插在裤兜里,看起来有些漫不经心。女人上身穿着睡衣,紧跟在男人后面,眼神中满是不安。

"是你们报的警?"林霄问道。

男人没反应,继续抽着烟。他身后的女人冲着林霄点了点头,脸上挤出讨好的笑容。

"怎么回事?"

这时候男人开了口:"我好端端一个女儿,平白无故死在樊家,他们要负责!"

女人紧接着问道:"警官,我听说遗体可以捐给医学院,他们会给家属发补贴吧?"或许是看到我和林霄听了之后表情有些震惊,女人连忙补充道:"我也不是为了这个钱,这孩子从小就善良,喜欢帮助别人,要是她的遗体能为医学所用，也算为社会做贡献了，我想她也会开心的。"

"你们不应该先关心下女儿的死因吗？"林霄有些不耐烦地问道。

"怎么死的不重要，反正死在樊家，他们就要给我一个交代。"男人猛吸了一口烟，将烟蒂丢在地上，用脚后跟用力地踩了几下，接着伸出三个指头说，"30万，我要求他们家赔给我们。"

"民事赔偿不归我们管，需要问法院。"林霄说完，示意辅警将这对夫妻带走。

"樊家人在吗？"我问老柯。

老柯点点头："樊家现在只剩下樊勇母亲，我去叫她。"说着转身进了凉棚，不一会儿领着一个50多岁的妇女走了过来。女人穿着一身黑色旗袍，腰间的肥肉将旗袍顶出一圈圈的隆起。

"你好，我是市局刑侦大队的法医，有几个问题想问你一下。"

"您问吧。"女人有气无力地说道，接着就抽泣起来。

"你先别激动，先说说具体情况。"我尝试着安抚道。

"昨天半夜我担心璐璐一个人睡害怕，毕竟我儿子刚离世，所以就想着去她房间看看。结果一推开房门，就看到璐璐倒在地上，我立马把她抱到床上，发现人已经死了，就赶快通知了她家里人。谁知她爸妈过来后，看都没看璐璐，就直接问我赔多少钱。我那会儿心乱如麻，和他们吵了两句，她爸就报警了。警察同志，你说我怎么摊上这么个事……"女人说着又哭了起来。

"徐璐怎么会在你家？"林霄在一旁问道。

女人叹了口气，擦了擦脸上的泪水："徐璐本来是我儿子的女朋友，两人感情很好。但因为她家条件不太好，我一直不太同意这件事。后来我儿子得了绝症，徐璐这孩子忙前忙后地照顾他，帮了我不少忙，对于他俩的事，我也就睁一只眼闭一只眼了。前天儿子病情加重突然离世，徐璐来家里帮忙，想送我儿子最后一程。昨天晚上忙到很晚，我怕她自己回去不安全，就让她在家里住下了，谁知道发生这样的事。肯定是我那死去的儿子舍不得她，带她走掉了……"

樊母的话让我吃了一惊，这都什么年代了，还信鬼神那一套。但看她沉浸在悲伤中，我也没有反驳，让辅警将她带走。

一切都要看过现场再说。

这所农宅不大，院子东边有个小房间是厨房，正对大门的是两层楼房，上下各三个房间，一层堂屋的门梁上高悬着一面八卦铜镜，墙上贴着黄纸朱砂批写的灵符。整个院子透露出一股浓重的诡异气氛。

此外，院子四周的墙面像是用扫把扫过，留有灰尘的刮痕，墙上零散贴着几个粘胶挂钩，看起来很新，上面什么也没挂。堂屋的门窗整体上很干净，只是残留着几条双面胶的痕迹，像是刚贴过什么又被撕掉了。

"林霄，你看。"我指着其中一条痕迹说道。

"怎么了？"

"这应该是双面胶的痕迹吧，上面好像还附着了一些红色纤维，你看是什么？"我小声嘟囔着。

林霄凑上来看了一眼："说不上来。不管这个了，先去二楼看看尸体吧。"

进了堂屋，正对屋门处放着一座佛龛，里面摆着好几尊观音和佛像，让原本不小的佛龛显得十分拥挤。所有的佛菩萨都在这里，享受着樊母香火的供奉。

"这么多佛菩萨，也没保佑她儿子长命百岁啊！"我小声打趣道，换来林霄一个大大的白眼。

林霄穿好隔离服，带着足迹光源和相机，通过佛龛旁边的楼梯上了二楼。

没过多久，就听见他在上面喊："地面没发现有价值的足迹，你们上来吧。"

我和王洁来到尸体所在的房间，看到一个年轻女孩仰面躺在铺着大红锦缎被子的床上，双腿笔直地伸着，双手交叠放在腹部，脸上盖着一块红色的手绢。

"师兄，这尸体……"王洁欲言又止地看着我。

"你是不是觉得，尸体的仪容像是被整理过的？"

王洁点点头。

"先看了再说！"我压低声音，转头问房内还在拍照的林霄，"可以进去了吗？"

林霄按过最后一下快门，站起来伸了伸懒腰，给了我一个肯定的回复，我和王洁提着勘查箱走了进去。

房间不大，西边墙上有个窗户，上面附着厚厚的灰尘，东边靠墙的位置放着一个落地大衣柜，柜门上也有和堂屋门窗上一样的粘胶痕迹。放着女孩尸体的那张床，就摆在房间北边靠墙的位置。

林霄固定好尸体概貌照片，王洁掀开手绢的一瞬间，尸体的面部引起了我的注意。樱桃红样特有的尸斑分布在头面部，有消退的迹象，这种颜色的尸斑说明，尸体一氧化碳中毒的可能性非常大。

一氧化碳被吸入人体内后，会与血红蛋白中的二价铁结合，生成碳氧血红蛋白。因为一氧化碳与血红蛋白的亲合力比氧与血红蛋白的亲合力高 $200 \sim 300$ 倍，碳氧血红蛋白的解离速度又非常慢，所以碳氧血红蛋白生成后，会在血液循环系统中存在很长时间，并竞争性地替代氧合血红蛋白，使血红蛋白失去携氧能力。同时，碳氧血红蛋白也会阻碍氧合血红蛋白解离氧气和输出二氧化碳，最终导致组织缺氧、体内二氧化碳过高，从而产生中毒症状。

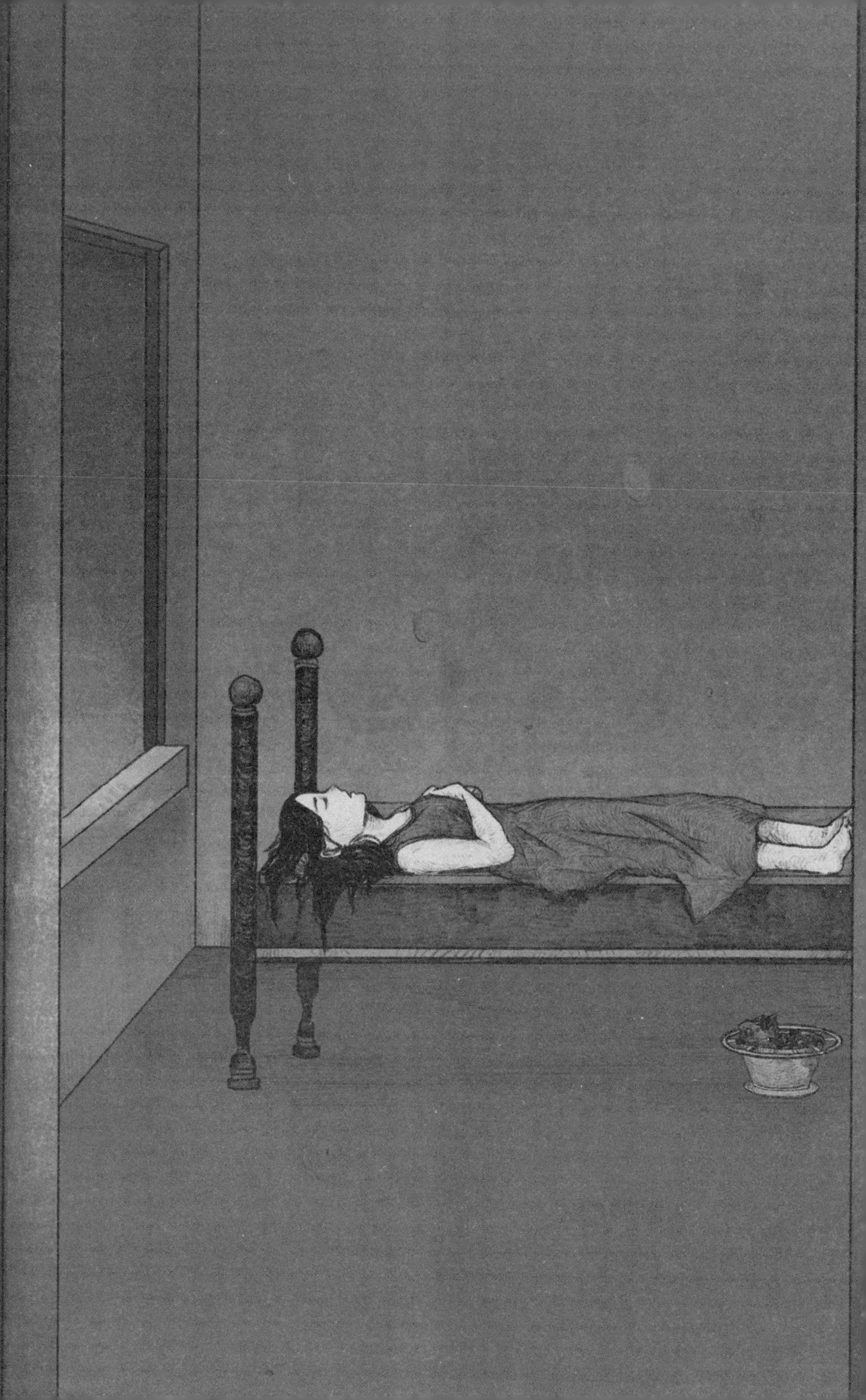

因为碳氧血红蛋白的颜色是樱桃红色，所以当人体内的碳氧血红蛋白达到一定浓度后，尸体的表面就会呈现樱桃红尸斑。

除了颜色，死者的尸斑分布在头面部，说明死亡的时候，姿势确实是趴卧位，尸斑颜色很淡，是因为尸体被搬动后，尸斑在重力的作用下向下坠积，再加上指压褪色明显，说明死亡时间在3～6小时以内，这些都与樊母的说法一致。

接着，我和王洁脱掉了死者的衣服，开始进行尸表检查。除了背部和臀部有新形成的尸斑，全身没见到任何损伤，也没见到其他异常表征。

"师兄，都不用理化检验了，这明显就是一氧化碳中毒啊！"

"氰化物致死的情况下，尸斑也和这种类似，还是要排除一下，不过这个八九不离十了。"说着，我指了指床头地上的火盆。

火盆出现在这里有些奇怪，现在的温度完全不需要取暖，并且从进入农宅的第一眼就能判断出，以樊家的条件也完全不需要采用这种原始的取暖方式。

我弯下腰，凑到火盆边，看到里面除了一些燃烧过的木炭，还有一个烧了一半的笔记本。

我叫来林霄，用相机固定了火盆的原始状态，然后戴上手套，将里面的本子捡了出来。

这应该是樊勇的日记本。我粗略地翻看了一下，里面记录的大都是他和徐璐相爱的点点滴滴，最后几篇写了他患病的绝望和对徐璐的不舍。

"小洁，你去让樊母辨认一下，看看这是不是樊勇的，还有问她一下，火盆是怎么回事。"王洁应了一声，接过本子朝屋外走去。

"老陆，你说这姑娘会不会是殉情，然后烧炭自杀的？"林霄在一旁若有所思地说道。

"不排除。按照以往经手的案件来看，一般烧炭者会准备充足的燃料，还会在屋内将门窗等密封起来。"

林霄点点头:"目前在屋内没发现多余的燃料,不过门窗我们要好好检查一下。"说着拿出多波段光源,向门口走去。这个房间的门是从里向外开的,林霄拿着光源,仔细地在门后寻找着痕迹。

"看出来什么没?"

"门板上灰尘很厚,能明显看出手指划过的痕迹,方向是从门板中段向下。"

"有没有完整的指掌纹?看一下能不能比中徐璐。"

林霄很快从门后取到了一个完整的指纹,和床上的尸体对比了一下:"你说对了,真是徐璐的,估计是她中毒后想要打开门的时候留下的,但她手上怎么没有灰尘?"

"刚才樊母说,她进门后看到徐璐趴在地上,就把她搬到了床上。我们进来的时候,尸体上也盖着手绢,应该是整理了死者仪容。手上的灰,可能是这时候给擦掉的。"

"这女人不害怕吗?怎么这么多事!"林霄忍不住抱怨道。

"她儿子刚去世,估计悲伤早就战胜了恐惧,一般的人也不懂得保护现场。"

检查完门后的情况,我和林霄来到了房间的窗户边。这个窗户估计是新换的,真空钢化玻璃加上断桥铝合金材质的窗框,密封性和隔音效果都很好。窗户的位置很靠下,目测距地面也就一米左右,在农村很少见到有人把窗户做得这么矮。

"陆玩,你看这个!"林霄指着窗台边沿说道。上面留着一排整齐的指印,因为窗台上灰尘比较厚,指印非常清晰。

林霄仔细比对后说道:"这是徐璐留下的。根据指印的状态可以推断,这应该是徐璐趴在地上,一只手扒着窗台,想要打开窗户的时候留下来的。"

这时候,王洁走了进来:"师兄,我跟樊母确认过了,本子是樊勇的。"

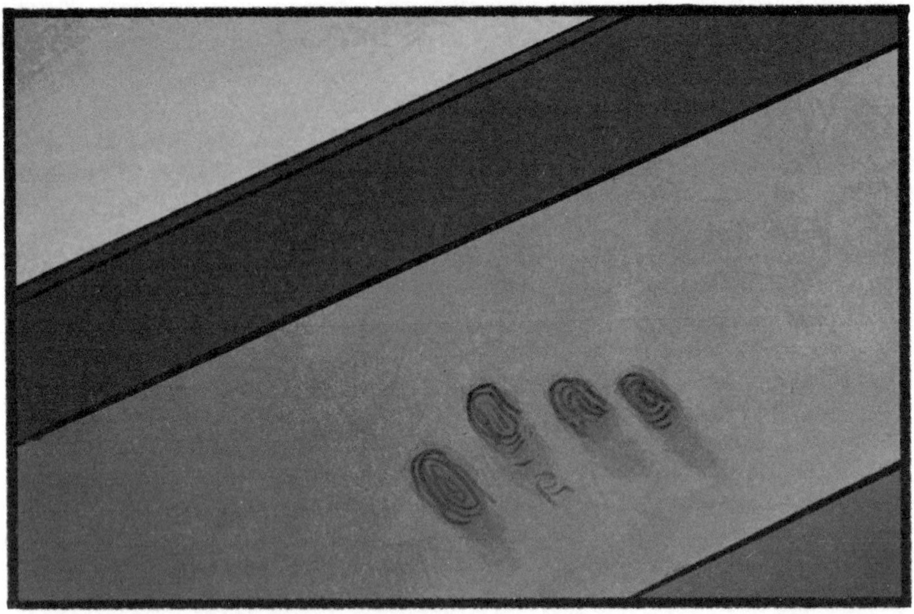

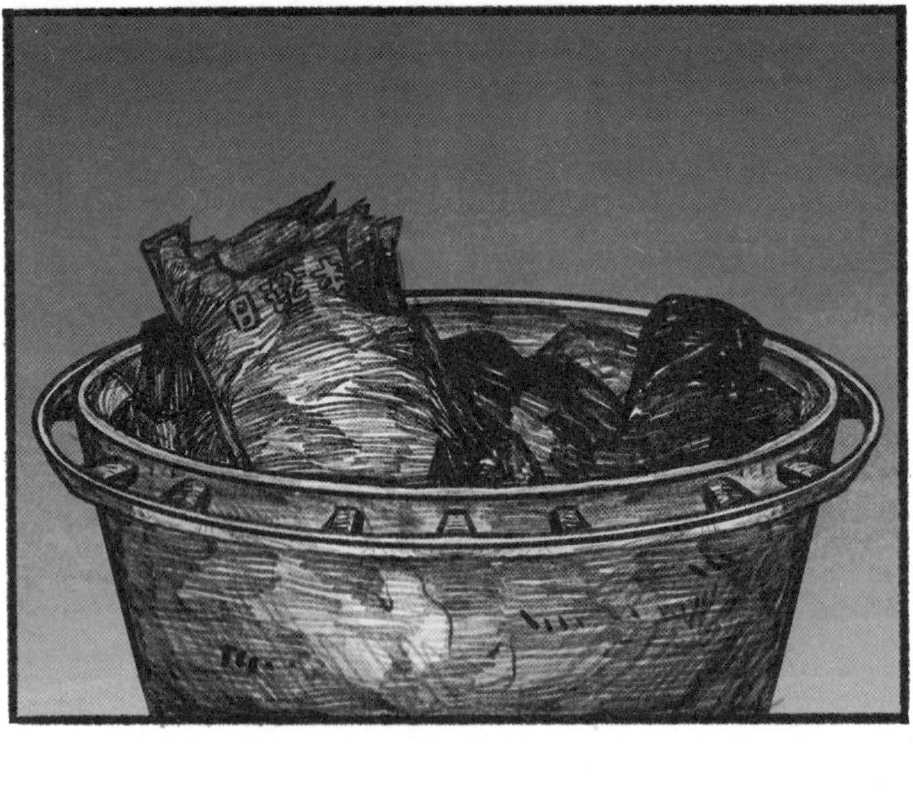

"那炭火盆呢，是怎么回事？"

"樊母说，徐璐睡觉前问她要了一个金属盆子，也没说干啥，她没多想，就随便拿了一个给徐璐了。"

我点点头，将注意力拉回到窗户上："有个问题，徐璐察觉到自己中毒后自救，不是应该爬向门口吗？怎么窗台上也有痕迹？"

"可能是门一时打不开，她才爬去开窗户的？"林霄推测道。

我没说什么，回头环视着整间屋子，心里突然冒出一丝怪异的感觉。

煤气中毒的必要条件

"你们有没有发现，这屋里没有一件可以搬起的质地坚硬的物件，哪怕有一个凳子，她也不会死。"说着我看向窗户，"会不会是有人故意没在屋子里放重物？"

"你想多了吧！就算没有重物，徐璐一个成年女性，一肘子也把玻璃撞开了。"

"林哥，徐璐中毒了都站不起来了，再说这玻璃很结实的，估计撞不开。"王洁说着用手在玻璃上敲了两下。

"我们先把疑点捋一下。首先，根据门后和窗台上的痕迹，我们推测，死者中毒后先是爬向门，发现门打不开，才爬向窗户的。其次，这屋子里没有一个可以打破窗子的重物。"我凝神思考了一会儿，又说，"以上两点，都有可能是有人故意为之，对吧？"

"这也是让人头疼的地方，如果真的是人为造成的，也可以辩解成无心之失，缺乏证实其主观意图的条件。"林霄说道。

我踱着步子，走到门口，转过身来看着屋内简单的家具和床上安静躺着的徐璐。也许以上的疑点真的只是巧合，但这么年轻的女孩，在最美好的年纪离世，着实让人惋惜。也许正是这样的怜悯之心，让我下意识里无法接受她可能是自杀的想法。

"小洁，取心血回去做理化检验，确定一氧化碳中毒，取阴道内外拭子常规送检DNA，再拿个物证袋，把日记本带回去。别的没什么了，通知殡仪馆收尸体，我们先回去。"

我拖着疲惫的身体，爬上警车的后座，等着林霄和王洁，心想接下来要给家属解释死因，可能也是个麻烦事。徐璐的父母对女儿的死因并不在乎，第一反应是让樊家赔多少钱。如果告诉他们徐璐不是被人害死的，这家人肯定觉得不利于讹诈樊家，和我们闹起来也有可能。我越想越头疼，就觉得还是算了，先回局里睡一觉再说，车到山前必有路，反正难缠的家属也不是没遇到过。

"陆玩，我刚想起来，有个事我们疏忽了。"林霄一把拉开车门说道。

听林霄这么说，我瞬间没了困意。我知道这家伙一般不会乱开玩笑，于是警惕地问道："怎么了？"

"手机！我们好像一直没看到徐璐的手机。"

"有没有问过樊母？"

"问了，说是没见到。"

手机在这种疑似自杀的非正常死亡案件中特别重要，很多人在自杀前，都会在手机上给重要的人告别，有的甚至会将遗言存在手机上。即便没有这些，手机里留下线索的可能性也非常大，比如有的死者会搜索自杀方式和案例作参考，还有人会在自杀前反复观看悲伤的视频，来刺激自己，从而消除恐惧，坚定自杀的决心。

"走！回去再找，不可能凭空消失。"我推开车门蹿了出去。

再次回到那间屋子，我和林霄打起十二分精神，从徐璐的衣服开始找，接着是床上和被褥里，最终在床和墙的缝隙中，找到一部套着卡通壳的手机。我将手机装在物证袋里，准备一并带回去。

正打算离开的时候，我又瞥见了床边的火盆，不知为什么突然特别在意，便凑了上去。

火盆里除了灰烬，还有几块炭，我伸出戴着手套的右手，想将炭拿起来，不料我刚一碰，炭瞬间就成了碎渣，原来这些炭早就燃烧过了，只不过没散开，还保留着原来的形状，表面一层也还是原来的颜色。

看着眼前的灰烬，我意识到，整件事果然有问题。

林霄转过头，看见我盯着眼前的火盆，脸色也不太对，于是走过来蹲在我旁边小声说："你别告诉我有问题。"

见我点头，林霄一脸无奈："你发现了什么？"

"这盆里的炭都烧完了！都是灰了！"

林霄先是不解地看着我，接着脸上的表情突然生动起来。我知道他意识到了问题所在，担心他喊出来，情急之下一把捂住他的嘴，却忘了我手上全是炭灰。

"呸呸呸！陆玩……"林霄一边咳嗽，一边干呕起来。

王洁从门外进来，看到林霄一嘴灰，再看看我的手，有些无奈地说："师兄，你怎么开这么恶劣的玩笑！"

"我没喂他吃灰，不是玩笑，你过来，别乱喊。"

我站起来，一把将王洁拉了过来，伸出一根手指比在嘴唇中间，示意她小点声，然后说："我发现了一个不合理的地方，你看，这盆里的炭全都烧完了。"

111

"这有啥稀奇？"王洁一脸疑惑地看着我。

"你忘了吗？一氧化碳中毒要有两个条件，一个是碳不完全燃烧，另外一个就是小且密封性好的空间。刚开始，由于空间内氧气充足，碳燃烧不会释放一氧化碳。但由于空间密闭，氧气很难进来，碳燃烧了一段时间后，没有充足的氧气支持，便开始释放一氧化碳，人吸入一定量后便会中毒。也就是说，能释放出一氧化碳的碳，是不可能完全燃烧的。可你们看，这火盆里的炭都烧成灰烬了，说明屋内有足够的氧气，那徐璐怎么会一氧化碳中毒死掉呢？"

林霄在一旁点了点头："刚进来的时候，你们两个从尸斑判断死者是一氧化碳中毒，接着从火盆里找到樊勇的日记，我们的思路就被禁锢在了殉情自杀的方向，完全忽略了这盆炭的燃烧程度。炭都烧成灰了，日记本还没被烧毁，说明本子入盆的时候，炭都快烧完了。如果日记本是徐璐丢到盆里的，这时候炭都烧得差不多了，也不可能中毒。如果本子不是徐璐烧的，说明有人故意诱导我们。这个人是谁？目的是什么？这屋里除了徐璐就只有樊母了，还有别人来过吗？"

林霄的话让我有些不寒而栗，我不由得朝门口望了望。无论从体力还是精力看，樊母都不太像是凶手。可如果不是她，会是谁呢？徐璐的父亲？杀了女儿讹樊家钱？不至于吧，太冒险了。可是当法医这么多年，多不可能的事我都见过……

"哎！你想什么呢？都呆滞了！"林霄边说边用手在我眼前晃了晃。

"师兄，接下来怎么办？"王洁也在等我拿主意。

"不要打草惊蛇，将计就计，就当我们被骗到了，让殡仪馆来将尸体拉回解剖室，我们马上去解剖。心血和其他检材让所里派人赶快送回实验室，先确定是不是一氧化碳中毒。"

樊勇在当天晚些时候下葬，我让派出所等葬礼结束后，帮忙将樊母安置到别处住下来，找人照顾她，然后暂时将樊家农宅封锁起来，等我们随后复勘现场。

樊家大门外，依旧围着很多人，他们三五一堆，一边小声议论，一边指指点点。

"听说了吗！樊家又死人了，都在传是被他们儿子的鬼魂索命带走的，缺德啊……"一个邋遢的中年妇女压低声音，对旁边的女人说道。

"唉！不作死就不会死啊，这么晦气的事，也不顾忌一下……"旁边的女人一脸愤恨地回答道。

"两位大姐，你们在说什么？"我厚着脸皮，硬插进她们的谈话。

"他们家啊，还不是有……"那位邋遢的妇女还没说完，转身看见我身上的警服，硬生生将后半句憋回了肚子里，尴尬地笑道，"没啥！没啥！"接着用力扯了扯旁边的女人走开了。我也没再多问，收拾了一下便往回赶，要抓紧时间解剖尸体。

徐璐的尸体看上去非常消瘦，皮肤白皙，让人产生一种恻隐之心。这么好的女孩，为什么家里人会对她如此冷漠？好不容易找到一个爱她的男孩，却又离她而去，现在她自己孤零零地躺在这里。想到此处，我内心深处又涌起一阵惋惜。我闭上眼睛深吸了一口气，提醒自己进入工作状态。

我从尸体下颌处下刀，沿着中线划破表皮向下，绕过肚脐直到耻骨联合处。接着，用手术刀贴近胸廓，分离肋骨上的肌肉组织，为打开胸腔做准备。

"师兄，你看这肌肉组织的颜色。"王洁用手术钳的尖端指着胸部肌肉群，林霄马上对焦拍照固定。

"一氧化碳中毒的尸体，肌肉群和内脏也呈现樱桃红样改变，其形成原理与尸斑呈樱桃红的原理一样。"我解释着特殊表征的原理。

解剖进行得很顺利，死者全身没有发现病变及任何损伤，死因进一步确认就是一氧化碳中毒。不过，有了个意外发现。

"师兄，我没看错吧！"王洁端着弯盘，向我确认道。

"没错，你看绒毛膜还很清楚。"我用手指着从死者子宫里剥脱下来的胚胎组织说道。

"徐璐知道自己怀孕了吗？"林霄在一边问道。

"都这个月份了，早孕反应应该很明显了吧。就算没有早孕反应，停经这么久，她会去看医生的吧。"王洁说道。

"把胚胎带回去，DNA比对看看是不是樊勇的孩子。如果徐璐知道自己怀孕，自杀的可能性就更小了。"我边说边回忆着整个过程，事情越来越蹊跷了。

五个小时后，王宇将DNA结果送到了办公室，孩子确实是樊勇的。得知这个结果，我们几个心情都很沉重。不敢想象，徐璐临死前，想到肚子里的孩子，该有多么绝望。

我坐在办公桌前，调整好情绪，将思绪拉回到案子上。接下来案子的调查方向，无外乎两个：第一，从徐璐的关系网入手，筛查可疑人员；第二，人既然死在樊家，就要逐一排查案发前后去过樊家的人。

我将想法告诉林霄，又叫来权彬和王洁："你俩去查一下樊家这两天都来过什么人，除了走访周围的邻居，最重要的是看看村路的那几个监控，看能不能有所发现。"

"难！"林霄在一旁打断了我的话，"之前出现场的时候，我就留心这个事了，首先樊家是没有监控的，村里的路面监控先不说清不清楚，面对的方向也无法拍到樊家的大门。至于去走访村里人，还记得吗？我们遇到的那些村民，一说起樊家，他们都闭口不谈，感觉很晦气似的。"

见我低头不语，林霄接着说道："监控是没有，但有别的监视录像，也许管用。"林霄神秘地说道。

"什么东西？千里眼吗？"

"车！"

"什么意思？"

"勘查现场的时候，你有没有留意到，樊家门外停了几辆车？"

"没留意，说这个干啥？"

"找到那几辆车的车主，要到行车记录仪的监控，就知道这几天有谁去过樊家了。"

"林霄哥，车熄火后，行车记录仪不会继续记录了吧？"王洁在一旁问道。

"不一定，具备停车监控功能的行车记录仪，在停车状态下仍能继续录像，虽然录像的时间不长，但仍值得一查。"林霄说着，看了看我。

我想了一下，转头对王洁和权彬说："你俩去跟进这个事情吧。林大能耐，我们去调查徐璐家的情况。"

在村干部的协助下，我们很快找到了徐璐家。谁能想到女儿刚去世，作为父亲的徐志斌便开始在家里和几个狐朋狗友推杯换盏，划拳行令。屋内弥漫着浓重的烟酒混合的气味，灯光昏暗，我们两个走进屋内都没有被发现。

"徐志斌，你出来一下。"林霄大声喊道。

本来还在划拳的众人安静了下来，愣了数秒钟后，都看向徐志斌。

徐志斌不知所措地站起身，随手从桌上拿起一叠纸巾，擦了擦手上的油污，然后拿起一旁的香烟，抽出一根递到我面前，满脸堆笑地说："警官，你们找我啥事？是我女儿的赔偿有消息了吗？"

我伸手将他递过来的香烟推了回去，看了看饭桌上几个喝得面红耳赤的男人，压低声音说:"有点事想找你了解一下。"然后一把拽住他的胳膊,将他扯了出来,塞进警车后座。

"警官,到底什么事啊!"徐志斌一脸抱怨地看着我。

"我问你,徐璐平时有没有得罪什么人?"

"她的事我不清楚,也不关心。"徐志斌不耐烦地说。

"你女儿的死有很大疑点,我们现在正在调查,不管你和徐璐有什么仇什么怨,就算不看在父女情分上,你也有义务协助我们。"林霄在一旁施压。

"徐璐当天去樊家干什么?"我继续追问道。

"我逼她去要债啊!樊勇那个兔崽子,把我害得不轻……"

"怎么回事?"

"这个赔钱货,瞒着我和那个樊勇瞎混,还怀了他的孩子,这以后还怎么嫁人?就算嫁给樊勇,肚子大了,樊家人还会给我多少彩礼钱?"

"那是你女儿啊,你这么说还是人吗?"林霄气得捏紧了拳头。

"她不是我女儿,是我前妻偷人生下的野种,我把她养这么大,算是菩萨心肠了。本来指望她嫁人,我能收点彩礼钱,谁知道她跑去给樊勇那个小杂种怀了个孩子,存心断我财路。"徐志斌说着,恶狠狠地往车窗外吐了口痰。

"你刚刚说让徐璐去要债,要什么债?"

徐志斌没接话,自顾自地说:"得知这赔钱货怀了孩子的时候,我气坏了,但是转头一想,我去告樊勇强奸我女儿,樊家肯定着急,到时候也能要不少钱。可是谁能想到,樊勇得绝症死掉了。"

"于是你就想到,让徐璐拿肚子里的孩子去找樊母要钱。她没了儿子,要是知道有了孙子,肯定也会接受徐璐,并会倾其所有的,对吧?"

徐志斌看着我点了点头:"我让徐璐去跟樊母说,拿二十万给我,就把孩子生出来，这是他们樊家唯一的骨肉。"

"要是樊母不给呢？"

"那就把孩子打掉。"

看着徐志斌冷漠的眼神，我知道跟他多说无益，于是接着问道："那徐璐怎么说？"

"徐璐刚开始不愿意，说樊勇刚去世，他母亲受了很大打击，不想再刺激她，我硬是把她逼去了。之后她迟迟不回来，也不接我电话，后来，樊家人打电话来，说徐璐出事了，我以为孩子流产了，谁想到她直接死了。真他妈的，真是白养她这么多年，怎么就这么晦气……"

看徐志斌不停地骂骂咧咧，我和林霄对视了一眼，问了最后一个问题："那樊母知不知道，徐璐怀了樊勇的孩子？"

"反正我没说，估计不知道吧！徐璐死了，我再告诉樊母她孙子也死了，她被气死了，我不得有责任啊！钱要不到，也不能摊上麻烦不是？"

我叮嘱徐志斌不要乱讲，就让他回去了。他一进屋，里面又响起了划拳声。

60 度的夹角

随后，我们走访了徐璐家的邻居和其他村民，了解到徐璐因为内向，不太和别人来往，因此也没查到其他有用的信息。

"徐志斌说的，你怎么想？"回去的路上，我问一旁沉默的林霄。

"应该基本可信，这种人人品不好，但并不复杂。我在想有没有可能，樊母不相信徐璐怀孕了，并且两个人谈崩了，樊母动了杀心？"

我摇摇头："唯一的儿子刚死掉，现在听徐璐说怀孕，不管樊母信不信，都不会轻易杀掉徐璐吧！"

我和林霄到局里的时候，权彬他们已经回来了。

"陆哥，我们接到任务，就立马去了樊勇家所在的村子，在派出所的配合下，很快联系到了那几辆车的车主，行车记录仪视频的提取工作也很顺利。"

"怎么样？有啥收获吗？"

权彬点点头："其中有辆车的记录仪，拍到樊母端着个火盆，在烧红纸红布。"

"什么时候？"

"记录仪上显示午夜一点多。另外，还有个很有价值的画面。"权彬说着，将手机递了过来，上面是记录仪拍摄的内容。

这辆车应该是停在樊家的斜对面，画面里，可以看到樊家的大门和旁边的灵棚。灵棚里，樊母蹲在供桌下的火盆前，手里拿着不规则形状的红纸，还有一些红色绸布在烧，边烧嘴里还边念叨着些什么。

这时候，突然刮起一阵风，樊母手里的纸被吹了起来，其中一张纸随着风飘来飘去，不偏不倚正好落在了这台行车记录仪的车窗上，整个视频的视野都被纸遮挡住了。大概过了几秒钟，樊母将纸揭了下去，又慌里慌张地跑回火盆边烧了起来。

"停一下！"林霄突然按了暂停键，把进度条往回拖，将画面定格在纸挡住摄像头的那一帧，然后指着屏幕说，"你们看，这张纸上好像有东西。"

因为纸刚好贴在摄像头前，画面无法对焦，纸上几乎是模糊一片，但可以隐约看到上面写着很长一段文字，最后面有两行很短的字，每行后面都有一个暗红色的椭圆形斑迹。

"这个红点是滴落上去的血迹吗？"权彬在一旁嘀咕道。

"我觉得不是，你们看，这两个红斑在两行短字的后面，像不像是按的指印？该不会……是借条之类的吧！"林霄说出了自己的猜测。

"这个纸拍得这么模糊，有没有什么处理的办法？"我转头问权彬。

"我只能试试，但不要抱太大希望啊！"

"哪怕弄清楚几个字也行，至少知道这是啥文书，和案子有没有关系。"

我将画面放大，上面的字显得更模糊了。这樊母深更半夜的，为啥在这里烧红纸、红布和一张不知道什么内容的文书？一般来说，烧东西要不就是想抹掉什么痕迹，要不就是想把某样东西，传递给去世的人。樊勇刚死，难不成这些东西，是烧给他的？

"你们看！"林霄指着手机喊道。他的声音将我的思绪拉了回来。

在我愣神的时候，视频已经开始继续播放，只见樊母将一个本子，扔进了火盆里。虽然画面不是很清晰，但也能确定，扔进去的就是樊勇那个被烧毁一半的日记本。

"不对劲啊！"林霄嘟囔道。

"你看出什么了？"

"一般来说，想要把这么厚的本子烧掉，要不就撕开一页一页地烧，要不就翻开，尽量让空气吹进去。直接这么丢进去，中间肯定烧不透。你看樊母，把本子丢进去后，一下都没翻动，不奇怪吗？"

"我也正想说，刚才她烧那些红纸和红布，都是边烧边翻，像是怕烧不彻底，而烧日记本的时候，又好像是故意不烧干净。我现在甚至怀疑，她是在伪造徐璐殉情自杀的现场。"

办公室里瞬间没了声音，几个人坐在椅子上，看起来若有所思。我的心中也满是疑惑，如果徐璐是死于他杀，而凶手真是樊母，那她的作案动机是什么？她是怎么杀掉徐璐的？她烧掉的是什么？又为了隐藏什么？

这时候，林霄打破了沉默："老陆，我突然想到，徐璐是死于一氧化碳中毒，但火盆里的炭明显是充分燃烧过的，不可能产生大量的一氧化碳，那徐璐是咋死的？会不会火盆里本来有不充分燃烧的炭，有人在我们到达现场前，把这些炭块挑走了？"

"不会的，你还记得不？火盆里的炭灰本来还保留着一定的形状，我轻轻一碰才碎的，所以在我们之前，应该没人碰过。"

"我有个想法！"权彬在一旁说道，"既然火盆里的炭烧完了，不会产生一氧化碳，那就是说还有别的作案工具啊！一氧化碳这东西，又不是非要燃烧才能产生！"

权彬的话瞬间点醒了我，我们一开始就被凶手布置的自杀现场限制住了思路，怎么就没想到这一层！我一下子坐起来，拍着林霄说："快走，去樊家农宅！"

一进樊家的大门，我拿出勘查箱里的光源，径直朝厨房走去。

"你火急火燎的，找什么呢？"

"果然如此，老林，快进来！"

"什么？"林霄站在厨房门口看着我问道。

"樊家做饭用的是煤气罐，不是天然气！"我兴奋地说。

看他一时没反应过来，我继续解释道："天然气的主要成分是甲烷，煤气罐的燃料里则含有一氧化碳。如果没猜错的话，这个煤气罐应该就是凶器。"

樊家的厨房不大，可能是用了很多年，墙上和地上都是油污和灰尘。煤气罐就立在灶台旁的地上，底部有一个灰尘印迹的圆圈，圆圈朝向门的方向，可以隐约看到几条粗细不等的条形拖拽痕迹。

林霄也留意到了这一点，蹲在地上认真观察了一番，然后分析道："看来这个煤气罐近期被移动过，并且移动它的人没有什么力气，是拖着走的。我取下煤气罐把手处的拭子和连接处的软管，送回去做 DNA 吧。"

煤气罐和煤气灶相连接的软管表面，附着着厚厚的污泥，这是长时间做饭，油污附溅在上面造成的。在取软管的时候，我注意到连接煤气灶那头的油污，存在擦刮掉的痕迹，而且这个痕迹，主要分布在软管两个相对的外侧面。

"老林，你看这像不像是塞在某个较窄的缝隙内造成的？"我将软管递了过去，"会不会是门缝或者窗户缝？"

林霄接过去看了一会儿，突然像是想到了什么，拉着我快步向发现徐璐尸体的房间走去。到了门口，林霄放开我的胳膊，蹲下来仔细地检查着房门和门框。

"你看这里！"林霄指着门边的一个地方说。凑近看，可以发现那里残留着跟适才在厨房见到的煤气软管上的油污相似的东西。

林霄贴上比例尺，将油污的痕迹细节全部拍好，又将整个门仔仔细细地检查了一遍，没有发现新的线索。他站起来问道："老陆，刚上来的时候，你有没有留意到什么异样的地方？"

我摇摇头："咋，你看到什么了吗？"

林霄没说什么，一脸神秘地往外走，我跟着他来到通向一楼的楼梯处，他用光源指着楼梯台阶的边缘说："你看这几层的瓷砖，都有磕碰的豁口，这些豁口在垂直方向上是连续的，看起来像是拖重物造成的。"

听林霄这么说，我脑海中突然闪出一个想法，急忙下楼，跑到厨房里，蹲在煤气罐近处查看，果然在罐体底部三分之一处，看到一个明显且新鲜的磕碰痕迹。

我和林霄将煤气罐提到楼梯处，将上面的痕迹与台阶上的痕迹重合，这时候，煤气罐中轴与台阶面之间的夹角约为60度，提手距离正下方台阶的距离大约0.8米，一般人的上下身比例多为1:1，也就是说，拖动煤气罐的人身高应该在1.60米左右。另外，因为煤气罐是被拖上去的，说明煤气罐对这个人来说很重。毫无疑问，符合这些客观条件的人只有一个。

"老林，我觉得凶手就是樊母，跑不了了。"

林霄点了点头，但神情中还带着一丝犹疑。

"动机对吧？会弄清的。这个煤气罐必须带走。"

"不是取过表面拭子了吗？"

"带走称重。"

林霄恍然大悟道："我知道你想干吗了！"

我掏出手机，拨通肖良的电话，让他立刻赶过来，调查给樊家运送煤气的商家。如果找到人，第一时间带到樊家所在管辖地派出所，我们在那里等他会合。

三个小时后，肖良来到了派出所。

"陆哥，给樊家送煤气的人找到了，叫周成睿，周边几个村镇的煤气都是他送的，人我也叫来了，在那边的会议室里。"

我跟着肖良，来到了所大楼一楼的会议室，里面坐着一个30多岁的中年男人，穿着一条破旧的牛仔裤，上身披着一件满是污垢的工作服，整个人像是没有骨头一样瘫在椅子上，嘴里叼着一根烟。看到我走进去，他上下打量着我，完全没有起身的意思。

"你好，周成睿是吧？有几个问题想找你了解一下。"

听我这么说，他一脸不悦地将嘴上的香烟拿掉，坐起身拍了拍身上的灰：

"警官，有啥赶紧问吧！你们把我带到这里快半个小时了，我还要去送货挣钱啊！"

"樊勇家里的煤气是你送的吧？"

"这十里八村只要用煤气的，都是我送的。"

"他家多久用掉一罐？"

周成睿从口袋里掏出一个破破烂烂的本子，来回翻找了一会儿，说道："差不多四十天左右，我这里记得很清楚。"

"最近一次给樊家送煤气是什么时候？"

"三天前。"

"你没记错？"

"绝对没有，他家老太太说家里办白事，正好煤气用完了，买一罐新的。"

"这一罐多重？"

"空罐16公斤，煤气15公斤，加起来一共31公斤。"

"你确定每罐都这么重？"

"警官，看你这话说的，都是一个村的，我会缺斤短两？本来现在用煤气的人就少，我更不会得罪自己的客户了。"周成睿有些生气地瞪了我一眼。

"我车上有一罐煤气，你去帮我称一下重量，一定要用你的秤哦。"

周成睿麻利地从椅子上起来，冲到屋外，从车上搬下秤，回头问道："称哪个？"

我指了指警车的后备箱，周成睿跑过去打开一看，有些不情不愿地说："这不是樊勇家的吗？死人家的让我称，真晦气！"

周成睿虽然嘴上抱怨着，手上的动作却没停下来，很快就称完了，煤气还剩10公斤。

平时 15 公斤用 40 天，换算下来每天大约用 0.375 公斤，三天前买的，就算这几天消耗大，也不会差这么多。少的这些煤气，毒死一个人绰绰有余。

看我站在那里若有所思，周成睿试探道："警官，我可以走了吗？"

"等一下，还有问题。樊家的煤气，都是你帮忙搬到厨房吗？"

"当然了。一个老太太没多大劲儿，我肯定要帮她搬，连管子都给她装好，有时候还顺手帮她收拾干净罐子旁边的杂物。"

"放煤气罐的地方，有一个圆圈印子，你帮她清理过吗？"

"我哪有工夫帮她擦那个？那种油污很难清理的，我每次都把煤气罐叠放在圆圈印子上，刚好重合，这样也不难看。"

听着周成睿的回答，我回想起刚才进到樊家厨房的场景。那个圈明显没有被煤气罐挡住，这也一定程度上可以证明，罐子被别人移动过。

"你抬煤气和装煤气，都是徒手的吗？"

"肯定要戴手套啊！有的煤气罐把手边缘很锐利，容易把手弄伤。"

"好的，知道了，我就这么多问题。谢谢你的配合，留个联系方式吧，如果有需要，我再打电话给你。"

"警官，以后有什么事你就电话里问我吧，别叫我来这里了，真的耽误事！"

契约书

"煤气罐也称好了，现在的关键问题是缺乏直接证据，证明是樊母杀了徐璐。"

林霄说到了关键，缺乏证据才是目前最大的难题，如果现在直接去问樊母，她肯定不会承认。这个人不简单，我们刚开始完全被她蒙蔽了，谁能想到一个迷信的农村妇女，能想到用一氧化碳的方式杀人？而且作案凶器是她日常的生活用品，即便上面做出她的 DNA 或者指纹，也完全说明不了问题。

"接下来怎么办？你有什么想法吗？"林霄在旁边催促道。

"要不你试着用爱感化她，让她自首？"我调侃道。

"滚蛋，说正事呢！"

"我一时也想不到办法，要不恐吓她试试？"

我话音刚落，林霄一个白眼飞了过来，接着叹了口气，自顾自地嘀咕道："唉，真搞不懂，樊母究竟为啥杀徐璐啊？"

回局里的路上，我在脑海中将整个案子过了一遍，但还是找不到突破点。儿子刚病故，樊母转头杀掉了儿子最爱的女孩，关键是，这女孩还怀了儿子的孩子，这都什么事儿啊！脑子越想越乱，头也开始疼了起来，我尽量将椅背放平，靠在上面，让心脏更容易将血泵进大脑。

回到办公室后，林霄坐在电脑前，翻看着从樊家拍回来的现场照片。我坐在座位上，用手轻轻揉着太阳穴，试图缓解头部的痛感。

这时候，权彬慌里慌张地推门走了进来，手里还拿着个平板电脑和一堆打印出来的文件。

"是有什么发现吗？"林霄连忙问道。

权彬点点头，将手里的文件放在我的桌前："我和支队的专家想了各种办法，虽然没有完全分析出那张有红斑的纸上的内容，但也有发现。"说着递过来一张纸，"这个图是我们用图像软件处理过的，虽然大部分的内容还是糊的，但可以确定最后这两行字应该是名字。第一行第一个字有两个'木'字，应该是'樊'，后面的字笔画太多，看不出来。下面这个名字，第一个字有个双人或者单人旁，右边部分有个尖头的部分，我们判断应该是'徐'。"

"樊勇，徐璐！"林霄有些激动地喊道。

"我也觉得是樊勇和徐璐。名字上面的两个斑迹，有一定的纹路，应该是指纹，但是太过模糊无法比对了。"

林霄接过纸，凑近看了看，接着摇了摇头："恕我眼拙，完全看不出来是指纹。"

"林哥，打印出来看不清楚，但在电脑上可以隐约看出纹线。"权彬说完，将平板递给林霄。

林霄拿着平板看了半天，从他脸上的表情可以判断，他还是没看出什么来。

如果纸上是指纹和名字，那这很可能是一份契约书。问题是，约定的是什么呢？借条？樊母烧掉这个东西，是为了毁掉这个契约书吗？既然徐璐和樊勇这两个契约人都死了，烧掉契约书有啥意义？

就在我胡思乱想的时候，权彬继续说道："没看出来没关系，我还有一个发现。"权彬拿过平板，从里面翻出几张行车记录仪的视频截图，画面里，樊母正在火盆边烧东西。这些图明显用软件处理过了，整体上清晰了不少。

"你们仔细看，樊母手里的红纸不是一大张，而是被裁剪好的，有几张好像是粘在一起的。"

经肖良提醒，我留意到，樊母手里的红纸确实是裁剪过的，有几张像是过年剪的窗花，还有一些被揉成团。看到这个，我的脑海中突然浮现出一个可能性，照此来推想，目前为止所有的疑点就都通了。

我转头看了眼林霄，问道："你说樊母烧这些东西干吗？又不是凶器。"

"你觉得呢？你先说！"

"我觉得，她烧这些东西，是不想有人看到它们。"

"我觉得，她烧这些东西，反而是想让它们被看见。"林霄说完，用手指了指地面，我会心一笑，看来他和我想的一样。

"陆哥，林哥，你们在说什么啊？什么想被人看见又不想被人看见？"权彬在旁边有些着急地问道。

"阿彬，你立功了！纸上的签名，被裁剪过的红纸，再加上樊家院子和房间墙上的红色纤维屑，所有的线索串起来，我觉得我推测出樊母的杀人动机了！虽然很扯，但应该没错。"我有些激动地说。

林霄抢过话头问道："我知道你所说的动机，可我们没法证明啊！"

"是没法证明，不过没事，我们直接找她审，来个单刀直入。"

"好难受啊！陆哥，樊母烧东西到底想让谁看见，不想让谁看见？"权彬快被我逼疯了。

看他急得抓耳挠腮的样子，我笑了笑，解释道："她烧这些东西，当然是不想让外人看见。至于想让谁看见，你觉得烧东西这个行为，在我们民间文化里，谁可以看见？"

"死人！他儿子樊勇！"

我笑着点了点头。

"那她烧的是什么？"权彬继续追问道。

"别问了，去叫肖良跑一趟，把樊母传唤过来，然后把大家叫来，这个案子要破了。"

没过多长时间，肖良就跑了个来回，将樊母带了回来。原本以为她会因为事情败露而情绪崩溃，没想到她却很平静地坐在审讯室的椅子上，一言不发地盯着眼前的桌面，甚至我走进屋里的时候，也没引起她的注意。

我刻意粗暴地拉了一下面前的椅子，将手上的文件摔在桌子上。这时候，樊母缓缓抬头看了看我，嘴角微微上扬，露出了一个意味深长的微笑，看起来有些瘆人。

我盯着她看了一会儿，她的目光完全没有闪躲。看来她的心理素质相当可以。

"你为什么杀徐璐？怎么杀的？整个事件的过程，好好交代一遍吧。"

"我没有杀人！徐璐是自己烧炭死掉的。"樊母辩解道。

"如果徐璐是烧炭自杀，为啥非要在你家烧？"

"之前我不同意他们谈对象，她这样做是为了恶心我。"樊母果然和我预料的一样，做了一定的准备。

"行，就算炭是徐璐自己烧的，那其他东西是谁烧的？"

听我这么问，樊母眼中明显掠过一丝紧张："什么东西？烧什么？我不知道。"

"烧什么？这你应该比我清楚吧！红纸剪的'喜'字，扎红花用的红绸，按着樊勇和徐璐指印的婚书……你杀徐璐，是为了给你儿子配冥婚吧？"我冷不丁地扔出了个重磅炸弹。

樊母愣在那里，双手的拳头攥得紧紧的，但身体还是止不住地轻微颤抖。很快，她镇静下来，抬起头用充满寒意的语气回击道："我不知道你在说什么。"

樊母的反应，在我的意料之中。她以为只要什么都不说，我就没有办法。她不知道的是，我手里还有个撒手锏没用。看着她倔强的眼神，一副视死如归的样子，我突然觉得她很可怜，甚至有些可悲。

"樊老太太，你儿子要是知道你杀了他最爱的女孩，肯定会恨死你的。"

"别提我儿子！"

见樊母有些动怒，我继续刺激道："你不知道吧，你不光杀死了徐璐，还杀死了自己的孙子。"

"你胡说什么？"樊母猛地抬起头，眼睛里满是震惊。

"我没有胡说，徐璐怀孕了你不知道吗？是你儿子的，还是个男孩呢！这是尸检和DNA检验报告，我不会拿这种事骗你，你把自己未出世的孙子害死了！"

樊母张着嘴巴，却愣是发不出一点声音，慌乱的眼神和无措的双手，显示出她内心的激烈挣扎。

"你骗我的！这不可能！"

终于，樊母吼着哭出了声，接着就晕了过去。我叫王洁赶快将她平放在地上，这时候我也有些害怕，担心她太过激动出什么事。

过了一会儿，樊母醒了过来，镇静了许多，只是无声地流泪。刚刚她身上的那股坚持和对抗的情绪，此时已经完全感受不到了。

"你现在有什么想和我说的吗？"

樊母没回答，盯着前方的某处，眼神空洞。

我见状，继续问道："你杀徐璐，就是为了给你儿子配冥婚吗？你是怎么杀掉她的？"

樊母沉默了一会儿，轻轻叹了口气，开始讲述整个过程。

樊勇是樊母的独子，从小备受疼爱，谁知二十多岁的年纪突然得了绝症。看着儿子一天比一天虚弱，樊母心如刀割，想到儿子还没有成家，她有些后悔，如果不是自己当初反对他跟徐璐来往，说不定他们已经结婚了。

樊勇去世的前几天，她突然有了给儿子配阴婚的想法，她觉得有心爱的女孩陪着，儿子在下面也就不会孤单了。而且樊母认为，徐璐家庭不幸，活着也是受罪，死了和她儿子在一起，也是一种解脱，于是就设计了这么一场谋杀案。

樊勇死后，徐璐来吊唁，樊母以天色太晚为由，留她住一晚。当晚，徐璐熟睡后，樊母搬来煤气罐，将管子通过门缝插了进去，开始释放煤气。中途徐璐醒来，跟跟跄跄爬起来想要开门，但门早被樊母从外面堵住。徐璐想要打开窗户，也没成功，便昏了过去。

过了很久，确认徐璐已经死去之后，樊母打开屋门，将徐璐尸体搬回床上，清理干净尸体上的炭灰，再将事先准备好的火盆搬了进去，伪造出徐璐殉情自杀的假象。

我问樊母，怎么会想到用煤气罐杀人？她说她丈夫五年前，就是因煤气泄漏意外死掉的。我听了觉得奇怪，印象中我没有去他家出过煤气泄漏的现场啊，后来才知道，她丈夫是在外地出的事，不归我们辖区管。

樊母因为一个荒唐又可悲的执念，残害了儿子最爱的女孩和自己唯一的后代。对樊勇来说，死亡意味着从病痛中解脱。对徐璐来说，在人生的花季被人以如此荒唐的动机杀害，着实令人痛惜。而樊母，无论等待她的将是什么样的审判结果，至少在一段时间内，她都将经受着残酷现实的折磨，至死也无法解脱，冥冥之中，这就是报应吧。

130

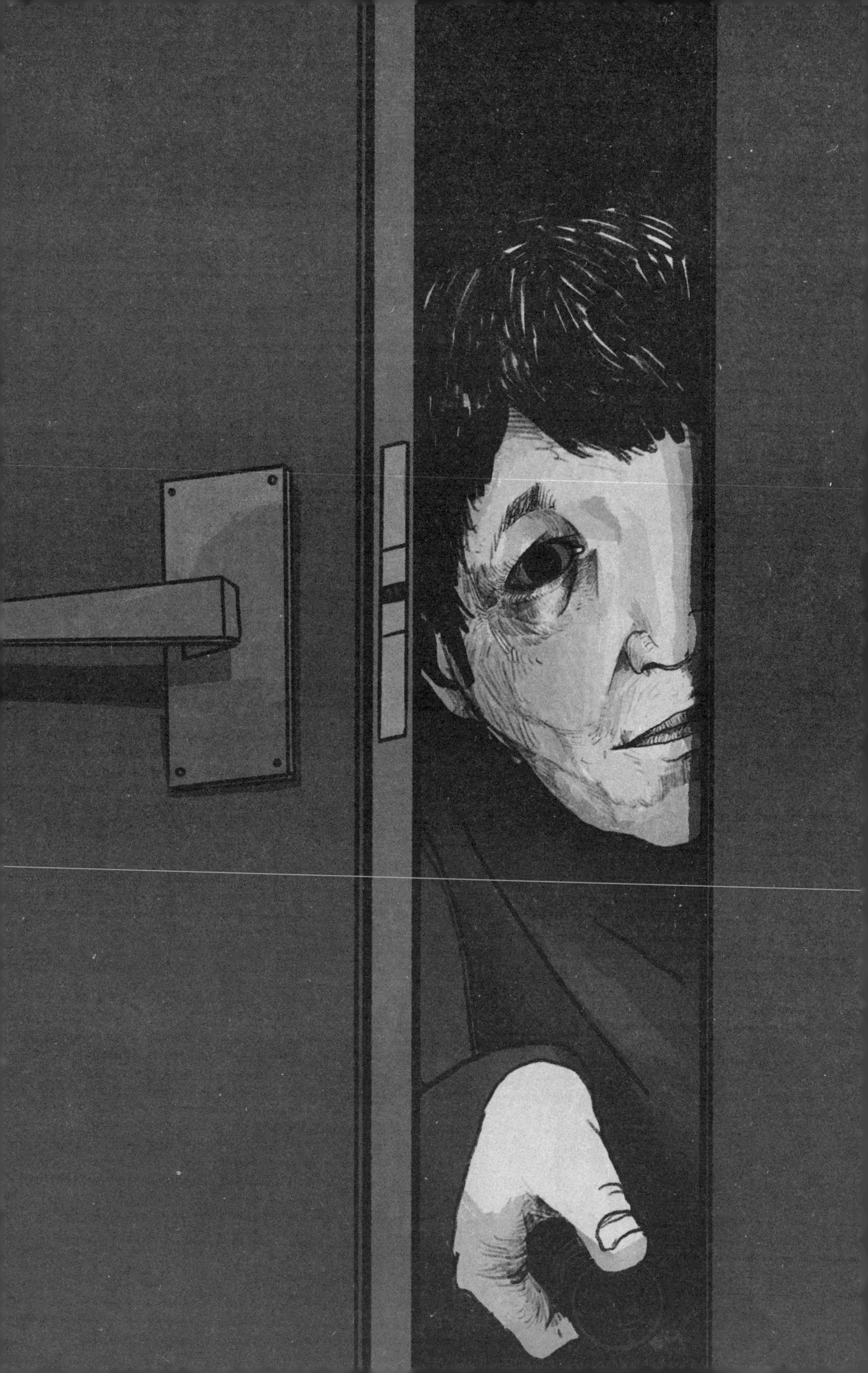

004
密封的千年古窑中，躺着一具男尸

"这方圆几里都没有人吧，黑灯瞎火的，感觉有些瘆人啊！"

"感觉瘆人就对了。这里的孤魂野鬼，怎么着也上千了。"所里的辅警兄弟有些神秘地说。

"怎么个情况？"

"你们不知道吧，发现尸体的窑洞，据说是古代遗留下来的一处寄死窑。"

寄死窑的传闻

"一早上了还没写完？让我看看都写啥了。"林霄说着，凑到电脑前，一屁股把我挤开，握住鼠标翻看着文档页面，没看几行就吐槽道，"让你代表大队写文章参加评选，你搞什么文言文？先不说你有没有这个水平，首先评委就不会买账。"

"那帮评委也是二把刀，他们没这个水平，不敢随便评价我的作品。再说了，我本来就是被赶鸭子上架，如果真觉得我写得不好，大队领导就去找别人，我也不用弄这个破事了。"我满腹牢骚地抱怨着。

"你不想写，可以把机会让给那几个年轻人，说不定他们有人想表现呢。"

"也对，等会儿小洁他们出完现场回来，我问一下。"

"今天有现场吗？我怎么不知道？"

"有人在金家滩村那边自杀，王洁一大早就去了，她现在也能独当一面了。"

林霄撇了撇嘴："我发现自从小洁单独出现场，你变得越来越懒了，要是明年再招一个法医，你是不是准备天天混吃等死啥也不做？"

刚工作那会儿，有机会出现场还挺兴奋，现在上班第一件事，就是祈求今天无事发生。

我和林霄在办公室里有一句没一句地闲聊着，一上午的时间转眼就过去了。我们刚起身准备去吃饭，王洁和权彬走了进来。

王洁一进门就一副心事重重的样子，完全没有以往看完现场后的轻松感。

"怎么了，看个现场回来这副样子，有什么问题吗？所里不是说大概率是自杀吗？"

"案发现场没有搏斗痕迹，很多迹象也支持自杀，但不知道为什么，我总觉得怪怪的，但又找不到相应的证据，所以有些纠结要不要和你说。现场我们勘查完也保护下来了，尸体做完尸表检查，暂时运回殡仪馆了。师兄……如果你有时间，能不能和我复勘一下现场？我有些不安心。"说到最后，王洁的声音越来越小。

"你先说一下具体过程，谁报的警？"

"案发现场是一座古窑，就在金家滩村外，窑口被封住了。村里的几个孩子跑到那里玩，从顶部的洞看到里面躺着个人，周围都是血，呼叫了几声没有回应，其中一个孩子就找大人报了警。我们勘查了现场的情况后初步判断，窑口是死者自己封住的，他在里面用匕首刺了自己一刀，正好贯穿心脏。工具和常规检材我都取回来了。"

王洁说完，递过来一个物证袋，里面装着一把匕首。匕首大约长20厘米，看起来锋利又结实，护手处有一圈黑乎乎的，像是烧灼的痕迹。

我顺手拿过勘查记录和现场拍的照片，仔细翻看着。

"疑似胸骨骨折，伴有骨擦感。小洁，胸骨骨折你确定吗？怎么个情况？"我看着尸表记录上的内容问道。

王洁在电脑上操作着物证检材委托手续，头也没抬地回答："我检查过了，确定的，可能是匕首刺入太过用力，将胸骨撞折了。"

王洁说的不是没有可能，死者是个老年人，人年纪越大，胸廓软骨的骨化程度越高，再加上骨胶原流失严重，骨头变得没有韧性，很容易就会骨折。

"派出所的民警有没有给家属反馈？"

"还没有。等我们这边的工作做完了，再给家属说明调查结果，不过家属那边应该没啥异议。"

"怎么说？"

"派出所在确认死者身份后，和家属联系过一次。死者是和家里人吵架后离家出走的，双方矛盾比较大，经常发生争吵，所以家属可能也认同自杀的结果。"

王洁的话让我安心了不少。我之前遇到过一些非正常死亡的案例，案情清楚明了，证据确凿，可以排除刑事案件，但家属心里无法接受亲人离世的事实，从而情绪崩溃甚至出现过激行为，其中一大部分都直接宣泄在我们身上。我刚参加工作那会儿，因为受不得这样的委屈，甚至直接跟家属起过冲突。

"就尸检记录和现场照片来看，死者应该是死于自杀，没啥问题。"我让王洁将心血送毒理化检验，将匕首、死者口腔拭子、指甲送 DNA 物证检验。大部分自杀的案件将这些检材送检，主要目的是更充分地排除他杀，并且侧面支持案件定性。

吃完午饭回到办公室，我拉过王洁，问她愿不愿意参加那个征文比赛。虽然我嘴上说着看她自己的意愿，但内心十分希望她能把这个任务拿走。

"小洁，怎么样？要不要去试试自己的文笔？争取替我们技术出个头，也为大队挣一份荣誉。"

"师兄，我咋觉得你把自己的麻烦事推给我了？"王洁一脸狐疑地看着我。

"老陆，小洁一下就看出来了。"林霄在一旁嘲笑道。真是唯恐天下不乱。

"师兄，你直接说让我写个东西不就完了，多大的事！你这又是给大队争荣誉，又是给技术露脸的，我压力多大！"王洁一席话怼得我哑口无言。

林霄见状，笑着说："这师兄确实是不想写，不过有个现实情况是，这次比赛获奖的作品，会被送到省厅参加比赛。我们现在这状态，基本也没什么上升空间了，所以露脸的机会，要尽量让给你们年轻人。咱们队里年轻人不少，你师兄先问你，说明他还是偏心你的。"林霄这一通话，不仅把王洁说动了，把我也唬得一愣，不知道他是在帮我劝说王洁，还是真的在为王洁的前途考虑。

我们三个正在东拉西扯的时候，王宇推门走了进来："早上王洁送过来的刀子我检验完了，有个地方感觉很可疑。"

"什么？"

"匕首柄上很干净，没有检出任何人的DNA，也没有任何指纹，会不会被人擦洗过了？"

王宇的几句话，让办公室瞬间安静了下来。我看了看王洁，问道："小洁，你们去现场的时候，尸体和匕首是什么状态？"

"尸体呈仰卧位躺在一个纸板床垫上，匕首插在胸口。"王洁边说边将现场勘验照片从电脑里调了出来。从概貌到细目，从环境到尸体，每张照片我都仔细看了一下，检查和勘验的流程没问题，尸表检查也都是按照程序完成的，但有一处细节，让我吓出了一身冷汗。

我将尸体概貌的照片放大，如王洁所说，死者胸口插着匕首，呈仰卧位躺在纸板上，血液从创口处流出，形成一大片血泊，衣服上散落着一些喷射的血迹，双手摊在身体两侧，双腿下面的纸板上有明显的蹬踹痕迹。

"师兄，有什么问题吗？"王洁小声问道。

"死者心脏被刺穿，现场流了这么多血，衣服上还有喷射状血迹，但刀离创口这么近，上面却没有一点血迹。另外，尸体双脚处的纸板上，有很多条擦划痕迹，这很可能是匕首插入心脏后，死者由于疼痛双腿剧烈蹬踹造成的。可问题是，他疼成这样，还是保持着仰卧位，没有满地打滚，也没有出现很大的位移，这明显有问题。"

"果然我的感觉是对的！师兄，这案子肯定不是自杀这么简单！"王洁有些激动地说。但或许是看到我还在凝神思考，她稳了稳情绪问道，"师兄，要去解剖吗？"

"先不去殡仪馆。通知派出所，我们重新勘查现场，如果我的判断没错，这是个要命的案子！"

我们到现场的时候，太阳已经落山了，偏远的山路上除了警车的车灯，再没有别的光亮。即便王洁白天来过一次，但要不是有村里人带路，我们很可能也找不到地方。

林霄深吸了一口气，双臂交叉搓着胳膊说："这方圆几里都没有人吧，黑灯瞎火的，感觉有些瘆人啊！"

"林师傅，你感觉到瘆人就对了。这里的孤魂野鬼，怎么着也上千了。"所里的辅警兄弟有些神秘地说道。

"怎么个情况？"

"你们不知道吧，发现尸体的窑洞，据说是古代遗留下来的一处寄死窑。"

我在网上看到过寄死窑的相关新闻。寄死窑又称瓦罐坟，据说是古代的一种可怕的墓葬习俗，当时的人认为，老人如果活得太长，会争夺子孙的阳寿，影响家族运势，再加上老年人基本丧失了劳动能力，遇到灾年荒年，只能成为家里的负担。因此一些条件不好的家庭，会将60岁以上无力赡养的老人，送到提前挖好的窑洞中，每送一顿饭就砌一块砖，直到把洞口彻底封死，老人就只能在洞里自生自灭了。

"真有这种东西？"我将信将疑地问道。

"就是寄死窑，周围几个村子的人都知道。这个窑在古代大灾荒的时候，曾被当地村民用来安置弃养老人，随后就一直搁置着，也没人管。"

我们一边闲扯，一边往窑洞的方向走。林霄拿出勘查箱里的多波段光源，用于照明的同时也检查一下路面的情况，因为通向窑口的是条石子路，没发现什么足迹。没一会儿，一个高约1.2米，宽约1米的窑洞呈现在我们面前，洞口还散乱地放着一些红砖。

王洁见我盯着红砖看，连忙解释道："早上我们刚来的时候，这窑洞是被砖封住的，我让派出所的兄弟帮忙拆掉的。"

这处窑洞应该是人力修建的，整个嵌在了小丘里，顶部有一个洞，直接连着小丘的顶端通向外面。窑洞入口的左边是一堆干掉的水泥，上面插着一把瓦刀，水泥边上有半桶水、半袋水泥和一些红砖。正对入口的地上放着一张纸板，上面沾染着大量血迹，纸板的右上角放着一个充电的照明灯，显然洞口封住后，这灯是唯一的光源。

"你说这些会不会都是摆给我们看的？凶手杀了死者后，伪造了自杀现场，从外面封住洞口，然后带走作案工具。"我提出了心中的疑问。

"不可能。我刚才检查了一下，如果洞口是从外面封住的，砌砖的时候，砖头磕碰的应该是外侧墙面，水泥也一定是滴在洞外。但是你看，现在是洞口内侧墙面磕碰痕迹明显，滴下来的水泥斑点离洞口也有一米多，墙显然是从里面砌上的。"林霄十分肯定地说。

"这么说，砌墙的只能是死者了。小洁，我要批评你了，瓦刀这么重要的物证，怎么没提取回去？"我对王洁的疏忽感到气恼。

林霄给我使了个眼色，提醒我当着派出所人的面，不要再说王洁。接着他哑巴哑巴嘴问道："你说如果死者是自杀，为啥选这么个地方？"

"先不要乱猜了，继续勘查现场吧。"我甩了甩头，将思绪拉了回来。虽然这个洞并不大，但还有很多地方我们没有检查到。

王洁在一旁帮忙举着强光手电，林霄继续检查窑洞周围的地面，而我的注意力全都在纸板上的那摊血迹上。对于现场勘测来说，血迹的形态蕴藏着很多信息，往往更为客观，也不容易造假。

从现场情况来看，纸板的一部分被血迹浸透，血泊右侧有几道血痕，血痕的末端还有淡淡的指纹。我喊来林霄，指着血指纹的地方给他看，他仔细检查后拍了照，王洁也用棉签提取了一些痕迹。

"这看起来像是死者濒死挣扎的时候，沾了血的手向外划动形成的痕迹。"林霄若有所思地说。

这正是我不解的地方，如果死者拿着匕首捅向心脏，血喷出来溅在手上，那刀柄上为什么没有任何血迹？如果血指纹是另一个人留的，那这个人又是怎么从洞内封的墙？

裤腰处的灰烬

"老林，你那边怎么样了？"

"差不多了。但我有个疑问，你说窑洞顶部的这个洞，是干吗用的？"林霄一手扶着下巴，抬头盯着洞说道。

"可能是防止里面的人窒息？"

"这个是寄死窑，既然都把老人扔在这里了，还怕窒息吗？"

林霄这么一问倒把我问住了，不过周边村里的老人肯定有知道的，到时候可以去问问。

勘查完窑洞后，我们决定接着去殡仪馆检查尸体。现在已经是晚上九点多了，如果解剖尸体，可能还需要几个小时，确实会有些疲惫，但我知道心头的疑问没解开，即使回到家，也休息不好的。

"死者信息，你目前了解了多少？"去殡仪馆的路上，我问王洁。

"听所里的民警说，死者名叫钱三柱，69岁，金家滩村人，与家人吵架后离家出走，后来被发现死在窑洞里，这些之前我给你说过。后来，所里给我来了个电话，说家属目前情绪比较稳定，但村里对于钱三柱的死产生了很多流言蜚语。"

"都有什么流言？"林霄边开车边问。

"听说这个钱三柱年轻的时候是个泼皮无赖，还是远近闻名的不孝子，经常虐待他妈妈。有一年夏天，他妈生了很重的病，他也放着不管，老太太就病死了。村民多对他十分厌恶，他这次死掉，村里都在传是报应。"

"看来钱三柱人缘差得很啊。假如他不是自杀，那有没有可能是他得罪了村里的哪个人，然后被人杀掉的？"我自说自话道。

"从目前的勘验结果来看，洞口应该是死者从里面封住的，怎么看都是自杀了。现在只有刀柄的问题解释不通而已，也没有证据证明是他杀，客观条件不允许啊！"林霄反驳道。

现场离殡仪馆不远，我们很快在争论中抵达了目的地。钱三柱的尸体已经被解冻好，放在解剖台上。我和王洁将尸袋打开，林霄调试好相机，拿出比例尺，准备随时开始拍照。

由于之前王洁在现场做过尸表检查，死者的衣服已经被脱下来，盖在尸体上。我拿出一块大的无菌手术铺巾，铺在旁边的解剖台上，将衣服放在上面摆好。

钱三柱的穿着很简单，上身是一件棉质套头衬衣，下身是一条灰色长裤，脚上是黑色袜子加上一双白色网状织面运动鞋。衬衣胸口的位置有一条三厘米左右的破口，基本和钱三柱死亡现场发现的匕首的宽度吻合。此外，衬衣上有大量的血迹，短裤腰部和臀部也被血迹浸染，鞋袜及鞋底却没有血迹。这进一步说明死者从出血到死亡，一直是仰卧位的姿势，没有站起来，更没有走动。

林霄凑近衣服盯着看了一会儿，然后指着短裤裤腰处说："你们看这上面是什么？"

"好像是烧着什么东西后留下的灰烬痕迹。我第一次检查尸表的时候看到了，也拍照固定了。衬衣下摆处也有，现在血浸染了，不太明显，最初检查的时候很清楚。"王洁补充道。

"他裤子是完整的啊，上面的灰烬是哪里来的？"林霄疑惑地问。

"燃烧的灰烬……等等，我记得匕首上也有一道烧灼的痕迹！"

王洁连忙点头："是的，烧东西的时候死者是躺着的吗？这样燃烧的灰烬才会落在死者的腹部和裤子前面的位置。"

"可谁会躺着烧东西？这不符合常理啊！"林霄质疑道。

我想了一下，说出了自己的推测："只有一个可能，烧东西的时候，钱三柱已经死亡了。"

"老陆，你的意思是，有人杀了钱三柱，还在他身上烧了什么东西？那就又回到了之前的问题,这个人行凶之后,怎么从里面封的墙呢?"

"林哥,墙肯定是死者封的,你们看。"王洁说着,拿起钱三柱的手,只见上面有血迹、水泥斑迹,还有一些红砖上的灰屑。

"万一是凶手把水泥粘在死者手上伪造的呢?"林霄质疑道。

"不可能。血迹在水泥斑迹之上,说明水泥斑迹在先,血迹在后。照你所说,如果死者手上的痕迹是凶手伪造的,那两者叠加的顺序应该反过来。"

我的脑子一团乱,之前的疑点还没解决,现在又来一个,话说这堆燃烧的灰烬是怎么回事?

看我在发呆,林霄用胳膊肘撞了撞我,提醒我继续检查尸体。

尸体腐败并不严重,尸斑位于腰背及臀部未受压的地方,颜色较淡,符合失血性休克死亡的表征。此外,尸体全身大小关节尸僵明显,除了胸口刺创,没有其他损伤及异常表征。

死者胸口的伤口位置十分精准,正好在左侧胸骨旁线第十肋间与第十肋骨上,锋利的刀刃不止刺穿了肋骨,还造成了胸骨骨折。

我将死者胸前伤口对合在一起,看到创口两头创角锐利,创面平整,创缘也比较整齐,所有情况都与那把匕首相吻合。此外,我还发现了一个很奇怪的损伤痕迹,在刺创旁边两厘米的地方,有一处圆弧状的压痕,看起来像是标点符号中的括号,开口朝向创口。这处压痕上存在着明显的表皮剥脱,应该是外力作用的结果,造成这个压痕的工具,应该是圆形或者半圆形的,有一定质量并且比较结实。

"小洁、老林,你们觉得这个压痕是什么东西留下的?"

林霄没有直接回答我的问题,而是反问道:"窑洞里没有圆弧边缘的东西吧?"

"难不成造成这个压痕的东西被带走了？"

"师兄，也不一定，这个痕迹也有可能是死者之前在别的地方造成的。"

王洁说的不无道理，压痕和表皮剥脱产生的时间，也无法具体判定。

"我有一个想法……"

王洁没搞明白我为什么有些畏缩，所以不解地看着我。

"是不是想解剖尸体？"林霄看出了我的意图。

"可是……"

"我知道你担心什么，现在还无法定性是杀人案件，你怕解剖了家属有意见。可是现在这么多疑点，不解剖我们完全没有头绪。这个案子明显有问题，这么蹊跷我感觉恐怕不是单纯的自杀。"

"我也想弄清楚到底怎么回事，可是目前家属那边我们还没接触，完全不知道他们的态度。保险起见，还是先见一下家属，省得给自己找麻烦。"

就在我们举棋不定的时候，手机突然响了起来，是王宇打来的。我直接按下免提，接听起来。

"陆哥，死者的毒化检验结果出来了！"

"中毒了吗？"

"没有。但是血液中酒精浓度很高，180毫克/100毫升。相当于高度酒喝了个将近一斤的量。"

"好的，我知道了。"挂上电话，我看着林霄，从他脸上的表情可以判断，他和我一样被这个消息震惊到了。死者要是喝成这样，是不太可能独自走去窑洞的；就算进去，以这个状态，刀都拿不稳，根本不可能以那种方式自杀——而且还异常精准地一刀毙命。

"老林，我觉得死者可能是在洞里喝的酒。"

"我也是这样想的,但是酒瓶子呢?而且总不能干喝吧,下酒菜是啥?"

"有人把这些都拿走了,绝对有第二个人!这不是自杀,剖吧!"

锋利的手术刀沿着钱三柱尸体的中线划过,皮下的筋膜、脂肪、肌肉相继裸露出来。死者死因非常清楚,就是心脏破裂导致失血性休克死亡。解剖见尸体脾脏等多个脏器呈皱缩样失血改变,心包内积血,右心室、室间隔、左心室均检见锐器刺创,胃内检见约 500 毫升内容物,主要成分为鸡爪、猪肉、牛肉、花生,并散发出明显的酒精气味。从胃内容物消化情况和十二指肠充盈空虚程度来看,死者进食后不久便死亡。

"他吃了很多鸡爪,但胃里没有鸡爪骨头,现场也没有,肯定有人将这些和餐具都带走了。"我边观察胃内容物边分析道。

"老陆,带走餐具的人,很有可能是和死者一起吃的,我们找到这堆鸡爪骨头,就可能通过 DNA 锁定嫌疑人。"

"他既然能想到把骨头带走,一定会丢在不好找的地方。"

"我们要赶快找,被野狗吃掉就麻烦了!"

"小洁,通知肖良,让他和派出所的人一起去现场,以窑洞为中心,辐射搜索周围,看能不能找到骨头,一定要快!"

"除了骨头,还要留心筷子、酒杯等餐具。"林霄冲着王洁的背影补充道,接着转头对我说,"我们也同步去趟钱三柱家里,看他是不是在家里吃的鸡爪,然后吵架后离家出走,死在了窑洞里。"

我点点头:"我们也该去接触一下家属了,既然不是自杀,就从他的社会关系开始查。把手上的活干完就去。"

"明早再说吧,这会儿深更半夜的,村里的人都睡了,也不急这一时。反

145

正王洁和肖良已经去找骨头了，那个比较急。"

林霄说得对，今天忙了一天，我也需要停下来把事情捋一捋，再好好想想怎么跟钱三柱的家属接触。

第二天一大早我就醒了，林霄也睡在值班室没有回家，不过他这个单身汉回不回去都一样。我刚结婚那会儿经常加班住单位，开始妻子还会担心，后来是抱怨，现在基本爱搭不理了。

我叫醒林霄，看他挣扎着从床上坐起来，用力揉了揉眼睛，顺手擦掉嘴角的口水，含糊不清地抱怨道："这才几点啊！你自己睡不着还折腾我！"

"事情弄不清楚我难受啊！"

"王洁和肖良那边找到鸡骨头了吗？"

"鸡骨头没找到。不过在从窑洞回村的路边，发现了一个塑料袋，里面装着两双筷子，不知道是不是死者用过的，他们提取回来送检DNA了，王宇那边还没出结果。另外，我刚刚接到所里打来的电话，说家属想把尸体领回去办丧事。我们正好去和家属说明一下，顺便看看他们的反应。"

金家滩村的广场上正在盖祠堂，建筑物料将路堵得严严实实。几位村民看到警车，慌慌张张地跑过来，将杂物搬到一边，给我们让出一条路。

我摇下车窗，道了声谢顺便打听钱三柱家怎么走。其中有个村民本来无精打采地搬着东西，一听我们是去找钱三柱家的，两只眼睛瞬间亮了起来，激动地一把扶住车窗边缘："警察大哥，钱三柱是不是死得很惨啊！"

他这一问把我问愣了。在勘查现场或调查的时候，经常会有好奇的村民拉住我们打听情况，但大都是问怎么死的，谁杀的人之类的问题，上来就问死得惨不惨，我还是第一次遇到。

"你问这干吗？你是希望他死得惨一点吗？"

"警察大哥你说笑了,我怎么会这么想?但村里都在传,钱三柱死得很惨很离奇。"村民压低声音,好像害怕被人听到。

看我没说话,村民又补充道:"钱三柱是个无赖,他母亲就是被他给害死的。现在他莫名其妙死掉了,还是死在那个地方,多少年没人去过了。听老一辈的人说,不孝子会被老人的鬼魂引到那里自杀,而且会死得很惨。原来都是当传说在听,谁承想钱三柱真去那里自杀了。这几天村里都传疯了,谁都不敢和他家人来往。"

我没再多说什么,打听了钱三柱家的方向,一脚油门开了过去。

钱三柱家的大门开着,不大的院子被收拾得井井有条。一个三十来岁的女人在院子里洗着衣服,旁边有个一岁多的孩子,正扶着墙在学走路。

我站在门口敲了敲门。女人抬起头看到我跟林霄,没有丝毫的吃惊,只见她拿起旁边的干毛巾擦去手上的水,用平静的语气说道:"我老公不在家,你们先进来等一下吧,我这就打电话让他回来。"

女人转身进屋,过了一会儿搬出两个凳子,放在院子中间,和她洗衣服的地方保持着不远不近的距离。

"你好,我们是市局刑侦大队的,你是钱三柱什么人?"

"他是我公公。"

"你老公呢?"

"他去买鱼了。"

女人的回答让我颇有些意外,父亲尸骨未寒,儿子还有心思买鱼做饭,看来他们之间的关系确实不好。

"你公公死了,你老公不难过吗?"我问出心中的疑惑。

女人长叹了一口气，说道："我老公和我公公之间矛盾比较大，他们几乎每天都要吵架。公公年轻的时候，时常打骂我老公的奶奶，对我婆婆和我老公也很不好，我老公为这个还和我公公动过手。那天他不知道发什么神经，拿着竹片打我儿子，我打电话叫我老公回来，我老公直接把他赶出去了，结果他一夜没回来。后面我们怕他出意外，就到处找，一直没找到。第三天，派出所打电话说我公公在那个破洞里自杀了。"

女人说完，看了看手机，又朝大门口望了望。

"你公公被赶出去的时候是几点钟？"

女人想了一下，回答道："记得是下午四点多。"

"也就是说他没吃晚饭？"

女人点了点头。

"他那天午饭在家吃的吗？"

"是的。"

"你们午饭有没有吃鸡爪？"

"没有，我们吃的猪肉、豆腐，还有鸡蛋。"

"你公公吃午饭有没有喝酒？"

"没有。他每次喝完酒就耍酒疯打人，我老公不让他喝。"

我刚要继续问，大门口的方向有了动静，我转过头，看到一个瘦高的男人出现在门口。他推着一辆电瓶车，手里提着一条鱼和一些蔬菜。

"你回来了，这两位是公安局的。"女人急忙起身，接过男人手里的东西，转身进了厨房。

"两位警官，屋里坐吧。"说着他走到堂屋前，掀起门口的帘子。

带血的钢管

屋里的陈设比较简单，都是些常见的家用电器和家具。所有器物都被擦得一尘不染，桌上也很整齐，对一个有婴儿的家庭来说很难得，看得出女主人十分勤劳。

"你是钱三柱的儿子钱昊东吧？"

"是的，警官。我可以去处理我爸的遗体了吧？"男人平静地问道。

"这个可能暂时还不行。"

"是有什么问题吗？"

"我们经过调查，发现了很多疑点，现在可以初步确定你父亲不是死于自杀。我们来这里一是向你说明这个情况，再者也希望你能配合我们，把这个事弄清楚。"

钱昊东顿时一脸震惊地看着我："可村里人都说，我爸是作孽太多，被勾到寄死窑自杀的！"

"年纪轻轻的，这说法你也信？"

"警官，你可能不知道，我们这里邪门得很，好多事都是现世报。村委会旁边钱铁正家，他妈妈虐待儿媳妇，欺负人家娘家没人，那年冬天打了儿媳妇一顿，晚上就中风了，现在躺在床上，全靠儿媳妇伺候。她中风那天一大早就有征兆，嘴里含糊不清不知道说什么，就觉得她那天要出事，接着晚上就摔倒了，差点命都没了。反正我们村里对老人不孝顺的，虐待小孩的，打老婆的，都遭报应了。"

"那你爸不是占全了！"

钱昊东无奈地点点头："从我记事起，他就打我奶奶，打我妈，要不是我也怕遭报应，早就动手打他了。有一次没忍住和他动了手，结果出门就摔了一跤，牙齿磕掉半个。像我爸这样的人，在我们村很少见，现在我爸直接死在寄死窑，谁还敢不信天谴报应这事儿？"

看着眼前这个偏执迷信的男人，我明白与他争辩只是浪费口舌，于是转移了话题："你父亲在村里有没有什么仇人？"

钱昊东立马否认道："仇人倒没有，我爸在外面怂得很，就是窝里横。"

"你爸离家出走的时候，带了什么东西吗？你们后来找他的时候，村里有人说见过他吗？"

"没有，他离开家的时候啥都没带，也没有人见过他。"

接下来，我了解了一下钱三柱在村里的人际关系状况，但也没有得到什么有价值的信息。

从钱三柱家出来的时候，一群村民正围着警车七嘴八舌地议论着。看到我和林霄，其中一个年纪稍大的老人立马走上来："警官，你们可不能让钱昊东把钱三柱的尸体领回村里来！他是被诅咒的不祥之人。"旁边的村民也都在随声附和着。

我什么也没说，和他们争辩，显然是浪费时间。钱昊东本来就没打算把钱三柱的尸体带回来，而是准备直接拉去火化埋了。

我拉开车门坐在后排，靠在车背上闭着眼睛，整理着脑海中的信息。首先，钱三柱离家前没吃鸡爪，那他中途一定是遇到了什么熟人和他一起吃的。这个人很可能是他死前见到的最后一个人，也最有可能是凶手。其次，村里的人非常迷信，就连钱三柱的儿子都觉得他是被勾了魂自杀的。

林霄发动车子，转过两个弯，又开到广场正在修建的祠堂旁，一辆卸货的卡车停在路中间，正好挡住了我们的去路。司机从倒车镜里看到我们的车，迅速从驾驶室走出来,跑过来说道:"警官,不好意思,我马上把车开走。"

"我们不是交警,不会处罚你。再说了这村道属于内部道路,你卸货呗,怕啥?"

林霄的一番话,显然让司机放心了不少,他一边鞠躬一边往后退,退了两步后转过身想要往驾驶室跑,没留意一下子撞在了货车上。由于撞击的力度太大,司机蹲在地上痛苦地捂着脸,一股鲜血从指缝中滴了下来。

我急忙下车,将他扶到路边。林霄从后备箱里拿出一瓶生理盐水,打开瓶口递了过来,示意我帮他冲洗伤口。冲洗完血迹后,司机脸上还留着一个半圆形的伤口,不算深,但已经划破了表皮,看来是需要缝针了。

我拆开一块干净的纱布,递给司机让他重新将伤口按住,然后叫来工地上的人,让他带司机去卫生所处理伤口。林霄则走向驾驶室,准备将卡车挪到边上。

"等一下。"我叫住了林霄。

"怎么了?"

"我想看下后面拉的什么,把他撞成那个样子。"说着,我将货车后面的布掀开,上面杂七杂八地堆着半车钢管。

我看着钢管的端头,脑海中回想着司机脸上的弧形伤口,突然觉得十分眼熟,好像在哪里见过。

就在这时,林霄一把将我拉开,拿着比例尺在钢管上测量着,接着又掏出相机,调出尸检的照片,来回对比了几遍,抬起头激动地说:"你看,一模一样,就是钢管压的!"

我迅速爬到货车上,让林霄把卷尺递给我,开始测量车上钢管的长度。这一车钢管有三种尺寸规格,分别是 3.5 米、2.5 米和 1.5 米。三种管子的口径也有差异,3.5 米和 2.5 米的钢管,口径都是 5 厘米,1.5 米的管子口径只有 3 厘米。

如果将钱三柱尸体胸口的弧形压痕还原成圆形，直径也是 5 厘米，再加上弧形压痕内侧紧挨着的就是匕首的刺创，一个大胆的想法从我的脑中一闪而过：弧形压痕和匕首刺创，会不会是同时产生的？

想到这里，我抬起头，看到之前在广场上干活的村民来看热闹。我一个飞身从货车上跳下来，冲到那个村民面前。显然，由于我的动作太过突然，村民被吓得愣在原地。

"师傅，你别怕，我想问问，钱三柱有没有来这个工地做过工？"

"没……没有，那老头都快 70 了，谁敢让他来！"

"那工地的钢管就这么堆着，也没人看管，就不怕丢吗？"我继续追问道。

"都是村里的人，谁会偷修祠堂的东西，老祖宗都在天上看着呢！"

我点点头，转过身慢慢朝林霄走过去，脑子里面的信息在飞速运转。

"老林，我好像知道凶手是怎么杀人的了！等等，让我再好好捋一下。"

如果我猜测的杀人手法成立，那么，之前所有的疑点，包括匕首柄上没有指纹、死者衣裤上的灰烬、脚部纸箱上的划痕，就都能解释得通了。

"快，封锁这个工地，这个案子要破了！"

"怎么回事，你到底发现什么了？"林霄有些着急地问道。

"我发现凶手怎么杀人的了！"

我将自己的推测跟林霄讲了一遍。林霄听过之后想了一会儿，又跳到车上看了看各种型号的钢管，对我挤出一个赞赏的笑容："老陆，我很同意你的推测，证据应该就在这工地里了。"

我点点头："我打电话叫权彬来检查一下村里所有的监控，看看凶手有没有留下行踪。我们去找凶器。"

在村干部的帮助下，我们很快找到了祠堂工程的包工头。工头叫张鹏，是隔壁村的人，自己拉了个施工队干零活。他一身假冒的名牌，头发抹得锃光瓦亮，脖子上挂着一条筷子粗细的大金链子，腋下夹一个公文包，这一身行头就差把"暴发户"三个字写在身上了。

张鹏一见到我们，笑着，不停地鞠着躬，紧接着从怀里掏出一包中华烟，抽出一支递给林霄，一脸谄媚地说："领导，抽支烟，不是什么好烟，您尝尝。"

"谢谢，不用！"林霄将张鹏的手推了回去。

见林霄不接，张鹏立马转向我："这位领导，您来！"

我顺手接过香烟，夹在耳朵上。张鹏见状，马上又抽出一支递在我手里。

"那个……领导，你们找我来有什么指示啊？"

"张老板，有些事想找你了解一下。"

"您说！您说！"

"你这工地上的钢管有数吗？"

"有数！每一根我都清清楚楚。"

"要是少了一根，你们工地上的人能发现吗？"

"您说哪一种？"

"比如车上这种三米五和两米五的。"

"那绝对能发现。这些都是用来搭架子的，少一根就会有一副架子搭不起来。"张鹏自信地说。

"这两天有没有少呢？"

"没有。前几天村里说看老皇历不宜动工就停了几天，停工前后我都数过。"

"钢管就这么堆放着，也不怕丢？"

"这管子偷了只能卖废铁，一两根卖不了几个钱，偷多了要开车拉走，还没出村狗就叫唤，大家也就听到了，所以不用担心。"

"狗？哪来的狗？"

"就那条，我表哥家的。牵过来拴在棚子下面，把钢管也放在棚子下面，就更保险了。"张鹏说着用手指了指不远处拴在棚柱子上的狗。

"这几天狗有没有叫得很厉害的时候？"

"没有，而且钢管也没有少。"

"好的，没什么事了，有需要我们再找你。"

"那个，领导，我们什么时候能再开工？"

"不会太久的。"我用异常平静的口气回答道。

张鹏满脸堆笑地点点头，走开了。

"老林，赶快拿勘查箱子，配一些蓝星试剂，我们来找钢管。这些钢管虽然不多，但也够我们忙一阵了。"我对林霄说。

蓝星试剂是一种血迹显现试剂，常用于显现犯罪现场被清洗和消除的潜血。试剂本身无毒无害，灵敏度超高，即使浓度被稀释到万分之一的血迹，也可以检测出。此外，蓝星试剂不会破坏DNA分子结构，因此若发现了血迹，还可以进行后续的DNA分析。

"老陆，刚才张鹏给你递烟，你没推脱，之后又接了一根，但你根本不抽烟的啊。"

"要不说你是书呆子！这种小包工头都是很早就进社会了，很会见人下菜。如果你在他面前表现得循规蹈矩，他们就不会把你当回事，问什么也不会配合。所以要让他第一眼觉得你不是好警察，敢占便宜什么都不怕，最好流里流气的，他就对你有所畏惧，懂了吧？一句话，坏人就怕恶人磨。"

"你长得就像流氓,都不用演。"林霄对我翻了个白眼。

"说正经的,张鹏刚刚提到了一个重要信息,这些钢管都是成套的,所以我判断凶手用完后大概率会还回来,不然会有暴露的风险。"

我们用蓝星试剂,对车斗里的钢管逐一进行检查,但始终未见异常。就在我们快要绝望的时候,最后一根钢管的一头,出现了我们期盼已久的荧光反应。林霄迅速从包里拿出比例尺,调好相机,将荧光反应拍了下来。

这根钢管长 2.5 米,其中一端的荧光反应呈明显的喷射状分布。我从勘查箱里取出棉签,在出现荧光反应的地方来回擦取了三四处拭子,放入物证袋中。

林霄拿出指纹刷,蘸取碳粉刷在钢管上,然后打开光源在刷过的地方仔细观察着,很快便在管身的中上段找到几枚清楚的指纹和掌纹,并且具有很好的比对条件。

"老陆,我们把这根钢管带回去,和匕首上的血迹比对一下,看看能不能验证你的推测。"

"先别激动,还有一个事情我想验证一下,你把执法记录仪打开。"

林霄虽然一脸疑惑,但还是照做了。我从勘查箱里拿出一个白色口罩,将它裹在一根棍子上,从钢管带血的这头伸进去,贴着钢管内壁转了几圈,然后将棍子抽了出来,只见口罩上面沾满了灰烬。

我将口罩递给林霄:"果然和我想的一样,这些灰就是烧灼留下的,这就更加证实了我的推测。"

林霄竖了下大拇指:"现在的问题是,我们怎么找到这个凶手。即便有了指纹,我们也没有比对对象;还有这个指纹也不一定是凶手的,在这里工作的人都有可能留下。"

"你说得对,不过我们离真相已经很近了。把钢管有指纹的地方擦几根棉签拭子,送检DNA吧。"

"师兄,听说钱三柱的案子,你已经弄清楚凶手的杀人手法了?"王洁冲进办公室,一脸焦急地问道。

我笑着点了点头,将自己的推断又详细讲了一遍,还告诉她我们已经找到了那根用来杀人的钢管。王洁听完之后,对我的想法表示赞同,但又有些欲言又止的神情。

"怎么了,小洁,有什么异议就说出来!"

"异议倒没有,只是有些地方想不明白。窑洞是死者封上的,凶手在洞外将死者杀害,应该是在窑洞封住之后,那凶手是怎么说服死者自己封堵洞口的?还有就是,凶手从祠堂工地偷钢管,杀人后又送回去,这一来一回需要时间,进出村有可能被监控拍到,还可能被人看见,凶手是怎么做到避开这一切的?"

"你说的这些还没有弄清楚,所以我们还有很多工作要做。"

"师兄,你和林霄哥去村子里调查,发现了什么可疑人员吗?有杀人动机的。"

"钱三柱的儿子钱昊东有杀人动机,但他有无数的机会动手,要杀早杀了,没必要等到现在,而且也不必采取这么烦琐的方式。"

"师兄,照你刚才说的,凶手不光熟悉窑洞的情况,能在工地上找到工具,在拿工具的时候还没有引起狗叫和村民注意,那凶手很有可能就是村里的人。等DNA检验的结果出来了,直接在村里大范围采样比对,不就能锁定凶手了?"

"最后没办法的话,可以采取这种方式,总之这个人跑不了的!"

"老林,指纹有没有比中?"我推开痕迹实验室的门问道。

林霄叹了口气:"钢管上的指纹纹线清晰,特征点也提取得很完整,但指纹数据库里没有比中,这个人应该是没有前科,只能依靠DNA了。"

最早DNA技术还不成熟的时候,犯案人员都是指掌纹和足迹入库。后来DNA技术普及,入库项目又加了DNA。也就是说,指掌纹和足迹的覆盖人员更多,现在指掌纹没比中,DNA比中的可能性就更小了。

"凶手没有前科,也算是好事,至少缩小了范围。"我安慰道。

"有啥用?这村里有前科的人本来就不多,这缩小的哪门子范围?"

"能排除一个是一个呗!"

正说着,王宇推门走了进来:"陆哥,你在这里啊,我找你半天了。"

"怎么样?管子上的DNA结果出来了吗?"

"出来了,管子端头的血迹DNA是钱三柱的,管身上的指纹检出一个男性DNA分型。"

"有没有在全国库里比中?"我急忙问道。

"没有,比中了我就不会说一个男性DNA了。不过,这个男人的DNA,和之前王洁他们在窑洞外捡到的筷子上的DNA是一致的。"

"这是个好消息!说明这个人很可能就是凶手。"林霄有些兴奋地说,接着转过头看着我问道,"接下来怎么办,全村排查吗?"

我点点头:"王宇,接下来你的工作量可能会有些大,忙不过来的话,我让王洁来帮你。"

我们给村里划分了几个范围,老包、肖良、林霄、权彬还有我,一人负责几户人家,每人再带一个辅警,尽量提高工作效率。

任务分配下去后,权彬找我提了个建议:"陆哥,我之前去检查了村里大路上的监控,没看到有人扛着钢管出现过。我觉得有两种可能:第一,凶手非常清楚监控盲区；第二，他运钢管的时候，和其他东西混在一起了没被拍到。所以我觉得，可以先从村里熟悉监控的人开始采集。"

权彬的话，让我想到之前王洁提到的一个疑点：凶手携带钢管去窑洞杀人，作完案后再将钢管送回祠堂，既要保证不被村民看见，又要保证不被工地上的人发现，这在时间上其实是件很难掌握的事情。凶手肯定有什么办法，能让整个计划的变数更小。

我一边想着这个问题，一边踱着步子，走到林霄身旁。他正在给组员分发取口腔拭子的 FTA 卡棉签套装，每组按照人数领取，林霄怕出岔子，每组都会多给三份。

"别发了老林，我有个事想不通，你帮我想想。"

我将脑海中的疑惑简单地跟他说了一下。林霄听完后，呆呆地站在原地，看着手上的棉签套装陷入沉思。

"林哥，FTA 卡你给多了两份。"一个辅警兄弟说道。林霄还在想我说的问题，没回过神。

"先拿去用呗，用不完再拿回来。"我代替林霄回答道。

"拿太多，要是用过和没用的弄混，就麻烦了。"

辅警话音刚落，林霄突然两眼一放光，一把将手里的 FTA 卡都塞给辅警，一把拉住我就往村里祠堂方向跑："陆玩，快走，我想到一个可能性。"

"啊！什么情况？"

"别问了，跟我来。"

DNA 分型

林霄拉着我跑到了祠堂工地，正好张鹏也在那里。看到我们两个，张鹏原本愁眉不展的脸上瞬间挤出了笑容，一边在口袋里摸索着掏烟，一边点头哈腰地问："二位领导，我这里什么时候才能复工？"

"现在就可以。"林霄回答道。

"真的吗？"张鹏的脸上写满了兴奋。

"不过，别的先不要干，你去清点一下，剩下的钢管能搭几个架子。"

"你们不是拿走一根？肯定有一组搭不起来。"

"别废话，你先去数。"

在林霄的催促下，张鹏开始指挥工人清点管子，不一会儿便快步跑过来说道："两位领导，我记得你们拿走了一根啊！但是……"

"但是一根都不少，是吧？"

张鹏点了点头。

林霄转头看着我："凶手根本没从这里拿走任何管子，他只是把用过的混在这里而已。施工队用完了就会糊里糊涂地拉走，这样就谁也不会发现了。"

"他为啥多此一举藏到这里？直接丢掉不就好了？"

"丢在哪里？窑洞旁边都是大平地，这东西又显眼，丢在外面肯定会被找到。凶手熟悉村里的监控，也知道村里人作息，拿回村里混在这堆钢管里面才是最好的办法。"

"老林，要不是跟你搭档了这么多年，我都怀疑你就是凶手了！"我调侃道。

"闭嘴吧，有用的话一句没有。"林霄数落完我，又把张鹏叫到跟前问道，

"张老板,这堆搭架子的钢管哪里来的?"

"从一个废品回收站租的二手的。"

"有人向你打听过这个管子的来源吗?"

"那倒没有。不过我有几个工人知道这管子的来源,刚刚把脸撞伤的那个司机,就是帮我拉管子的。"

"这么说来,凶手很可能也去过这个废品回收站。"我在一旁说道。

没过多久,我们就来到张鹏说的废品收购站。只见一个不大的农宅院子,里面堆放着各种分好类的废品,一看就知道是黑作坊,没有相关资质。我心里想这就好办了,走访调查时最喜欢这种证件不全的小作坊,老板怕耽误自己的生意,面对询问一般都知无不言言无不尽。

我们正要进门,一个男人迎了出来,说自己是收购站的老板。他穿着一身整洁的旧式西装,脚上一双皮鞋锃光瓦亮,看起来像是上世纪90年代的基层干部,而不是个收废品的。

老板有些战战兢兢地询问我们的来意,我问他认不认识张鹏,他点了点头。

"张鹏租的那些搭架子的钢管,你这里有多少?"

"警官,钢管就那么几套,平时也就周边的几个小施工队会拿去用。"

"有没有人从你这里买或者租一根的?两米五那种。"

老板想也没想地回答道:"没有,我这钢管就是出于人情,借给张鹏他们用,不会单卖一根给别人,卖一根那一套就废了。而且我只借给熟人,不认识的不还给我怎么办?"

"那你这边现有的都是整套的吗?有没有缺一根的?"林霄追问道。

"你怎么知道,有的啊!张鹏那个司机前几天来拉走了几套管架,没一会又来说弄丢了一根两米五的，还从我这里又抽走了一根，害得我这套都没法用了。"

林霄瞬间来了精神："丢了一根？怎么丢的？你详细说说！"

"听那个司机说，他开车回去，快到金家滩村的时候想解大手，就跑到野地里方便。回来后发现车棚被掀开了，他上去看看丢了什么东西，结果发现最上面的钢管少了一根，因为我都是一套扎在一起的，所以一眼就能看出来少了。他害怕回去张鹏骂他，就又回来找我要了一根。他说他赔我钱，让我别给张鹏说他丢了东西，结果到现在也没见他提赔钱的事。"老板抱怨道。

原来凶手不是将用过的钢管混入祠堂的钢管，而是直接从半路偷了钢管，杀完人后又还了回来。只是他没想到，司机发现钢管丢了，又去多拿了一根。

从收购站返回金家滩村的时候，口腔拭子采样的工作已经进行有一会儿了，第一批拭子已经送回实验室了，第二批的五十多人也正在进行。我和林霄领了棉签套装，各自加入了采集工作中。

没一会儿，手机响了起来，是王宇打来的。我迅速按下接听键，迫不及待地问道："王宇，对上了吗？"

"没对上，但检测到有个叫刘金靖的 DNA 分型，和钢管还有筷子上的分型符合单亲遗传关系。"

"也就是说，凶手是他儿子或者父亲。"

"刘金靖没有儿子只有个女儿，只能是他父亲。他父亲叫刘启建，65 岁，你们快找这个人取口腔拭子来复检。"

接完王宇的电话，我向面前的这户人家打听了刘启建家的位置，一边往那里赶，一边打电话给林霄，简单地说明了下情况，让他也马上往刘家去。

当我气喘吁吁地跑到刘家门口的时候，林霄正站在那里，看起来一副不慌不忙的样子。"老林，你到了不先找刘启建，在这里晃荡啥呢？"

林霄叹了一口气："这家之前就采过DNA，既然他儿子都采了还比中单亲关系，那你想想为啥没直接比中刘启建？很明显这家伙早就不在村里了。我估计他早就跑了，现在来这里还能找到个啥？"

"那快通知肖良和老包，不要采DNA了，赶快去查刘启建的行动轨迹，不管用什么手段，尽快找到这个人。"

"我刚才就通知了。"

听林霄这么说，我稍微松了一口气。

"肖良和老包去找人，咱俩也不要闲着，进去会会他家人，看看能不能打听出些什么。"

我和林霄刚走进院子，一阵谩骂声从屋子里传了出来。听声音是一个男人，从辱骂的内容里无法判断被骂的人和男人是什么关系，听语气像是在咒骂小孩，可那些污言秽语却又不像是对孩子说的。

"有人吗？"林霄高声问道。屋内的咒骂声停了下来，很快，屋门被打开，一个老妇人探出头来，看到我们身上的警服，先是震惊，接着泪便涌了出来，随后她好像意识到了什么，慌张地擦掉眼泪，同时惊恐地看向身后。

一个声音从老太太身后传了出来："谁啊？他妈的，门也不敲一下，当是你家吗？滚开，堵在门口干吗？"话音刚落，老太太被扯进屋里，一个身材壮硕的男人出现在我们面前。

看到我和林霄，男人一时间愣在原地，好一会儿才反应过来，立马换了语气："两位警官，有什么事吗？"

"你刚才在骂什么呢？"林霄问道。

"没什么，没什么，我们家里说事情呢！"男人心虚地往旁边瞟了一眼。

"你是刘启建的儿子吧，你爸呢？"我接着问道。

"那老畜……老头大前天就没回来。不知道去哪里了。"

"他离开家的时候带手机了吗？"

"带了。"

"那他这两天有没有给你们打过电话？"

"没有。谁知道他去哪里了，我忙得很，没时间管他，过两天他自己就回来了。"刘金靖不耐烦地说。

"我们想和你妈妈单独谈一谈，请你回避一下。"

听我这么说，刘金靖撇了撇嘴，看了他妈一眼，不情不愿地从院子里走了出去。

我将老太太拉到一边，询问刘启建的去向。老太太说刘启建确实从大前天起就没有回来，也不知道在忙些什么，她有点担心，想让儿子去找一找，儿子不愿意，便开始骂她。说着眼泪又流了下来。

虽然从刘家没有得到什么有价值的线索，不过没关系，以现在的手段和技术，只要确定了嫌疑人，对方落网只是时间问题，除非他彻底脱离社会，跑到深山老林，过原始生活，再也不出来——而且，即便如此，也不是完全没有可能找到。

现在的定位和轨迹查询技术都十分强大，再加上高清摄像头和大数据分析，"天网恢恢疏而不漏"已经不只是文学修饰的辞藻了。不出两天的时间，肖良和老包便把刘启建带回了局里。

肖良请示我审讯工作如何进行。这样精心设计的杀人案件，可能几年都遇不上一起，队里的几个人都想参与其中，就算陪审也要抢着去。无奈审讯工

163

作是有严格要求的，最终我决定和肖良两个人去，其他人只能在屏幕前看审讯录像。

这次审讯，我除了想核实之前对案件的一些推断，更想知道刘启建的杀人动机。在基本确定刘启建就是凶手后，我派人去村子调查过，但一直没查到他和钱三柱之间有什么恩怨纠葛。

临进审讯室的时候，老包跑过来拦住了我，递给我一份文件："头儿，你看这个，我刚从医院复印出来，可能对审讯会有帮助。"

我打开文件夹，里面是整理好的刘启建的病历资料，上面盖着市医院的公章。

"他肝癌晚期？"我有些质疑地看向老包。他点了点头。

难不成刘启建知道自己的病没治了，想拉个垫背的，所以随机杀了钱三柱？但这样的话，他为何又要费尽心思，把现场伪造成自杀呢？

我揣着满心的疑惑，走进了审讯室。位于房间中央的审讯椅上坐着一个干瘦的老头，花白的头发下是一张饱经沧桑的脸。他眼神涣散，穿着一件发黄的衬衫，胸前的纽扣凌乱地扣着，袖口已经磨出了毛边。

听到门口的动静，刘启建抬头看了一眼，见我进来，他慌忙想要起身，但双手被手铐禁锢在椅子上，无法完全站起来。我抬手示意他坐下，他有些不好意思地重新坐回椅子上，低头盯着自己的双手。

"刘启建，我说话你听得清吗？"我怕他耳背，稍微提高了音量。

"领导，我听得到。"

"你知道我们为什么找你来吗？"

"知道，因为钱三柱的死。"刘启建回答道，很直接，语气也很镇静，让我颇有些意外。

"既然知道，就把整件事从头到尾交代一遍吧。"

"钱三柱是我杀的。"

"为什么杀他？我们去村里调查过，都说你和他没有矛盾。"

"你们去村里调查的时候，去过我家吗？"刘启建的情绪瞬间有些激动，"我儿子有没有再打我老婆？"

"你的家庭矛盾，我们后面再处理，先说说你为啥杀钱三柱。"

"这个畜生肯定又打他妈了，我就应该毒死他，反正我活不成了，杀了他我老婆余下的日子还能过得舒坦些。"刘启建恨恨地说，完全不理会我的提问，心里只有他家的家暴问题。

"陆哥，我们换个角度去问，先稳住他的情绪。"肖良在我耳旁轻声建议道，然后清了清嗓子，转身对刘启建说，"我们问过你老婆，你儿子在你走后收敛了很多，虽然还会辱骂，但没有再动手了，你不要担心。现在说说你杀害钱三柱的事情，只要你好好配合，还有机会见到你老婆。"

刘启建点了点头："警官，你们真去我家了？我儿子没再打他妈了？这个畜生总算还有怕的！"

眼看刘启建又要谈论他的家事，我有些烦躁，想伸手示意他停下。肖良用手拍了拍我的胳膊，继续提问。

"刘启建，你说你儿子总会有怕的，他怕什么？"

"怕死，怕报应。"

"怎么说？"

刘启建长叹一口气，盯着地面沉思了一会儿，然后像是下定了什么决心，抬头看着我们说："我儿子就是个畜生，经常虐待我和他妈。我无所谓，已经病成这样时日无多了，可想到我死之后，我家老太婆更要被他欺负，我就无法安心。我想过杀掉他，可杀了他，老太婆一个人没有生存能力，生活估计会更悲惨。"

"这和你杀钱三柱有啥关系？"我问道。

刘启建没理会我的问话，继续自顾自地说："我想来想去，与其杀掉刘金靖，不如让他害怕，让他打骂老太婆的时候有所顾忌。钱三柱和我儿子是一类人，经常虐待老人，他妈就是他害死的。所以我就杀了钱三柱，还在村里到处宣扬钱三柱惨死是他不孝顺的报应，本来我们村就有这种传说，村里人对此深信不疑，他死得越惨越离奇，对我儿子的震慑力就越大。"

"那你跑什么？是害怕被我们抓住？"我继续问道。

"一开始我没有跑，但听说你们第二次去窑洞调查的时候，我就觉得事情肯定败露了。但领导你说错一句话，我跑不是贪生怕死，我是怕你们抓住我，查清钱三柱是被杀的，而不是遭到报应被鬼缠到寄死窑自杀，那我儿子就没有顾忌，还会虐待老太婆，我所计划的一切就失败了。所以我不能被你们抓住，我要再找机会直接杀掉刘金靖。"刘启建说这些话的时候，眼中透露着坚定和冷静。

"刘启建，你和我说……"

"领导，我想求您一件事。"刘启建突然打断了我的话。

"什么事？"

"我肯定出不去了，估计不用你们枪毙，我也会死在里面。但我求求你们警察和政府，一定帮帮我家老太婆，这是我唯一放不下的事情！"

"我向你保证，等案子结束，我就向上级汇报这个事情。我们会联系村委会和妇联来安排老太太的生活，派出所也一定会保证她的安全。不过你要配合我们的工作，把作案的所有细节都交代清楚。"

老包进去和肖良开始做笔录，我刚从审讯室出来，就被权彬和王宇拽进旁边的房间，王洁和林霄也在里面。

权彬嬉皮笑脸地说："陆哥，说说你推理的钱三柱被杀方式呗！"

"我跟林霄和王洁都说过了，直接问他俩不就得了？"

"他俩都不告诉我。"权彬说着，还白了王洁一眼。

"那等会儿肖良他们做完笔录，你看一下就知道了。"

说完就要往外走，王宇一把拉住我："陆哥，你说一下呗，我们想听一下你推理的版本。"

看他们这么执着，我突然觉得有点不对劲。

"老实交代，你们几个是不是拿我打赌了？"

权彬不好意思地挠了挠头："陆哥英明！我们中有人觉得你肯定推断得很准，还有人不信，我们就打了个赌，但不是所有人都知道你的推理过程，所以想听你再讲一遍。"

我无奈地摇了摇头："行吧，不过要答应我一个条件，打赌输的人，要请我吃大餐。"

"好，我们就赌大餐！"

看着大家期待的样子，我也来了精神，清了清嗓子开始讲述。

湿润的绳子

"王洁勘查完现场后，将匕首提取了回来。王宇检验后，没在匕首柄上检出任何 DNA 信息，这引起了我的怀疑。

"复勘现场后，我们发现窑洞口确实是死者自己封住的，不是自杀的话说不通。但与此同时，我们还发现了一个疑点：死者躺在一个纸板上，脚部位置有明显的蹬踹挣扎痕迹，但从现场的血迹状态可以看出，死者从被刺中到死亡的整个过程都没有改变体位，这完全不符合常理。

"这几个疑点我怎么也想不通，于是决定重新检查尸体。结果在死者胸口刺创的旁边，发现一个弧形的压痕，还原成圆形的话，直径约为五厘米。这个压痕一度让我很费解，不知道怎么形成的。随后我和林霄去钱三柱家了解情况，路上遇到了给金家滩村祠堂工地拉钢管的货车。种种巧合之下，我发现钱三柱尸体胸口的弧形可能是车上的钢管造成的。沿着这条线索想下去，我意识到钢管配合匕首就可以完成杀人过程，而且可以解答我刚才提到的所有疑点。"

"怎么做到的？"权彬在一旁催促道。

"看把你急的，听我一点点讲啊！刚才有几个细节我忘了说，我们在死者的衣裤上发现了燃烧后的灰烬，在勘查现场的时候，还在窑洞的顶部发现了一个洞，这个洞正对着死者躺着的床垫上的血泊。

"其实凶手杀人的方法很简单，他先是和死者一起吃饭，其间劝死者喝了大量的酒，随后死者进入窑洞，自行封住洞口后就去睡了。接下来精彩的来了，凶手在洞外掏出事先准备好的匕首，在匕首柄部绑了一根绳子，绳子不用很粗只要够结实，而且材质要易燃。随后，凶手将绳子穿过钢管，并在另一端将绳子拉紧固定，这样绳子拉着刀柄，刀柄插入钢管，匕首的护手卡在钢管的管口，就形成一根简易的长矛。

"等死者睡熟之后，凶手来到窑洞顶部，将'长矛'顺着顶部的洞口，对准死者胸口插了进去，再用全身的力气抵住钢管，死者就等于被钉在地面上。钱三柱毕竟是个年近古稀的老人，根本没有力气抵抗上面的力量，所以任凭他怎么挣扎都无法改变体位。

"等死者彻底没了动静之后，凶手将钢管里的绳子点着，点着的绳子会顺着管子内壁滑落下去，集中在管子下部分堆成一坨，这样更有利燃烧。并且我推

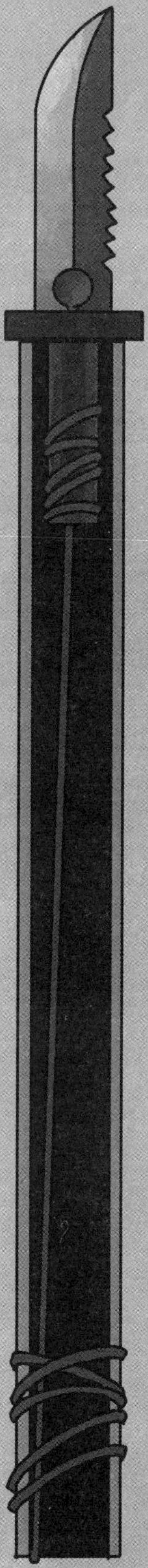

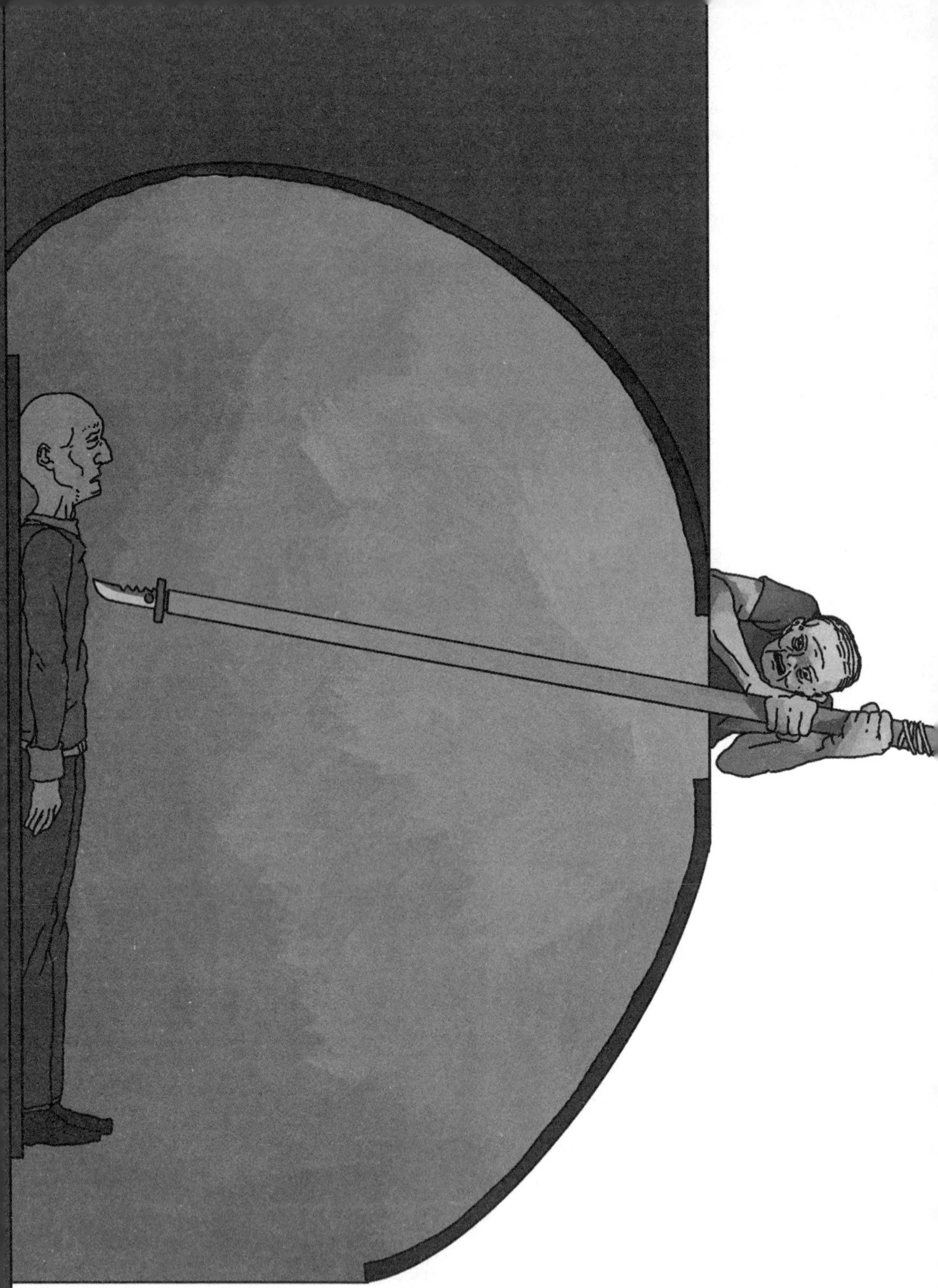

测,这绳子很可能在煤油、酒精或汽油之类易燃的燃料中浸泡过,这样湿润的绳子更加结实,也保证了能完全燃烧。等绳子烧尽之后,再将钢管抽出,匕首就留在了死者胸口,造成了自杀的假象,这解释了为什么我们在匕首环上会发现烧灼的痕迹,柄部却什么都检测不出来,同时也解释了尸体创口处压痕的来源。

"做完这一切后,凶手将管子送回到祠堂工地。但他没想到,司机半道发现丢了管子,又去废品站找了根一样的。凶手还完管子后,回到村里,等着钱三柱的尸体被发现,然后开始大肆传播恶鬼诱导不肖子孙自杀的流言。这一切都是为了在他死后,自己的老婆不被儿子虐待。说真的,要不是他自己说,我怎么也想不到这个杀人动机。"

在我一通讲述之后,大家都沉默了。过了一会儿,王宇率先提问:

"陆哥,我有两个疑问。第一,如果凶手真的是这样杀的人,他怎么扎得那么准,一刀毙命?第二,他是怎么忽悠让钱三柱从里面把窗口封住的?"

"这点我也想知道,等肖良他们做完笔录吧,一会儿拿来看一下就知道了。算了,我还是进去跟他强调一下吧,让他记得问这两个问题。"

两个小时后,肖良推门走了进来,将整理好的笔录递给了我。

"让你问的问题,刘启建是怎么说的?"

"他说当时钱三柱穿得很薄,两个乳头突起很明显,他根据乳头的位置,再结合衣服上的花纹,就大概标记了心脏的位置。"

"那他又是怎么忽悠钱三柱把窗口封住的呢?"

"钱三柱不是和儿子吵架才从家里出来的吗?刚出门就遇到刘启建了。钱三柱一肚子火没处宣泄,就拉着刘启建诉苦。刘启建说,他早设计好了这个计划,正在找机会将钱三柱骗出来,谁知道钱三柱自己送上门来了。随后,刘启建就给钱三柱出了个主意，让他自己去寄死窑把洞封住待一天，自己回到村里跟钱三柱的儿子说，钱三柱要在寄死窑饿死自己，从而给他儿子施压。他儿子到时候肯定会来接钱三柱回家，这样一来，钱三柱就能拿捏住家里的人。

"钱三柱十分赞同这个主意，随后两人就准备起来。把砖头、水泥都弄好以后，在封窑口之前，刘启建提议先吃点东西喝点酒，钱三柱没多想照做了。喝完之后，钱三柱自己将窑口封住后，就躺在垫子上睡着了。那个垫子也是刘启建放的，刚好在窑顶的洞口下面，说来也是厉害，刘启建就是利用这个洞口杀的人，他……"

"肖良你不用说了，你笔录里记录的杀人方法，和师兄推断的几乎一模一样。师兄，你真厉害！"王洁翻着笔录感叹道。

005
男人失踪二十天，尸体去了三个地方

我将死者的衣服卷起来放在尸体上，取下裹尸袋开始打包这一堆白骨。当我拿起死者头颅的时候，突然意识到了一个问题。

消失的头发

"咱们中队有人要做土财主了！"刚开完大队的例会，还没进办公室，我就听到里面传来一阵兴奋的喊声。

"咱们要好好宰这小子一顿啊！"权彬激动得都破音了。

我推开办公室的门，见所有人都围着辅警小姜。

"咋了这是？小姜中彩票了？"

"小姜他们家那一片拆迁，这两天补偿款到位了，这小子突然就成有钱人了。"权彬激动得好像他是小姜老婆似的。

"好事啊小姜！补了多少钱？"

"我们家补了六百万，我爸给了我和我哥一人两百万。"小伙子咧着嘴笑着。

"你们金集村不是去年就拆了吗？怎么后续的工作一直都没继续？拆成废墟放了一年多了。"林霄在一旁问道。

"听村委会的人说，拆迁工程好像出问题了。我们那会儿担心死了，生怕补偿款没了，不过现在好了！"

正当我们讨论让小姜请吃什么的时候，林霄的手机不合时宜地响了起来。

他到一旁接完电话，走过来说："中午没得吃了，要出现场，非正常死亡。"

"在哪里？"

"就在小姜他们村拆迁的废墟上，所里民警说废墟墙塌掉压死了个人，看样子是个流浪乞丐，估计不是命案。"

"不是命案的话，让王洁跟你去吧，正好锻炼一下。"我转头看向王洁。她冲我点了点头，放下手里的水杯，抓起外套就往出勤室走。

看着王洁的背影，我突然想到自己刚工作时和徐老头出现场的样子。徐老头对我的评价是勤快脑子活，但是嘴贱话多，现在还是这样中肯地夸我。我一直盘算着问局里要个名额，再招一个法医，最好是个小伙子，这样王洁以后就专职验伤，偶尔帮忙解剖，勘查现场这种活带着小伙子去好了。

临近中午，我正准备去食堂吃饭，接到了林霄的电话。

"遇到啥事搞不定了吗？"

"我们已经干完了，现在正往回开，要不你出来，中午咱们三个出去吃？"看来这个非正常死亡没啥问题，林霄语气听起来十分轻松。

"情况怎么样？"我心想还是先问清楚正事。

"尸体被压在一堵倒塌的墙下面，已经白骨化了。现场有餐具厨具和简单的生活用品，还有几件御寒的破衣物被褥，看样子死者是在这里长期生活的。估计是大雨把地基冲松了，墙倒了才意外死掉的。"

"小洁在吗？让她接电话，我问下尸表情况。"

根据王洁的描述，倒塌的墙压在尸体的胸腹部，肋骨胸骨腰椎多处粉碎性骨折。尸体衣着完整，没发现打斗撕扯痕迹，初步排除了刑事案件。

每年流浪汉意外死掉的事件并不在少数，其中大部分都是在外流浪很多年，已经和家里人断了联系的，很多都无法找到身源。

挂完电话，我换好便服，做好了被他们俩拉出去宰一顿的心理准备。为了降低被薅羊毛的痛感，我强烈要求中午去吃水饺，这样三个人花不了多少钱。结果我低估了林霄这个吃货的实力，他早饭没吃，一个人就消灭掉了 45 个饺子。

吃完饭后，王洁坐在饭桌旁，继续用可乐填补着胃里饺子之间的空隙，林霄则在一边摸着肚子，一脸满足地看着我。

我懒得理他，拿过相机开始翻看现场的照片。不难看出，这是一片拆除了一半的废墟，面积比我想象的要大得多，有零星几栋房子还矗立在那里，看上去一副摇摇欲坠的惨样，残破的窗户上玻璃已经不知去向，废弃的家具横七竖八地躺在地上。这样的地方确实适合那些流浪人员暂避风雨，他们选择临时住处的首要标准不是居住环境，而是不会被人驱赶。

死者就在废墟的一处坍塌的砖墙下，这墙体看起来非常沉重，被压到的瞬间，死者胸部应该会骨折，扩张受限，呼吸运动受阻，就算没有立即死亡，也无法进行呼救。我接着往后翻照片，看到了砖墙被抬开后尸体的概貌，已经完全白骨化。我抬头问王洁："DNA 检材取了吗？"

"取了。"王洁一边打着嗝一边说道。

"耻骨联合区呢？"

"哎呀！我给忘了！"王洁表情略显懊恼地说，"尸体已经拉回殡仪馆了，我再跑一趟吧。"

"一起去吧。"我冲林霄说道。

好久没有遇到白骨化的尸体了，上次看到还是在几年前，一个盗墓团伙偷死尸的头骨运到境外卖钱，这世界真的是什么稀奇事都有。

176

我们刚到殡仪馆，王洁就急着去将尸体拖出来，因为已经白骨化，所以也不用等着解冻，之前在现场王洁已经做了尸表检查，尸体上的衣服也已经被脱下来放在一边。

尸体的骨骼上还附着一些腐败后的软组织，因骨折断掉的肋骨以及脊柱和胸骨被收集在一个塑料袋里。我按照仰卧位，将这些碎骨拼回到了躯干的相应位置。尸体上大的骨关节还存在，但是脚趾趾骨，手指的指骨，包括腕骨这些小的骨骼已经不见踪影。左侧胫骨下端骨膜上有两个等大的圆形破损，背面也有两个圆形的破损，周围伴有划痕。

"老林，现场地上有没有狗爪印？"

"好像没有吧，记不太清楚，你问这个干啥？"

"尸体被野狗之类的动物啃过。"我指了指骨头上的破损处，继续检查尸体。

从耻骨下角小于90度，结合坐骨大切迹、枕骨粗隆的形态学特点综合判断，尸体是位成年男性，具体年龄还要从耻骨联合面的形态来判断。

从耻骨联合面各个标志点的形态特征来判断年龄是比较客观准确的，这方面的研究和应用已经很成熟了。我让王洁把耻骨联合关节锯下来，准备带回去处理一下，这样关节上的软组织和骨膜更容易分离，能更好地暴露出骨面。

"陆玩，一般死后多久尸体才会白骨化到这个状态？"林霄盯着骨头问道。

"埋在土里的话，至少得两三年吧；如果是这种暴露在空气中的，几个月到一年就可以形成。对了，是不是你说的，这个村子拆了一半，中间停工了一年多？"我努力回忆着早上在办公室的对话。

"对。这是不是意味着，死者最早也是停工的那个时候住进去的？"

"这就不得而知了。这种白骨化的尸体，推断起具体的死亡时间来难度较大。去年夏天天气很热，加速腐败也有可能。差不多了，我们收拾一下走吧，看看DNA能不能比中身源。"我将死者的衣服卷起来放在尸体上，取下裹尸袋开始打包这一堆白骨。当我拿起死者头颅的时候，突然意识到了一个问题。

"小洁，你们到现场的时候，尸体的头部也是被掩埋起来的吗？"我转身问道。

"是这样的，有个收废品的跑到废墟里去找废铁，看到倒塌的墙体里有钢筋，就去挖，结果挖出尸体的头部，就报了警。据他所说，尸体除了左腿和手脚，其他地方都是被压在墙下的，头部也是。"

"那不对啊！死者的头发呢？"带回解剖室的尸骨显然没有头皮组织，我急忙转头看向林霄，"老林，你拍的照片中，有头发吗？"

林霄二话没说，拿起照相机开始翻看，结果来来回回翻了好几遍，也没找到毛发的踪迹。

"没有头发，也许他剃了光头？"

"大部分乞丐都是蓬头垢面的吧！毛发的耐腐败程度仅次于骨骼，一般死后五十年才会消失，这个乞丐怎么也不会压在这里五十年吧！问题是头发呢？"

"别问我啊！我哪里知道！"林霄无奈地说。

我又转头看向王洁，王洁瞪着一双无辜的大眼睛，脑袋摇得像个拨浪鼓一样："师兄，我也不知道，现在怎么办？"

"走，回现场找头发！"

我们三人开着车，很快来到了拆迁现场。在进入废墟之前，我拿出手机，在地图App上定了个位。林霄和王洁轻车熟路地领着我往深处走去，地上砖石堆积，走起来磕磕绊绊。

大概走了十几分钟，终于到了地方，我看了下手机，距离我们进入废墟的边缘有八百多米。相较周围瓦砾堆叠，这里要整齐很多，一看就是人为整理过的。

倒塌的房子位于农宅的左下方，面积不大，应该是堆放闲置物品的储藏室。房子有两面墙都倒了，有一面向屋内砸了进去，死者就被埋在这面墙下。靠近墙的地方放着几层厚厚的纸板，王洁说，尸体当时就躺在上面，应该是张简易床，上面有一条黝黑发亮的破棉絮，周围散落着很多蛆虫蜕变成蝇留下的蛹壳。

屋子的另一侧放着打包好的纸壳，纸壳旁边是一个破旧的搪瓷盆，里面有一些燃烧物烧过的残渣。搪瓷盆旁边的地上有两块砖头，砖头上放着一副碗筷和一个烧得黢黑的铝锅，上面裹着一层厚厚的灰尘。

"小洁，这副碗筷怎么还在这里？你第一次勘查现场就应该提取回去啊！"

"我觉得这肯定是死者居住的地方，所以这碗筷也应该是死者用的，就没有提取。"

这明显是王洁的疏忽。勘查现场不能想当然，一切都要用证据说话，通过检测现场物件，说不定能发现更多线索，帮助判断。

"陆玩，我又仔细找了一圈，还是没发现头发哎！"林霄走过来说道。

"不仅是没有头发这一个疑点，我现在怀疑这里整个都有问题。"

"什么问题？"林霄和王洁异口同声地问道。

"死者生前就是躺在这个纸板上，才被倒塌的墙压死的吗？"我指着那个纸板垫子向王洁确认，王洁点了点头。

"那就更不对了！一个人躺在纸板上被墙压死，到身上的软组织全部腐败，再到完全白骨化，是一个很长的过程。想想我们原来接触过的尸体，哪个尸体高度腐败以后流出的液体，不是将接触的地面浸染一大片？但你们看这个纸板垫子，虽说也被腐败液体浸染，但这深度和面积，绝对不是一个成年男性尸体全部软组织充分腐败后，液体应该浸润的程度。"我戴上手套将纸板床垫掀了起来，也就五层厚的纸板，下面三层完全没有被浸透过的痕迹。

"那你的意思是？"林霄拿起相机，一边拍照固定一边问道。

"不是尸体在纸板上放的时间不够，就是腐败液体总量不对。"

"陆玩，我都不敢听你再说了，再说下去，可能我们早上勘查的结论全部都错了。"林霄臊红脸说道。

"我再去确认个事，如果我的猜测得到证实，可能你俩早上勘查时真犯了个要命的错误。"说完我从房间里走了出来，绕着房子周围的空地，仔细地检查着每一寸地方。检查完后，我走到林霄和王洁跟前，非常郑重地说："这案子绝对不是意外这么简单。"

"你到底在找什么？疑神疑鬼的。"林霄有点着急了。

"我在找大便。"

"为啥要找大便？这东西跟案件的性质有什么关系？"林霄追问道。

"这栋房子周围的瓦砾砖头都被收拾走了，屋里还有这些生活用具，这都说明这里是有人住的，而且很可能是个流浪汉。如果流浪汉长期住在这里，一定会在周围选一个固定的地方排泄。这里位于整个拆迁区域的中间位置，我们一路走过来，全都是断砖瓦砾，站在上面大便不太现实，因此他大概率就是在房屋周围这一小块空地上排泄。但我刚刚看了一圈，没发现哪怕一块风干的粪便，他不至于大便还要跑到拆迁废墟的外面吧？"

林霄托着下巴思考了一会儿说："这地方野狗很多，会不会排泄物被狗吃了？"

"就算大便被狗吃了，长期的小便尿渍也会是一大片的，但也没有任何发现。除此之外，还有一个地方不太符合常理。"我说道。

"什么？"

"你们看这里，"我往前走了几步，弯腰将火盆抬了起来，"这个火盆应该是住在这里的人用来取暖和煮饭的，哪怕只用过一次，接触的地面也一定会因为高温而产生灼烧的印迹,但这下面完全没有,房间的其他地方也没有发现和火盆底等大等圆的印迹。这说明火盆在房间里就没有点着过。那问题来了,盆里的灰烬又是哪里来的?以上种种,让我不得不怀疑,这个现场是伪造出来的,死者也并非意外死亡,而是被人杀害后,移尸到此处的。"

"师兄,但你所说的那些疑点也不能证明什么,我们需要找到直接证据,证明这是桩命案。"王洁看着我说道。

"这个不着急,现在最要紧的是先确定尸体身源,再从他的社会关系找出突破口。通知派出所,先把这个地方封起来,虽然不是第一现场,但也意义重大。"

随后,我们三人回到局里,将现场提取回来的碗筷和从纸壳床上剪下的可疑斑迹交给王宇,让他尽快去做DNA检验,希望可以比中失踪人员。

现在,随着DNA技术在各个地方公安局的普及和应用,很多无名尸体都可以找到身源。但有个必要条件,就是全国数据库里必须有他的DNA分型,也许是失踪人员的家属报过案,数据库里有其亲属的信息可以比中;或者无名尸体本身有前科,之前被公安机关采集过DNA,数据入库会直接比中。

人像识别也是锁定身源的一种十分高效的方法,但对完全白骨化的尸体,作用显然是不大的。此外,在法医刑事技术中还有一种颅相复原技术,就是对颅骨进行三维扫描、测量软组织厚度,重建一个近似于被害人生前面貌的数字图像,并通过三维颅面鉴定,最终确定无名颅骨的身源。但是这个技术在实际工作中的应用并不多,其准确性并不是十分确定。

三个小时后,王宇来到办公室:"陆哥,结果出来了,碗筷上的DNA与白骨DNA相同,但这个DNA信息在全国数据库里没有比中。"

"Y染色体做了吗?"

"没有，我只做了常染色体的 DNA 分型。"

"男性无名尸体，要做 Y 染色体 DNA 分型，这种事情怎么还需要提醒？现在就去重新扩增检测，用基因座位点多的试剂去做。"

王宇不好意思地挠了挠头，赶忙又跑回了实验室。

常染色体 DNA 一般可以进行个体识别和亲缘鉴定，Y 染色体 DNA 虽然不具有个体识别能力，但有家族识别能力，同一个家族中男性的 Y 染色体都是相同的。因此，常染色体 DNA 检验不全的时候，常用 Y 染色体来辅助检测，而不论是 Y 染色体还是常染色体 DNA 分型，检测的等位基因位点越多，准确率越高。

又等了两个多小时，王宇终于从实验室走了出来："陆哥，Y 染色体比中了龙岩村的一个裘姓家族。"

林霄打开手机查了一下，说："这个龙岩村在西苹镇，离小姜他们村的拆迁废墟也就十多公里。"

"一般的流浪汉怎么会在家旁边的镇上流浪？这么近的距离，家里人怎么会找不到他？就算家里人找不到，被熟人看到的概率也很大。"

"不管怎么样，先去调查那个裘姓家族，看看他们有没有家属失踪，锁定身源才是首要大事。"林霄在一旁提醒道。

我点了点头，思索片刻后拿出手机，拨通了肖良的电话，将这个任务交给了他和老包。

龙岩村离市区并不是很远，肖良他们找属地派出所配合调查，相信很快就会有结果。

此时，我更担心的是，如果事故现场是伪造的，那真正的杀人现场可能早就已经被处理干净了，即便能够通过死者的社会关系锁定犯罪嫌疑人，取证也将是一个重大的挑战。而且凶手是在什么地方让尸体腐败成这样子的？就算藏得住尸体，腐败的气味也很难藏住，很多命案都是因为尸体腐败后气味飘散，才引来警方介入的。尸体白骨化起码要几个月甚至一年的时间，这期间就没人闻到这个臭味吗？

整个下午，我都坐在工位上陷入各种猜想，林霄却在一边拿着手机刷视频。一阵无名之火从我心底腾起："老林，你怎么对这个事一点都不上心？"

"干吗？非要让我像你一样愁容不展地在那里盯着桌子看一下午吗？肖良他们要是真的查到身源并且有重大突破，那我们就有事情做了，在这之前不是更应该养精蓄锐吗？都像你这样没必要。"

林霄一席话将我怼得哑口无言。他说得对，沉着冷静才是刑事技术警察该有的素养。

残疾女人

就在这时，肖良推开办公室门走了进来。

"有结果了吗？"我急切地问道。

"龙岩村里的裘姓家族确实有两个人失踪，一个是去年年底走失的，叫裘枝花，68岁，患有阿尔茨海默病，家里没有儿女，有个弟弟一直在找她。"

"这个肯定不是，死者是男性，另一个失踪的人是男性吗？"

"是的，叫裘宪，44岁，二十多天前失踪的。"

"二十多天前？那也不是了，这个尸体白骨化至少也要几个月。"眼看线索又要断掉，我有些失落，但还是打起精神继续问道，"这个裘宪的亲属口腔拭子取了没？"

"裘宪是独生子，母亲去世了，孩子在外地打工，家里只剩下他父亲和妻子，所以只取了他父亲的。"

"没事，只有他父亲的也够了，看看 DNA 能不能比对上单亲关系，交给王宇让他加急做一下。"

"我有个疑问，"林霄在一旁问道，"这个裘宪失踪了二十多天，家里人怎么没报警？"

"他和家人关系不太好，经常吵架出去一两个月不回家，所以这次家里人也没找他，觉得他没钱的时候自己会回来的。"

"还有别的人失踪吗？会不会有漏掉的？"林霄继续问道。

"龙岩村裘姓家族男性并不算多，只要没有刻意隐瞒，应该不会漏掉。当时是派出所的兄弟协助我，按照户籍信息查的，应该没错。"

肖良调查的结果，让整件事情陷入了新的谜团。裘宪从年龄和性别上看确实和白骨尸体吻合，又是同一家系男性，但失踪的时间和白骨化程度却对不上。我现在反而希望 DNA 检测结果证明白骨无名尸不是裘宪本人了。

我怀着忐忑的心态，等待着检验结果，一听到实验室自动门响起的声音，就心头一紧。林霄也没有了之前的淡定，在办公室转来转去。

不知过了多久，王宇推开办公室的门，兴高采烈地走了进来："陆哥，结果出来了！32 个位点全部符合单亲关系。"

听到这个消息，我心情颇为沮丧地看向林霄和王洁。林霄低着头若有所思，王洁则一脸震惊地问道："这怎么回事？失踪二十天就烂完了？肖大警官，你是不是走访调查的时候问错了，还是被裘宪家人骗了？"

"这种事我怎么会只听他家人一面之词？村里的人二十天前也见过他。"肖良被王洁质疑后委屈地说道。

"陆玩，你说凶手会不会用强酸加速溶解了尸体？"林霄看着我问。

我摇了摇头，林霄说的情况毫无可能性，如果用强酸溶解尸体，骨质上不可能没有痕迹——而且都用强酸了，为什么不连骨头一起溶解掉？

"现在已经确定死者是裘宪了，至于尸体怎么会在二十多天内白骨化，找到凶手就可以知道了。这肯定是起残忍的凶杀案，大家要忙起来了。肖良，你从裘宪的社会关系着手调查，把和他有利益冲突和恩怨的人全部都找出来；老林，我们两个去趟他家，看看能不能有什么发现。"

按照肖良给的地址，我和林霄很快驱车来到了裘宪家。本来还担心这个时间裘宪的妻子会外出，但我一敲门，里面立马有了回应。

"你好，找谁啊？"一个虚弱的声音从门缝中挤了出来。

我们表明身份后，门后却没了动静。过了许久大门才缓缓打开，一个脸色蜡黄的女人探出头来，在门后警惕地看着我们。她面容干枯，眼神中带着些许紧张。

"你是余倩吗？"

女人点了点头，没有说话。

"我们来是想了解一下你老公裘宪的事，进屋说可以吗？"我边说边伸手去推门，余倩往旁边侧了一下身子。

她看起来也就一米五五的样子，皮肤没有一点光泽，浑身上下也没有什么脂肪，干瘪瘦弱的身体使得衣服显得十分宽大。女人低着头，眼神有些躲闪，我突然看见她左腿膝关节以下的裤腿是空的，打了一个结吊在半空中，随着身体的移动在左右摇晃着。我目不转睛地盯着余倩缺失的肢体，一时之间不知道说些什么。林霄想必是看出了余倩的尴尬，用手狠狠地捅了一下我的后腰，然后对着她道了声谢，便拽着我进了院子。

余倩家的院子不算小。与一般农宅不同的是，院里没有放什么农具，也没

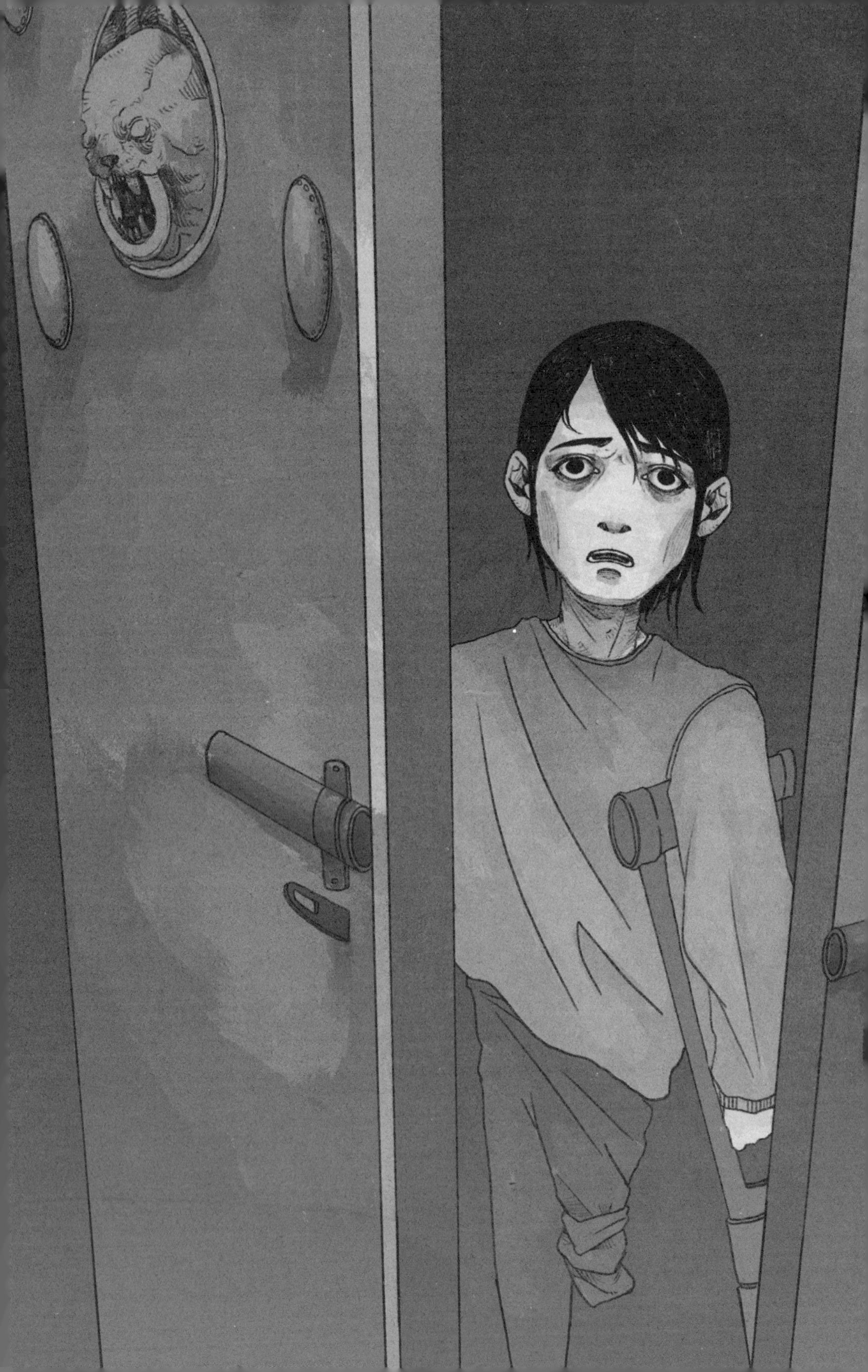

187

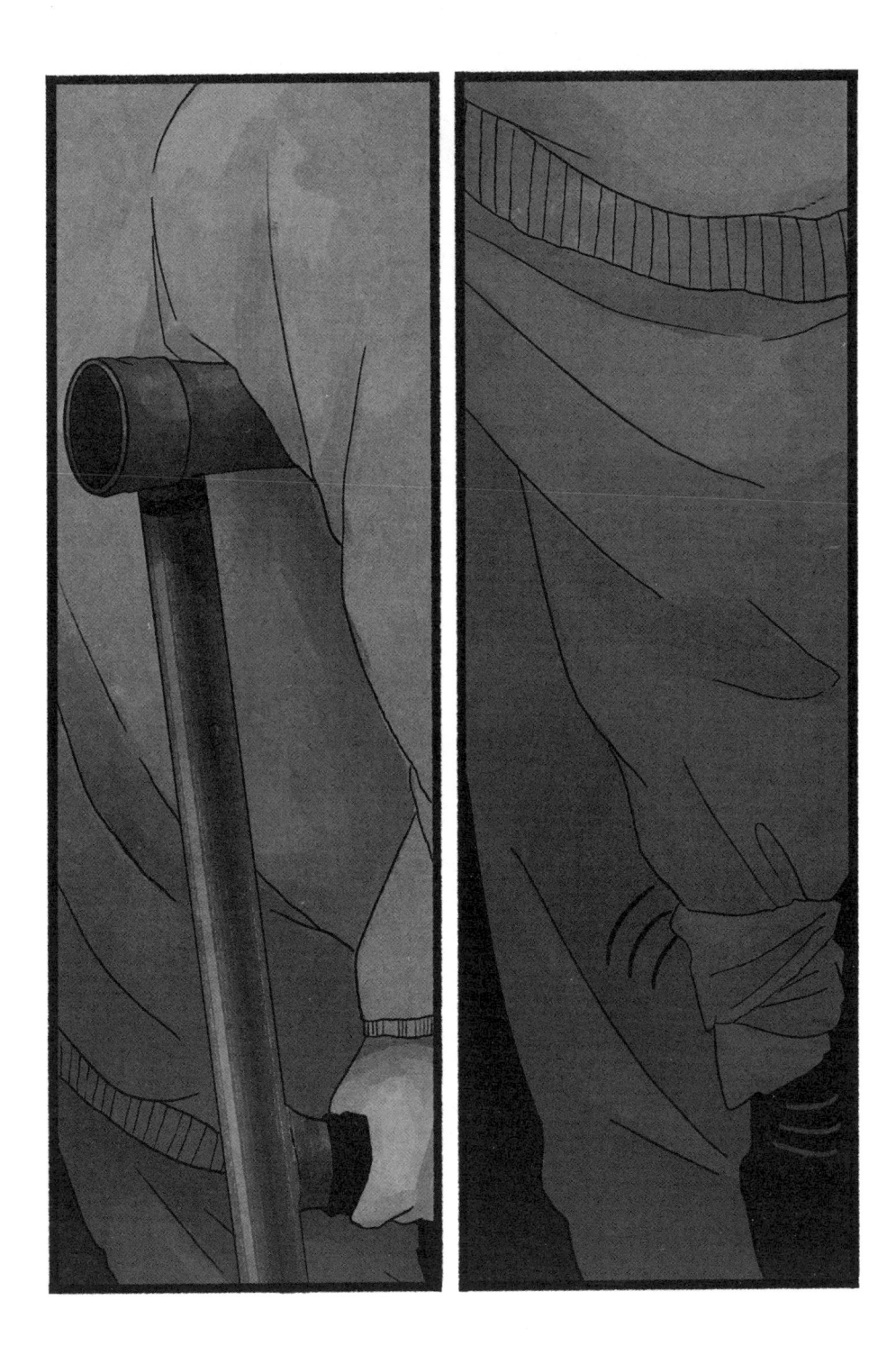

有菜园子，光秃秃的水泥地上，只孤零零地停着一辆破旧的三轮车，显得空旷又死气沉沉。

余倩在后面关好门，拄着拐慢慢走了过来："两位警官，请客厅坐吧。"

说是客厅，里面既没有彩电，也没有柜子或茶几，只有几个凳子，还有两组破到不能再破的旧沙发，上面放着一个崭新的腿部义肢。

见我盯着义肢在看，余倩有些尴尬地坐到沙发上，顺势将义肢挡在了身后。

我和林霄刚坐定，余倩便开口问道："警官，我老公是不是死了？"

没想到她会主动开口询问，我一时不知该如何回答。

"为什么这么问？"

"你们公安局的人今天都来两趟了，之前来的那个警官，一直问我裘宪离家的日子，所以我在想，他要么是死了，要么就是犯什么事被你们抓了吧？"

我和林霄对视了一眼，然后说道："我们在金集村拆迁的废墟里发现一具尸体，经过 DNA 检验，确定死者就是你老公裘宪，所以现在来向你了解一些情况。"

"你们需要我做什么？"余倩的反应出奇地平静，好像死的是毫不相干的陌生人。

"裘宪离家 20 多天，你怎么没让人出去找找，也没报警？"

"他那天在家喝酒，我劝他少喝点，他不耐烦就动手打了我，将酒杯、菜盘子摔了一地，之后就骂骂咧咧地出了门。我想着他可能到哪里鬼混去了，反正以前也是这样，有一点不顺心就离家好多天不回来，我也懒得过问，不回来也好，我一个人清静。"

"裘宪经常打你吗？"

"何止是打我，我现在这副模样都是他的杰作。三年前，我出事摔断了腿，

188

他怕治起来花钱，让我在家等死。后来我爸来看我才发现，带我去了医院，但腿还是没保住，截了肢。"讲述发生在自己身上的不幸，余倩也是一副平静的神情，从她的语气中听不出丝毫恨意。

"你不恨他吗？"林霄忍不住问道。

"恨他有用吗？我恨自己年轻的时候心软，本来有机会离开的，自己傻放弃了。腿断了之后，就更难摆脱他了。他死了也好，我终于轻松了。"她说完后，脸上竟露出一丝微笑。

"余倩，你老公可能是被杀的！"

我话音刚落，余倩有点吃惊地看了我一眼，随后又缓缓低下头，表情恢复到先前的波澜不惊，半天从嘴角挤出一个"哦"字。

"裘宪生前有没有和什么人结仇？你觉得有可能会是谁杀的他？"林霄继续试探道。

"半个村的人都是他的仇人。他就是个恶霸，坏事做绝，经常到处讹人，赌博欠钱不还，结果放高利贷的跑到家里来闹，把稍微值点钱的东西都搬走了。"

"那些人是什么时候来你家搬的东西？"

"裘宪离家的那天。那些人来的时候，他不在家，我又挡不住，他回来后骂我没用，喝完闷酒大闹了一通，就又出去了。"

听完余倩的描述，我心头一紧，那些放高利贷的本来也不是什么善茬，如果情况真如余倩所说，那裘宪的死会不会是这些人所为？

"来搬东西的人你认识吗？"林霄接着问。

"不认识。"余倩使劲地摇了摇头，仿佛不想回忆起那天的事。其实她是否认识都无所谓，这些人在这个地头讨生活，想找到他们并不难。

看从余倩这里问不出来什么，我示意林霄可以离开了，回去跟肖良碰个头，看看他那边有没有什么线索，顺便让他着手调查那些放高利贷的人。

就在这时，"咣当"一声巨响从院子里传了进来，我们三个被这个声音吓了一跳。林霄一个箭步冲了出去，我也跟着跑了出去，只见通向后院的栅栏倒在地上，木屑飞溅一地，两头肥硕的大花猪，正在院子里横冲直撞。

"哎呀！怎么跑出来了！"余倩拄着拐杖走到院子里，想将猪赶回后院的猪圈，但由于行动不方便，显得十分费力。我和林霄见状赶紧挽起袖子，开始帮忙抓猪。

但我们明显高估了自己的能力，这个事情并不是有力气就能解决的，我和林霄好不容易抓住猪的尾巴和腿，但马上就被挣脱。两头受了惊的猪在院子里面来回乱窜，一边跑一边喷射大肠内容物，喷出来的东西被两条有力的猪腿连踢带踹，弄得到处都是。院子里顿时臭气熏天。

正当我们手忙脚乱之际，大门开了，一个老头走了进来。我还没来得及看清老头的相貌，他便一把扯住飞奔过的猪腿，身体往下一沉，将猪往怀里拽，然后一条腿顺势跪在猪身上。猪再也动弹不得，只能在老头腿下拼命嘶吼。

"来搭把手，把猪抬进去。"老头抬头对我和林霄说。我们就这样先后把两头猪连拖带拽地赶回了后院。后院的角落里还躺着一头猪，一副病恹恹的样子。

"这头猪好像生病了。"我对余倩说。

"好像害了胀气病，我正要找兽医帮着看看呢，也不知道能不能治好。"余倩在一旁说着，眼里满是惋惜。看来在她心里，这猪比她老公重要得多。

一切收拾停当后，我的注意力终于转到了老头身上。老头看起来大概60来岁，寸头花白，身高不超过一米七，四肢看起来十分粗壮有力，一看就是靠力气讨生活的人。

"这位是？"我问余倩。

"这是我爸。"接着,余倩转过头向老头介绍道,"这是公安局的警官,来调查裘宪失踪的事。"

"警官们好!你看这猪发疯,把你们的衣服都糟蹋了,真不好意思啊!"老头一脸歉意地说,顺手帮我拍了拍身上的土。

"老师傅,你这身手真厉害!"

"嗨,这算啥!我抓了一辈子猪,就这两下子让您见笑了。"

或许是见我脸上有些不解的表情,老头继续解释道:"我养了一辈子猪,这几年年纪大了,顾不过来就不养了。话说回来,我女婿失踪的事,我有什么能帮得上忙的吗?"

"没什么了,基本情况我们已经找你女儿了解过了。"

老头点了点头:"警官,之后有什么需要配合的,你可以直接来找我。我女儿身体不好,我不想再让她劳心伤神了。"

我和林霄带着一身猪屎臭离开了余倩的家。

"陆玩,你怎么看余倩?"在回去的车上,林霄问道。

"你指什么?"

"她有很强的杀人动机。"

"可她没有杀人的能力,先不说她是不是裘宪的对手,就她的状况,想走进那几百米的废墟就不太可能。"

"那放高利贷那帮人呢?一般来说,他们不会杀掉债主吧?真的杀了人要吃官司,钱也要不回来了。"

林霄说得没错,高利贷暴力催债现在已经很少见了,但也不排除双方产生冲突,意外致死的情况。

"高利贷这边是个方向，回去看看肖良他们有没有查到什么线索吧。"

一进办公室，我和林霄就遭到了众人的一致嫌弃。

"陆哥！"肖良刚推开办公室的门，就立马退了出去，"天啊！你们办公室什么味道？"

"肖良，来我们办公室是不是就像开盲盒？每次都很刺激。"

"哎！受不了了！陆哥，我来向你汇报一下。"肖良深吸一口气，走了进来，"我这边发现一个和裘宪有借贷关系的人，是个放高利贷的。"

"具体情况你查到了吗？"

"这个人叫胡志坤，是个老混混，靠放高利贷过日子，多次被公安处理过。裘宪欠了他挺大一笔钱，但是……但是胡志坤也失踪了。"肖良面露难色地说。

"跑路了？你们有没有查他的行动轨迹，有没有铁路和航班的记录？"

"我查过了，没有。"

"阿良，无论如何也要把这个胡志坤找出来，他也许会是个很重要的突破口。"肖良一边点头，一边急切地退出了办公室，走的时候还顺手把门给带上了。

两天时间过去了，裘宪的案子却没有一点进展。就在我一筹莫展的时候，一个好消息从天而降：肖良和老包在一个网吧里找到了胡志坤，并把他带了回来。

"不管我和老包怎么问，胡志坤都一口咬定裘宪的死跟他没关系。"肖良在电话里说道。

"人在哪里？我过来看看。"

"在3号审讯室。"

我瞬间来了精神，立马向楼下审讯室走去。一推开3号审讯室的门，就看见一个虎背熊腰、满脸凶相，身上有文身的大汉坐在审讯椅上。

"你是胡志坤？"我看着眼前的男人问道。

男人不情愿地点了点头。

"我是本案负责人，有几个问题问你。"

"领导，该说的我都说了！裘宪的死真跟我没关系，我也在找他。他欠我那么一大笔钱，我怎么会让他死？当祖宗供起来都来不及。"

"你先闭嘴，没问这个，我问你再说。"

"哦……"胡志坤看了看我，缩了一下脖子。

"你是不是去裘宪家搬东西了？"

"这位领导，我要说清楚，我是搬了，但那些东西是裘宪抵押给我的，白纸黑字写得清清楚楚。他没钱还，我搬东西天经地义。"他说着从兜里掏出一张纸递给我，上面列着彩电、洗衣机、沙发、木柜等物品，右下角还有裘宪的签字和画押。

"当我傻是吧？你搬走的这些东西，卖出去啥钱都不值，值得你费那么大劲？老实交代，你和他之间到底发生了啥？"

"我搬东西是想逼他现身。我承认，我借给他钱是想赚点利息，但我没有利滚利地加债，而且当初也不知道他拿去赌博。我们这行有规矩，赌鬼烟鬼不放钱，这种人烂到根上，一般放钱很难要回来。"胡志坤急得眼泪都快流出来了。

看他这个样子，说的应该是实话。我点了点头，继续问道："有个事我没想明白，你去裘宪家搬东西，怎么不拿更值钱的物件？"

"什么更值钱的物件？"胡志坤一脸疑惑地问。

带血的刀

"猪。你怎么没把猪拉走?一头少说也能卖个六千多。"

胡志坤愣了一下:"他家没猪啊?有猪谁拿堆破烂!"

"那你怎么没拿余倩的假腿?那个应该也很值钱。还有院子里的三轮车,卖废铁也能卖百八十的!"

"领导,出来混社会要讲道义的,拿瘸子假腿太缺德了。至于那个三轮车,太大太占地方,卖个仨瓜俩枣的,懒得费那个劲儿。"

我知道这样下去问不出什么线索,便把肖良叫了出来,让他尽快申请搜查手续,我要去胡志坤家里看一下。

回到办公室后,我回想了一下刚刚跟胡志坤的对话。这个人给我的感觉是无知且愚蠢,实在不像是杀了人还能伪装意外现场的人。但除了他之外,目前并没有调查到其他人跟裘宪有什么深仇大恨,裘宪的妻子余倩倒是有作案动机,但并不具备作案能力。所以,尽管还没有直接的证据证明裘宪的死跟胡志坤有关,但只能先从他查起,希望在这个过程中,能发现更多线索。

下午三点左右,肖良将搜查手续送了过来。

"陆哥,现在可以去胡志坤家搜查了,你看具体怎么安排?"肖良看起来有些兴奋。

"把位置发给我,我和林霄去搜查他的住处吧。"

我话音刚落,旁边的林霄立马从椅子上站了起来,开始准备勘查设备。

"林霄,不错啊,你这样子仿佛又回到了我们刚开始工作的时候,积极主动,不知疲倦。"我看着林霄忙碌的背影感叹道。

"废话真多！定位发我，我来开车！"

我随手将肖良发我的胡志坤家的地址，转发给了林霄。

"胡志坤和裘宪是一个村的啊！"林霄盯着手机说道。

我也打开看了一下，果然如此。胡志坤之前说不知道裘宪赌博，既然两人同村，胡志坤放钱之前都不提前打听的吗？带着这个疑问，我和林霄再次前往那个村子。

到了村里后，我们先找到村干部说明了情况，也从村干部那里了解到，胡志坤是独生子，父母前些年去世了，他结过婚，还有一个儿子，但因为他长期胡混，到处惹是生非，妻子受不了，和他离了婚，带着儿子搬离了这里，所以现在房子只有胡志坤在住。

胡志坤的住处非常简陋，院子里堆放着很多杂物，让人有种进入废品收购站的错觉。屋里面的景象更是让人震惊，五十平方米不到的房间里，堆满了穿过没洗的衣服、废纸箱、塑料袋和其他生活垃圾。此外，还有三台电视机、两台洗衣机和几个微波炉，看起来都很旧，不知道都是从谁家搬来的。

我和林霄埋头翻找着屋内的物品，生怕漏掉一点细微的线索。

"你看这个！"林霄撅着屁股，头插在一个敞口的保险箱里，没一会儿举着一把刀站了起来。

"你从哪里找到的？"我戴上乳胶手套，小心翼翼地将刀接了过来。

"就在保险箱旁边的地上，这刀上好像有什么东西，黏糊糊的。"

听林霄这么说，我将刀拿到眼前，借着手电筒的光，仔细观察起来。这是把非常灵巧的剔骨刀，全刀目测约有30厘米长，实木材质的刀柄与刀身连接处包裹着祥云纹样的铜片，刀身表面好像粘着一层纤维和灰尘，呈平行擦划样排列，这说明刀上原本就有水平擦划样排列的黏液。这就好比一把切过橙子的刀，放在一个地方时间过长，空气中的灰尘就会粘在刀上的果汁上，干了之后，果汁是什么形态，灰尘也会是什么形态。

我扯下口罩将鼻子凑过去，闻了一下，有股血腥味。我将刀子放在旁边的桌子上，从勘查箱里取出棉签，蘸上去离子水后擦了一遍刀身，接着将棉签头剪入离心管，灌入去离子水，摇晃一分钟后插入抗人血血红蛋白试纸条。

"老林，阳性，这刀上是人血！"

我话音刚落，林霄立马拿起刀，斜对着光源认真观察起刀柄来。过了一会儿，他放下刀说道："没有有用的指纹，还是带回去做DNA吧。"

"嗯，这下胡志坤的嫌疑岂不是更大了？"

"不好说，如果他真的是凶手，为啥没把这把刀处理掉？"

"也许刀无意中滑落在那里，胡志坤也没留意到，再聪明的人也会有出纰漏的时候。不过，这把剔骨刀倒是印证了我之前的推测。"

"什么推测？"林霄漫不经心地问道。

"凶手处理尸体的方法。"

听我这么说，林霄瞬间来了精神："对了，你一直没说，你推测凶手是怎么让尸体加速腐败的？"

我清了清嗓子，整理了一下思路："废墟现场白骨下面的纸板垫子，并没有被腐败液体渗透得很厉害，这你还记得吧？这说明腐败液体的量不正常。为什么会不正常？很简单，尸体上除去骨骼的软组织很少，尸体旁边蛆虫的蛹壳量很少，也证明了这一点。所以我判断，凶手先是将尸体上的肌肉内脏等软组织全部剔掉，然后将骨架扔到那个废墟里，伪造成意外现场。这同时也解释了为什么在废墟现场没发现死者的头发，因为去头皮的时候割掉了。当然，这一切还只是推测，具体情况要等做完DNA检测才能进一步确定。"

林霄听完，若有所思地点了点头："假设你的推断没错，那还有一个重点，就是凶手处理尸体的地方，那里一定有大量痕迹。"

　　"没错，根据以往经验，最容易分尸的地方只有一个！"

　　我和林霄心领神会地对视了一眼，不约而同地向院子里的那间小房子看了过去。

　　胡志坤家的卫生间，是靠着院子南墙和西墙盖的一间小砖房，里面反而比其他房间整洁一些，洗浴用品也都完备，只有地上铺有瓷砖，四周的墙只简单地抹了水泥，连涂料都没有刷。西墙靠近房顶的地方，有个巴掌大小的透气孔，应该是用来散发卫生间臭味的，另外也是为了防止使用燃气热水器时造成一氧化碳中毒。

　　"这么多天了，估计肉眼也看不出来了，直接上蓝星试剂吧。"林霄说道。

　　这个卫生间本来就不大，加上四周的墙壁都是水泥材质，关上门里面很黑，更有利于试剂显色。我拿出喷壶将蓝星试剂配好，在地面和墙上喷了一遍，林霄将手里的多波段光源调节成紫色，照向墙壁，只见墙上满是黄绿色的荧光。

　　"快拍照，这下看这个胡志坤还怎么狡辩！"林霄将多波段光源递给我，拿出相机调整好参数，将有血迹的地方全部拍了下来。

　　浴室的地面上可能由于大量冲刷，已经看不见血迹了，荧光血迹主要分布在浴室的墙上，更准确地说是在有透气孔的墙和对面的墙上，分别呈流柱状和抛洒喷射状散布着。

　　林霄拍完后，我拿出棉签，在墙上取了三处潜血，打算回去做DNA检验。

　　通知属地派出所过来封锁现场后，我们就返回了局里。林霄将刀子和棉签潜血拭子送去王宇那里，而我第一时间找到肖良，跟他同步了我们的勘查结果，再次提审了胡志坤。

审讯室里，胡志坤依旧耷拉着脑袋坐在那里一言不发。

"胡志坤，你抬头看看这是什么？"我把打印出来的刀子的照片举到他跟前。

"一把刀子。"

看着他装傻充愣的样子，我瞬间火大起来，但还是努力压抑住了："废话，我要你告诉我？我是问你见没见过这把刀？"

或许是听我语气严肃起来，胡志坤瞬间怂了。他抬起头盯着照片看了一会儿，说："好眼熟……"接着又开始支支吾吾起来。

"你肯定眼熟，就是从你家里搜出来的。说，用这把刀干吗了？"

"啊？我没用过啊！"胡志坤一脸疑惑地看着我。

"老实点儿啊，问你是给你一个坦白的机会。"

"警官，我真没用过这把刀！我都不记得它怎么出现在我家的。"胡志坤还在狡辩。

眼看撬不开他的嘴，我直接明了地说："既然你不愿意承认，我替你说吧，这刀上检测出了血迹，而且是人血！你听明白了吗？"

胡志坤听我这么说，瞬间就急了："你别血口喷人！莫名其妙把我抓来，说我弄死了袭宪，现在又伪造出这么个东西来，下一步是不是屈打成招？我真的没有杀人啊！"

"老实点儿！在这里撒什么野？你说没杀人，那从你家里搜出来的刀子上怎么有人血？"

"我真不知道啊，这刀子是谁的我都不清楚。"

"问你是给你机会说清楚，在这里大喊大叫有什么用？"

胡志坤听我说完，立马安静了下来，随后抬起头，用绿豆大的眼睛看着我说："领导，这个刀真不是我的，我也不知道是搬谁家东西的时候带进来的。你给我点时间让我好好想想，行不？"

"行，你好好想想。另外，我再给你说一件事。"

"啥事？"胡志坤紧张得嘴唇都在颤抖。

"我们在你家的卫生间里，发现了大量血迹，也是人血。"

我话音刚落，这个七尺汉子的眼泪一下子就流了出来，边哭边大声辩解道："到底是怎么回事？哪个畜生要整我啊！我求求你，警官，你们要查查清楚啊！我真的没有杀人啊！"

我被他这突如其来的反应弄得措手不及，在审讯室里哭闹的人我见过很多，但哭成这样的，还真不常见。

肖良在旁边使了个眼色，我跟着他走到门外。

"陆哥，刀上真的是人血吗？"

"当然了！"

"DNA 结果出来了吗？"

"还没有，不过快了。"

"要不等出来再审？我怕出错。"肖良有点心虚地说。

"怕什么……我估计要不了多久，王宇那边……"

我话还没说完，审讯室里传来胡志坤大声喊叫的声音："警官！我想起来那个刀是从哪里来的了！"

听他这喊，我立马返回了审讯室。

"从哪里来的？"

"你们是不是在我屋子里的保险箱旁边发现的？"胡志坤紧张地问道。

"对！"

"那就对了，这个刀就是保险箱里的。我当时把保险箱拿回家，想看这里面装着什么值钱的物件，但是打不开，随后我找了一个专业开锁的，花了好多钱。但打开后发现里面就只有一把刀，我随手丢在旁边再没管过。"

"保险箱是从哪里来的？"我继续追问道。

"裘宪家里搬过来的。"

"胡说八道！你去他家搬东西的时候，他还没死呢！照你的说法，刀子在保险柜里被你搬回家，那他怎么会被这个刀杀掉？"

胡志坤整个人都傻了："我不知道，我真的没杀人啊！"

"那你家卫生间里的血迹，又怎么解释？"

"我不知道怎么回事，我真的没做过啊！"胡志坤已经完全崩溃了，坐在那里又喊又叫，接着开始用头使劲地撞向审讯椅前面的桌板。这一下把我们吓了一跳。肖良一个箭步冲上去，从后面勒住胡志坤的脖子，好一会儿胡志坤才冷静下来。我嘱咐肖良要看好这个家伙，这时候更不能出什么事。

我回到办公室，看林霄没在，这会儿八成是在实验室里借助显微镜研究那把刀。说来也奇怪，要分割一具尸体上的肉，光靠这么一把刀还是挺费劲的。拿我们平时解剖来说，一个尸体解剖下来可能要用好几个刀片。别看手术刀锋利，在人体上来回划几下也会变钝。但是今天找到的那把刀，明显还是很锋利的，难道说胡志坤用完之后磨过吗？磨刀的时候要用水，这样的话刀身也不会那么黏了，也可能是刀身上粘的人体组织太多了，磨刀的时候没有冲洗干净？我越想脑子越乱。

"陆哥，DNA检验结果出来了。"王宇还没来得及脱掉白大褂，就慌忙推门走了进来。

"怎么样？"

"刀上的血迹和卫生间墙上的血迹DNA分型，都是裘宪的。"

"分尸工具和分尸地点都确定了，那案子没跑了。不管胡志坤如何抵赖都是徒劳的。"这样的证据基本上算是铁证了，我长长地舒了一口气。

"等等！"林霄从门外快步走了进来，一脸严肃地看着说，"陆玩，这是个陷阱！"

"陷阱？什么意思？"

林霄走到电脑前，调出胡志坤家卫生间墙上的血迹照片："陆玩，你再仔细看下这张照片。"

黑色的水泥墙上，蓝星试剂显色的血迹泛着黄绿色的荧光，尤其是有透气孔的那面墙上，大片的荧光显色呈现出分尸现场的血腥和残忍。我又来回看了好几遍，但还是没看出哪里有问题。

看我没什么反应，林霄指着有透气孔的墙问道："你看这面墙上的血迹是什么形状？"

"流柱状的啊，怎么……等等……不对！"这面墙上不可能也不应该存在流柱状血迹。凶手只会在地上分尸，所以墙上的血迹应该是喷射状、抛洒状的居多。更重要的是，图片上所有的流柱状血迹的起始点，都是墙上的透气孔。

"这个血是有人从外面通过这个透气孔，倒进来的！"我激动地说道。

林霄点了点头："我也是这么判断的。"

"如果这个人把这么多人血从通气口倒下去，那屋子的主人发现后，肯定会报警的吧？"王宇说完，疑惑地看着我和林霄。

"这个好解决，死者用水将血稀释后，颜色就不会那么明显了。而且胡志坤家的卫生间光线很差，照明设备又不好，看不出来很正常。"我推测道。

现在想想还真后怕，卫生间墙上的血迹这么不合常规，我在现场的时候居然没有发现。怪不得胡志坤一个劲地喊冤，甚至不惜自残来证明清白。也多亏了林霄细心，才避免我们掉进一个巨大的陷阱里。

"就算浴室里的血迹是凶手杀害裘宪后，取到死者血液来做局，那刀上的血又是怎么做的呢？"我小声嘀咕着。

"你说什么？刀子怎么了？"林霄问道。

"我刚才去和肖良提审了胡志坤，他说刀原本是放在保险柜里的，还说保险柜是从裘宪家抬过来的。这就有问题了，凶手是怎么在杀人分尸前，将分尸工具藏在箱子里让人带走的？"

"有没有可能，刀子不是分尸工具？"

我低头想了一下，说道："如果这把刀不是分尸工具，那只能是凶手提前准备的，他知道胡志坤会来搬东西，并且肯定会搬走那个保险箱，就提前把沾有死者血迹的刀藏在箱子里。如果这个推测成立，那能做到这些的只有一个人。"

"余倩！"我和林霄异口同声地说道。

肠胃里的骨头

保险箱里的刀子引起了我对余倩的怀疑，同时让我矛盾的是，这么一个瘦弱残疾的女人，怎么做到杀人分尸、抛尸伪造现场再嫁祸他人这么复杂的事情的。

"老陆，现在怎么办？你有什么想法？"

"还是要去她家找找线索。我想来想去，对于这个残疾女人来说，她家才是最好的分尸场所，方便清理没人打扰。"

林霄想了一下，点了点头："那就按你说的，我们再去她家看看。"

"别急,我们制订一个作战计划。"我朝林霄抛去一个坏笑。

"你又有什么鬼点子?"

"到了余倩家后,我先和她聊天稳住她,到时候你就说不舒服要上趟厕所,然后带上蓝星试剂和抗人血试纸,还有多波段光源,去检查卫生间和厨房。如果真的找到潜血血迹,那我们也别废话,直接将她传唤回局里。"

林霄将车开进村子的时候,太阳已经快落山了。这个村子并不大,有两条平行的主干道可以过车,村里的农宅也大部分沿着这两条路修建。剩下的就是错综的小路,有的能过三轮车,有的只容得下两个人并排行走。

因为上午刚下过雨,道路有些泥泞。林霄把车停在干道的一个拐角处,将需要用到的试剂和勘查设备放进贴身的背包里,埋着头自顾自地往前走,我在后面想着一会儿要聊的话题,没一会儿工夫就来到了余倩家门口。

林霄轻轻敲了敲门,等了一会儿,没人回应。我一把扯开林霄,抢了抢胳膊,用力在门上拍了两下,声音绝对能传到农宅的每个角落,但院里还是静悄悄的。

"没在家?要不电话联系一下她?"林霄看着我问道。

"我们先在这里等会儿吧。"

时间一分一秒地流逝,眼看着天就黑了,村里的照明并不是很好,这么一个行动不便的女人会跑到哪里去呢?林霄等得有些不耐烦了,在门口到旁边的小路之间来回转悠,我则是靠着围墙,呆呆地看着天。

"陆玩,你过来,我发现一个事情。"见我无动于衷,他冲过来一把将我拉了过去,然后指着地面说,"你看这里有条三轮车车印,余倩会不会是开三轮车出去了?"

地上的车印很明显,应该是刚留下的。我沿着痕迹往回走,车印在余倩家门口开始变得模糊不清，应该是被我和林霄走来走去踩坏了。尽管如此，还是不难分辨出，车的确是从余倩家出来的。

"她那样能开车吗？"我有些怀疑。

"三轮车应该没问题。反正现在余倩也不在，我们干等着也是浪费时间，要不我们追踪一下这个车印，看余倩开车去了哪里？"

林霄的话引起了我的兴趣，我们两个打着手电低着头，开始在地上找车轮印。因为村里都是土路，而且刚下过雨，车印很容易分辨出来。

我们沿着车印一直走，不一会儿来到了村外的田野，前面有一条柏油马路，车印就在这里消失了。我们查看了一下四周，发现一条很宽的拖拽痕迹，通往田野深处，旁边还有两排脚印。我和林霄顺着痕迹走进田里，走了差不多五十米，拖拽痕迹消失了，而旁边的一大片土，明显是被翻动过。

我从旁边找来两截趁手的木棍，递给林霄一根，挽起袖子挖了起来。虽然工具不好用，但因为土比较松软，没多久就挖了一米多深。

"慢点！我挖到东西了。"我边说边小心翼翼地用棍子捅了捅，软乎乎的触感让我不寒而栗，会不会是个死人？

我丢掉棍子，直接用手开始刨，刨了几下出来一条毛茸茸的东西，手电的光照在上面感觉像条蛇。

"应该是什么动物的尾巴。"林霄在一旁说，手上的动作并没有停，不一会儿坑就被刨开了，里面躺着一头猪。

"这……这不是余倩家后院那头得病的猪吗！"我有点吃惊地说。

"你确定？"

"确定，花纹都一样。"

就算猪死了，这大晚上的，她腿脚不方便，特意拖这么远来埋，图什么？

我有些不解，便转过身，借着手电筒的光，看了看我们过来的路。

"不对啊！"我拉着林霄蹲了下来，指着拖拽处两边的脚印说，"你看，这足迹是左右脚都有，应该是一个健全的人把猪拖过来埋了，不是余倩吧？"

"这个不好说，你先在这里等着，我回去把警车开过来，勘查设备都在上面。"

大概过了十多分钟，林霄开车回到了田边，他拿出相机，先将拖拽痕迹和足迹拍照，然后就蹲在地上，开始研究起足迹来。

"这个人的足迹很奇怪，两只脚的鞋印磨损度相差很大，左脚鞋子就像是新的一样。"他低头琢磨了一会儿，然后问道，"余倩少的是哪条腿？"

"好像是左腿，对，是左腿。"

"那就对了，这个足迹就是余倩留下的。"林霄笃定地说，"你还记不记得，咱们之前去她家的时候，客厅里放着义肢？我推测是由于她平时不常用义肢，所以鞋子的磨损度小。"

"有道理。"我赞许地点了点头。

"那现在怎么办？"

"再去趟余倩家，看她有没有回去。另外，把猪抬上车，拉回局里，余倩费这么大劲埋猪，这里面一定有猫腻。"

等我和林霄将猪抬上车，把田里的坑填埋好，再开车到余倩家门口的时候，已经过去了很长时间。透过门缝可以看到屋内的灯光，余倩回来了。

我敲了敲门，这次很快得到了回应。大门打开的一刹那，一股清香扑面而来，看她头发湿漉漉的，应该是刚洗完澡。

我和林霄按照计划，一个和她聊天，另一个人悄悄去调查了余倩家的卫生间和厨房，但并没有任何发现。

回去的路上，我一直在想裘宪究竟是在哪里被杀的。林霄看我一言不发，还以为在余倩家没查到线索有点沮丧，便开口宽慰道："老陆，咱这趟没白来。"

"确实，至少拉回来一头猪。"我半开玩笑地调侃道。

"不止，刚刚我溜到卫生间调查的时候，顺便看了下院里的那辆三轮车，车轮上的泥还没干呢，所以去埋猪的绝对是余倩。"林霄一脸兴奋地说，"等我们到了局里，检查完猪，说不定会有重大发现。"

"小洁？今天你不值班吧，怎么还没回家？"我们两个推开办公室的门，看见王洁坐在电脑前面。

"我好奇你们这次去会不会有什么收获，所以在这里等第一手信息。咦？平板车上推的什么？"王洁说着蹲下来，掀开盖在上面的布，然后一脸震惊地问道，"这……从哪里弄来一头猪啊？"

"别大惊小怪的，这猪可能是目击证人。"

林霄一边翻着白眼一边说："别理这个傻子，猪是余倩家的，被她埋在地里，又被我俩偷偷挖出来了。"

"啊？为啥埋猪，是不是有传染病？"王洁吓得一蹦三尺高，瞬间和我俩还有猪拉开了五六米距离。

"没有传染病，她家别的猪都好得很，就这个死了。"我急忙解释道。

王洁又看向林霄，跟他确认之后，才放下心来，从旁边检验耗材柜子里抽出一副乳胶手套戴上，蹲下来开始检查死猪。

"师兄，这猪是不是怀孕了？肚子好胀，我不太清楚猪的子宫位置，摸不出是不是小猪。"

听她这么说，我也戴上手套检查起来。这只猪体型不大，刚死不久，头和四肢还没有开始腐败，但整个腹部却膨胀得很厉害，而且触感不像是怀孕，可能里面有什么异常。

"把这个猪抬到解剖室打开看看吧，猪腹腔里可能有病变。"我对两人说道。

在解剖室做好准备后，王洁参照着剖人的方法，给猪做一字形切口。她右手拿着解剖刀，左手拿着老虎钳夹着切口，划了好几刀才把腹壁打开。刚一切开，脏器立刻涌出堵住了切口。我用手撑开切口，王洁伸手探入腹腔，开始摸索里面的脏器，一个一个地取出进行检查。

检查到一半，王洁递给我一节已经坏死的小肠，我看了肠道的上下游，发现里面不光有大量内容物，还有很多气体。就在我一节一节捏着猪肠子的时候，一个硬物在肠管中滑动了一下。捏到这个硬物后，我基本上确定了这头猪的死因，它应该是吞下了一个比较大并且无法消化的物体，致使肠道堵塞，诱发了机械性肠梗阻，最后导致死亡。

机械性肠梗阻在野生动物群体中很常见，但家畜吃的都是饲料或者切碎的植物，很少会出现这种疾病。因此我很好奇，里面这个硬物究竟是什么。于是我拿起剪刀，剪开肠管，把硬物掏了出来，原来是块骨头。

"这肯定是主人用泔水剩饭喂猪，没把里面的骨头过滤干净，被这猪给吃了。真……"王洁看着骨头，一脸嫌弃的表情。

"等等！"林霄打断了王洁的话，看着我说道，"我突然想到，之前检查裘宪的尸骨，上面是不是有动物的牙印？你当时还怀疑是废墟附近的野狗干的，现在想想会不会是猪啃的？老陆，你能判断出这是人骨还是猪骨吗？"

"猪骨和人骨在形态上非常相似，但仔细研究还是存在不少的差异，尤其是肢端骨骼。"我拿着骨头仔细观察了一下，然后说道，"这看起来像是人的足舟骨。继续找，这头猪是肠梗阻死掉的，肯定还有别的骨头。"

我和王洁将这头猪的整个消化道全部剪开，果然又找到了两根掌骨和几块不完全的碎骨。我让王洁赶紧将这些疑似人体骨组织的骨头送检DNA，王宇也被我叫回来加班检验。

经过一夜的挑灯奋战，王宇顶着两个黑眼圈推开值班室的门，用力摇醒在睡梦中的我。

"陆哥，检验结果出来了，你昨晚送来的骨头是袭宪的。"

"你……"

"我确定，没弄错。每次给你汇报结果，你都要问我确不确定，下次别问了，弄错了我就去自我了断。"王宇有些无语地说。

"你……做了这么长时间，辛苦了！"

"这几块骨头你们从哪里弄来的？小的两块都做不来，我把大的锯开，从深层的骨松质里取出碎片，才做出来。"

"等破案了跟你说，现在快去休息吧！"

我转身看到林霄还在打呼噜，走过去用力拍了一下他的肩膀："别睡了，我们去抓人了。"

加上这次，我们已经是第四次来到这个村子了，林霄轻车熟路地将车开到了余倩家门口。大门是虚掩着的，我们推开门走了进去，看到余倩正坐在院子中间洗衣服。

"余倩，请你和我们去一趟公安局配合调查。"肖良冷冰冰地说。

余倩先是愣了一下，然后说："好的，我去拿件衣服。"

她的冷静和配合，让我有些意外。

等她拿着衣服从屋里走出来，看到肖良拿着手铐要给她戴上的时候，却突然慌了:"不是说去配合你们调查吗?为什么要戴这个?我又没犯法!"

"铐你是有理由的,到时候你就知道了。"

看余倩有些迟疑,我用眼神向肖良示意了一下,我俩合力架起余倩,将她塞进了警车。

一直到坐到审讯室椅子上的时候,余倩还是一脸茫然。

"是不是你杀了袭宪?"肖良开门见山地问道。

余倩瞬间有些吃惊,不过还是很快稳了稳情绪,开口说道:"警官,你看我这个样子,我倒是想杀他,能杀早杀了。"语气里有些许无奈。

看来除非是拿出具体证据,不然她是不会轻易招的,于是我换了种方式问道:"你昨天是不是去埋猪了?"

"是,你怎么知道?"

我没有理会她的疑问,继续追问道:"为什么把猪埋了?"

"那头猪病死了,卖不掉,又不敢吃,只能埋了。"余倩一脸无辜地说。

"猪既然死了,怎么不找个废水沟直接扔了?你腿脚又不方便,为什么费那么大劲,专门拉那么远埋了?"

"这猪我养了有段时间了,不知道为啥突然就病死了,我还挺难受的,就想着找个地方给它埋起来。那片地是我家的,就埋那里了。警官,是有什么问题吗?"

"我们从你埋掉的死猪肚子里,找到了袭宪的尸骨,这个你怎么解释?"

听我说完,余倩整个人傻在了那里,半天才开口说道:"我不知道啊!我不知道为啥猪肚子里有袭宪的尸骨!"

"余倩,我跟你说,别装傻啊,这是铁证,你赖不掉的。做错了事就应该接受惩罚。"林霄在一旁补充道。

这句话像是触动了什么开关,余倩瞬间变了脸,冷笑道:"我现在这个样子,都是拜裘宪所赐，他坏事做绝，你们不抓他，现在他遭报应了，你们却跳出来给他破案，你们警察嘴里的'做错了事就该接受惩罚'，就是这个意思吗？"余倩说完已是双眼含泪，但还是忍着没有哭出来。

"坏人作恶，迟早会受到法律的审判；但坏人死于非命，法律也要为他申冤。说吧，你是怎么杀人分尸的？主动交代，对你只有好处没有坏处。"

余倩对此并没有任何反应，只是低着头，眼睛直勾勾地盯着地面。

这时，王洁突然推开审讯室的门冲了进来，我还没反应过来，就被她拉了出去。

"师兄，公安局大门口来了个老头，说是来自首的。"

"什么老头？自首什么？"我被王洁说得有点蒙。

"是余倩的父亲，他说是他杀了裘宪。"

门卫将老头带到了会客室，我和王洁还有林霄急忙赶了过去。余老头坐在那里，还是穿着之前在余倩家见到时的那身衣服，脸上的表情显得很平静。

"你好，老人家，你说自己杀了裘宪？"林霄开口问道。

"是的。"

"你爱女心切，这份心意我可以理解，但很抱歉，你无法替你女儿顶罪。"

"如果我告诉你，裘宪是在哪里被剔骨抽筋的，你觉得这样的信息能还我女儿清白吗？"余老头盯着我问道。

我和林霄对视了一眼，然后问道："你什么意思？"

"虽然不清楚你们具体查到了什么，但既然把我女儿带走，肯定是掌握了证据。倩儿命太苦了，我不想她又在这里受苦，我将一切都告诉你们吧！"余老头深吸一口气，接着说道，"裘宪是个畜生！我女儿摔断了腿耽误治疗最后被截肢，在他做的恶事里都算轻的。我小女儿也是被他强奸，最后自尽的。我早就想杀他了，不杀他我们所有人都不得安宁。那天他打完我女儿离开家，我知道后找到他，把他叫来我家喝酒，将他灌醉后把他捆了起来。本想直接杀了他，但想到他作的那些恶，觉得一下子就死太便宜他了，我之前杀过很多猪，这对我来说很容易。

"我将他的肉全部分割下来后喂了猪，骨头丢到猪圈里让猪啃掉。但是猪啃了手脚之后，可能是啃不动就不啃了。我把猪给了我女儿养，把剩余的骨头用袋子装起来，带到那个拆迁废墟里，我经常去那里捡废品，知道那里没什么人。我把尸骨伪装成乞丐被墙压死，想着这样可以蒙混过关，但还是没有成功。"

"你是不是还嫁祸给胡志坤？"

"是的。那也不是什么好人。我知道他和裘宪有矛盾，如果你们发现裘宪的死是谋杀，那胡志坤就是最好的替罪羊。"

"你怎么嫁祸他的？说说过程。"

"我将裘宪的血兑上水，从墙外呲进胡志坤家的卫生间。我知道胡志坤早晚要去我女儿家搬东西，所以还准备了一个带密码锁的保险柜，里面放了一把带裘宪血的刀。我偷偷把保险柜给了我女儿，还骗她说里面是我的一些重要文件和棺材本，等我快死的时候再告诉她密码，让她拿钱给我办丧事。这些裘宪都不知道。"

"那刀子上怎么会有裘宪的血？"

"有一次我把裘宪叫到家喝酒，将他灌醉后带到镇上的一个诊所，说喝多了怕出事，让医生给他输点盐水。护士扎完针就去忙了，我趁人不注意拿了个注射器，接上输液管抽了管血，那个畜生睡得和死了一样，完全不知道。"

"你完全可以给他注射过量酒精，直接让他死掉，为啥还这么费劲？"

"我一个杀猪的屠夫,你让我放血我会,你让我把针扎到血管里,我估计把他扎烂了也没办法把酒精打进去。再说了,我就想亲手剐了他,让他知道什么叫报应。"老头咬着牙,恶狠狠地说道。

"那你为啥要把猪给你女儿养?"

"我那会是想自首的,所以把猪给我女儿,她可以去换钱。后来改变主意不想自首了。多和我闺女待一天,我就多赚一天,哪一天被你们抓住了,我也就认了。"

听完老头的叙述,我知道他不是在编故事。随后根据他的指认,我们找到了他将裘宪分尸的地方,还有分尸的工具。在这些工具上,都检出了裘宪的血和DNA。

其实老头完全可以把这些重要证据都清理掉,但是我知道,他留着这些唯一的原因是,担心有一天警方查到他女儿头上。这些物证是余倩的护身符,也是老头的送命符。

006
被害身亡后，死者帮凶手转移自己的尸体

"对了，我想起来了！昨晚我在楼梯间的时候，好像有个人从楼下上来，我一害怕准备逃跑才摔倒的。"

"什么人，你看清楚他的长相了吗？"

"没有，那个人没有脸！"

斗拳姿势与假裂创

"陆哥,指挥中心来电话,说翠芳苑小区着火,现场发现一具尸体,要求去勘查现场。"权彬推开办公室的门说道。

"老林,小洁,收拾一下,我们十分钟后出发。"

"陆哥,我也想去!"权彬可怜巴巴地看着我。

"想去就走,大家速战速决,回来我请大家吃烤肉!"

"不吃!"几个人瞪着我异口同声地吼道,这阵势像要把我吃了一样。

虽然已经是九月份,但秋老虎依旧让人难以忍受,我们几个开着破旧的2532号勘查警车,在拥堵的道路上艰难地前行。

"陆哥,烧死的人真的像木偶一样吗?"权彬一脸吃惊地问。

"你应该见过火灾现场吧?去年那个自焚的案子,你没看到?"

"没有,那会儿我去省厅培训了。"

"没看到最好,烧得那叫一个惨,还被旁边的人拍下来了,死者疼得吱哇乱叫。要把自己烧死,过程是很痛苦的。"林霄边开车边说。

听着林霄的形容,权彬一脸惊恐,看得我好想把他的面部表情拍下来。

两辆消防车停在翠芳苑小区六号楼楼下，看热闹的人被警戒线隔离在距离事故楼15米左右的范围以外，派出所的民警汪佳琦拿着喇叭，对着人群大声喊道："请大家往后退，楼层外墙被烧过，会有墙体脱落的风险，不要往前挤！"

"佳琦！"林霄一边喊着一边朝他招手，示意他将警戒打开放我们进去。权彬提着大大小小的勘查箱在人群中挤着，王洁在前面帮他开路。

"林师傅！陆法医！"汪佳琦把手中的电喇叭放下，朝我们走了过来。

"啥情况？"

"今天早上七点多，小区居民发现这幢楼601室有大量浓烟冒出，就报了火警。消防员赶到后，很快将火扑灭了，然后在客厅发现了一具尸体，人已经烧黑。我们到了之后，第一时间封锁了现场，还没确认死者身份。"

"优秀啊，小汪同志。"

听到我的夸奖，汪佳琦憨厚地笑了笑。

"起火点在哪里？"林霄问道。

"消防员说在客厅沙发上，就是尸体躺的地方。"

林霄转身叫上王洁和权彬，我们四人坐电梯来到了601室。

这是一套一室一厅一卫的房子，客厅里的陈设并不多，靠墙的位置是一排电视柜，上面放着平板电视，前面是圆形茶几和一组转角沙发，都被烧得不成样子。地板上满是泥水，空气中是化纤和塑料烧灼的刺鼻气味。除此之外，木质吊顶也被烧得七零八落，其中有几块还砸在沙发上的尸体上。

我戴上手套，靠近尸体，透过木质吊顶的缝隙看了过去。

"老林，中午饭可能没时间吃了，通知大队，命案。"

王洁转头看了一眼沙发上的尸体，加快了穿戴勘查隔离服的动作。林霄拍完现场概貌后，走到尸体前问："确定吗？"

"从这里可以看到尸体头部左顶部的凹陷,这绝对不可能是吊顶碎块砸的,这些碎块没这么重的质量,形状位置也不符合。另外,从现场物品被烧灼的程度来看,沙发被烧灼的程度最深,全层的海绵被烧穿,木质的框架被烧塌,说明沙发被烧的时间最长,所以起火点是这个沙发,确定无疑。很明显这是人为纵火,为了毁坏尸体,还专门将尸体放在易燃的沙发上点火,凶手对死者有很大的仇恨。"

"阿彬,你找一下卧室里有没有什么证件能确定死者身份的。"林霄交代完权彬后,又转头问道,"老陆,你觉得这么大火势,靠沙发能引燃吗?"

"你想说啥?"

"我在想这房子烧灼面积这么大,凶手应该用了汽油之类的东西。"

"不排除。"

"凶手走的时候,肯定把装燃料的容器也带走了,现场没有纵火工具。"

"带走就带走呗,这信息有什么作用呢?"

"从火灾的范围看,这桶燃料的体积不小,凶手带着这么大个桶,一定很扎眼,可以查下附近的监控,说不定会有发现。"

"林霄哥,师兄,别费劲了,看这个。"王洁将压在尸体腿上的一块烧焦的板子掀了起来,一个皱巴巴的塑料桶残骸出现在我们面前。

我叹了一口气:"行吧,先检查尸体吧,看看她能告诉我们些什么。"

通过初步尸表检查,可以确定死者是名成年女性,体表烧灼受损碳化明显,分段测量尸长 160 厘米,见少量衣物残片,四肢明显收缩,双上肢呈斗拳状,左上臂外侧检见长 4.5 厘米假裂创,左下肢股外侧检见 5.0 厘米假裂创。尸体头颅左顶部、左颞部、枕部可见大量骨折,具体情况需要解剖检查。

"陆哥,斗拳状和这个假裂创,都是啥意思啊?"权彬站在我身后,看着记录本好奇地问道。

"找到身份证件了吗？"

"从床头柜里找到一张医保卡。"权彬说着将卡片递了过来。

死者名叫张梦婷，从出生年份上看，今年才22岁。医保卡上的照片青春靓丽，而现实中的人已经被烧得焦黑变形，真不敢想象她父母要是看到这一幕，该有多伤心。

"刚联系到房东确认过了，这间房子的租户就是这个张梦婷。"权彬补充道。

我点点头，弯腰从包里拿出一个大号棉签，然后用力撬开死者的嘴，将棉签插入咽喉部，擦了两圈之后拿出来。果然和我预料的一样，棉签上没有燃烧的灰烬，这是典型的死后焚尸。不过要坐实这个结论，还要解剖观察气管和支气管。

咽喉部、各级气管包括肺部有没有灰烬烟尘，是判断死后焚尸还是烧死的重要标准。死后焚尸的情况下，由于死者呼吸运动已经停止，火场焚烧产生的灰烬不会被吸入体内。相反，如果人是被烧死的，那在烟熏和呛咳的作用下，人会剧烈呼吸，这样在呼吸道内便会留下很多烟灰痕迹。

"陆哥，刚刚问的问题，你还没给我解释呢。"权彬还在旁边坚持不懈地问道。

王洁清了清嗓子说："我来给你说吧！斗拳状又叫斗拳姿势，肌肉组织遇到高温会凝固收缩。由于人体四肢屈肌比伸肌发达，屈肌收缩力强于伸肌收缩力，所以被烧死的人，上肢呈卷曲状，类似打拳击的姿势，故称斗拳姿势。"

"那假裂创呢？"

"假裂创就更好理解了，高温使得皮肤组织中水分蒸发，干燥变脆，皮肤凝固收缩且顺着皮肤纹理裂开，呈梭形创口，特别像被锐器划开的，所以称为假裂创。"

权彬似懂非懂地点了点头。

看来想得到更多信息，还要继续深挖，尸体解剖、视频监控、死者手机，还有好多事情等着我们去解决。

"阿彬，小区的监控你调查了吗？"

"陆哥，我刚才在楼下就问物业的人了，这是个老小区，监控覆盖面不广，很多地方都有盲区。小区的三个大门口各有一个监控，比较老旧，画面质量不高。小区里面也零星分散着几个监控，但布局很不合理，大都被绿化遮挡住了。另外，这栋楼的电梯是最近半年才装上去的，虽然有监控，但由于是外置电梯，离楼道有一段距离，601这户门口完全拍不到。再说了，六楼也不高，凶手不会蠢到坐电梯吧！"

这时候，一直沉默的林霄问道："陆玩，你刚才说死者是被死后焚尸的，那死者的致命伤是什么？头上的骨折？"

"可以这样认为，不过这个说法不严谨。骨折不是致命伤，受到钝器打击后的颅脑损伤才是致命伤。但是我还有一点疑虑，需要解剖完尸体后才能确定。"

"师兄，现在去解剖吗？"

"嗯，取一下死者的口腔拭子，抽50毫升心血，再看下浴室里面有没有牙刷，让阿彬先把这些东西送回实验室，我们直接去解剖。叫汪佳琦派人保护现场，然后把楼梯也封了，这现场肯定要复勘的。"

"封楼梯干吗？"王洁疑惑地问道。

"我知道他葫芦里卖的什么药，但他现在肯定不会说，等解剖完尸体你就知道了。"林霄一脸了然于心的笑容。

尸体躺在解剖室的手术台上，五官和皮肤已经融化粘连在一起，上面覆盖着焦黑碳化的组织，嘴巴夸张地张着，像是在控诉着什么。

"师兄，尸表检查做完了，照片也固定过了，我们直接开三腔吗？"

"先检查一下阴部吧，看看生前有没有被侵犯。"

王洁准备好棉签，由于尸体下肢收缩，她完全无法掰开死者的双腿，我在旁边辅助着，完成了阴部的检查。

接下来，我重新将注意力放在了死者的头颈部。破裂的头皮在高温的作用下往四周皱缩，创面被更加清楚地暴露出来。用手术刀剥开头皮，可见皮下肌肉存在明显的出血，顶骨和额骨上有凹陷性骨折，另外还有几块颅骨碎片。

"小洁，你觉得这像是什么工具造成的？"

"从颅骨的损伤来看，致伤物应该是拥有一定质量的金属钝器，形状就不好确定了。而且我觉得，这尸体的骨折看起来怪怪的。"

"你觉得奇怪，是不是因为损伤看起来比较轻微，有几处只是击碎了颅骨的外板，并未穿透板障也没损伤内板，而且骨折分布的地方很散乱，除了头颈部，还有肩部和背部？"

王洁用力地点了点头："打击分布广泛，可能是因为第一下打击后，死者有挣扎行为，致使后来的连续打击随机分布在身体上。我想不通的是，尸体头颈部的损伤为什么较为轻浅？按理说在钝器打击头部致死的情况中，颅骨损伤都很严重，骨折至少贯穿颅骨全层。"

"其实打击分散的原因，就是打击轻浅的原因。"看王洁一脸迷惑，我接着说，"如果打击得很重，一下子就把死者打晕或打死，后续的打击就会很集中。还记得之前我们破的一个分尸案吗？死者下半身被埋在竹林里，上半身被丢在河里，头上被奶头锤连续锤打了十几下，因为一下就打死了，所以锤击很集中。"

219

"这么说来,凶手会不会是老年人或者孩子?这些群体上肢力量不强,不足以产生较重的钝器打击损伤。"林霄在一旁问。

王洁摇了摇头:"受害人虽然是女性,但正是年轻力壮的时候,如果凶手力量较弱,第一下被击打后,她完全有能力反击,就算不反击也可以逃进卧室,把门锁起来。"

林霄不置可否,转头看向我。

"我同意小洁的看法,能把一个人控制住,凶手的力量和体重一定在受害人之上。至于为什么第一次打击的力量不重,我想了一下,要从打击的动作着手分析。"

"打击的动作?"王洁疑惑地问道。

我点点头,顺手拿起用来垫高尸体的垫枕递给她:"用这个狠狠地砸一下解剖台。"

"啊?砸一下?"

"对,用点力。"

得到我的确认后,王洁高高地举起了垫枕。

"停!"

王洁要用力砸下的那一刻,被我喝止住了。她举着垫枕愣在那里,一脸的迷惑。

我不紧不慢地说:"打击力量的大小,除了取决于上肢力量,还有一个必要条件——距离。小洁你看,我让你砸解剖台,你想使出最大力气的话,肯定会像现在这样将重物高高举起。回到这个案子,打击的力道轻,可能不是因为上肢力量不足,而是因为挥动空间不足。"

"但是师兄,案发现场的空间很大的啊。"

"所以我怀疑,着火的现场不是杀人的第一现场,凶手是在别的地方打死了人后，将尸体搬回了那里，然后纵火烧尸，想要伪装成火灾事故。"

王洁恍然大悟地说："师兄，难怪你让派出所的人将现场的楼梯也封起来，你当时就怀疑601室不是案发现场了吧？"

我笑着点了点头，示意继续解剖。

王洁拿起手术刀，沿着下颌处直线型划开死者的身体。直线术式切开法在法医解剖中非常常见，从下颌沿着人体正中线向下，划开皮肤及肌肉直到耻骨联合上缘，随后就是逐层分离，检查颈部肌肉，打开胸腔取出舌头、咽喉及气管。

我猜的没错，这个死者气管里也没有碳尘和灰烬，确实是死后焚尸。

检查完胸腔器官后，接下来依次是腹腔和盆腔器官的检查。王洁用手术钳小心地夹住尸体胃袋的幽门和贲门，这是为了防止取下胃袋的时候，里面的东西流出来。

"这姑娘死前吃得挺多的啊！"王洁一边将胃脏放在弯盘里，一边拿起手术剪，准备沿着胃大弯剪开胃袋。

我拿着手术钳夹住切口，将胃内情况展示给林霄拍照，随后将胃袋翻开，里面的食物一股脑流了出来，有虾肉、百叶、牛肉、金针菇、丸子等。从这些食物的消化程度来看，死者应该是吃完东西后两个小时左右死亡的。

"怎么胃里的东西这么杂？她最后一餐是不是逛小吃街去了？"

"也有可能是火锅或麻辣香锅。"王洁接过话茬，"是不是可以让权彬查一下死者手机支付软件的后台数据，看看有没有相关记录，这样就知道死者是在哪里吃的，然后就可以查监控一路追踪行动轨迹了。"

我刚要开口，林霄便泼起了凉水："你说的这些有个前提，必须是死者付的钱，但也有可能不是她付的。"

我朝林霄翻了一个白眼，然后说道："小洁说的这个方向很有价值，先等王宇那边的 DNA 结果吧。如果确定死者就是张梦婷，再查她的手机，还可以从她的人际圈入手，看昨晚这顿饭，有没有人跟她一起吃。"

话音刚落，我放在旁边桌子上的手机便响了起来，是王宇打来的。林霄看我还戴着手套，就主动帮我接了起来。

"我是林霄，他在解剖，你说吧，我开了免提。"

"林哥，和你说也一样。权彬送来的死者口腔拭子和牙刷的 DNA 检测结果出来了，口腔拭子检出的 DNA 分型是混合的，除了包含牙刷的 DNA 分型，还包含一名未知男性的。另外，我拿口腔拭子做了一下测试，发现死者嘴里有人血。"

"人血？会不会是死者自己的？"林霄小声嘟囔道。

"我这边没法分清人血来源。"王宇语气中透着无奈。

"王宇！"我对着手机大声说，"你加做位点，看能不能将男性分型拆分出来，还有用 Y 试剂扩增一下，然后用得到的结果去 DNA 库里比对一下，看能不能比中或者缩小范围。"

得到指示后，王宇急切地挂断了电话。

"一个姑娘要反抗将自己控制住的成年人，情急之下最有用的方法，就是用牙齿咬人。因此我判断，死者嘴里的人血，很有可能是凶手的。"我看着王洁说。

"师兄，既然死者身份已经确定，我们接下来去查她昨晚吃饭后的行动轨迹？"

"把刚才的信息告诉侦查，让他们去调查，我们有更重要的事要做。"

"你是说复勘现场？"林霄看着我问道。

"现场是要复勘的，不过在这之前，还有一件更重要的事。"

"什么？"

"饿了！我请客，吃烤肉！"

"不去!"林霄和王洁翻着白眼说道。

"好好好,不开玩笑了,吃碗面去,我真的饿了。"

一滴血

"小洁,复勘现场你别去了,先回局里把心血和胃内容物送理化检验,排除掉酒精和药物中毒。"

王洁用纸巾擦了擦嘴角的面汤,从包里拿出胃内容物等检材,然后开着车消失在了公路尽头。

半小时后,我和林霄坐着出租车,来到了案发小区,派出所的两位辅警还在楼梯间的入口处看守。

林霄跟两人打了招呼,让他们先回警车里吹吹空调休息一下,然后转头对我说:"老陆,我们先检查楼梯间吧。"

"你也觉得重点在这里?"

"如果凶手没用电梯搬运尸体,那楼梯间就是必经之路,肯定会留下蛛丝马迹。从1楼到6楼这么大的空间,都要仔细检查。"林霄说着抬头看了看,深吸了一口气,脸上浮现出不小的压力。

"背着一个100斤上下的女人往6楼走,中途难免要扶着点什么,楼梯扶手显然是最方便借力的位置,可以重点检查这个位置。"

林霄点了点头,从勘查箱里拿出光源,开始仔细检查楼梯扶手表面。我也拿起足迹灯,检查台阶上有没有可疑足迹和滴落汗液的斑迹。

楼梯间里光线昏暗,斑驳灰黑的墙面上留着岁月的痕迹。与很多类似的老旧小区的楼梯间不同的是,这里不管是台阶上还是扶手上,都没有什么灰尘,像是经常有人使用和打扫一样。灰尘是痕迹最好的遗留介质，这样一个干净的楼道，显然对我们相当不利。

从1楼到5楼，我和林霄几乎是地毯式搜查，可惜并没有任何收获。

"尸体的头是被打破了的，可楼梯间连一滴血都没有，你不觉得奇怪吗？"林霄在一旁嘟囔道。

"可能是凶手将尸体包得很严实。既然尸体没留下痕迹，还是要从凶手留下痕迹的角度入手查。"

5楼到6楼的楼梯扶手和台阶上，同样没有什么发现，我和林霄很快到了6楼的楼梯间出口。出口处有扇红色的门，很多处油漆都脱落了，露出灰色的金属底色。目测门高约2.1米，宽约0.9米，中上段还有个不大的玻璃窗。

如果凶手是通过楼梯间将尸体运回到601室，一定拧过门把手。林霄显然也意识到了这一点，他拿出光源，径直去检查门把手，随后又将门的上上下下仔细检查了一遍。

"这是什么？"林霄弯着腰，看着门板下段嘟囔道。

"什么？你看到了啥？"

林霄转身从包里拿出多波段光源，将颜色调成紫色，再次照向门中下段距离地面不到一米的地方："看起来像是斑迹，会不会是汗液？"

我顺着林霄指的地方看过去，在紫光的照射下，果然看到了与门颜色不同的斑迹。

"这个斑迹有点奇怪啊！"

"怎么说？"

"一般来说，汗液的斑迹都是滴落状的，但这个斑迹明显是一串连续性的，像是甩上去的，而且这颜色更像……"

"更像什么？"

我没有回答林霄，在他将斑迹拍照固定后，用棉签擦取了一些，然后将棉签塞到离心管内，再加入去离子水摇晃均匀后，插入抗人精检测试纸条。我猜得没错，这斑迹不是汗液，是精斑。

林霄有些傻眼："这里怎么会有精斑？难不成有人在楼道里发生性关系或者手淫？"

从楼梯间的情况来看，基本可以排除男女在这里发生关系的可能，也就是说，门上的精斑大概率是手淫留下的。正常成年男性射精的距离在20～60厘米，结合精斑在门上的高度和向下流柱状的形态可以判断，这个男人射精时离门相当近，但问题是，对方为什么会在这里手淫呢？

我仔细观察着这道门，透过门上的玻璃窗，可以看到一段两三米的走廊，走廊尽头就是张梦婷居住的601室，靠近门口的地方有一扇半人高的窗户，里面挂着一幅白色的卷拉式窗帘。

"老林，你还记得那个窗户是张梦婷家哪个房间的吗？"

林霄凑上来，朝我手指的方向看了一下："忘了，再进去看看不就行了？"说完便戴上手套，小心翼翼地拉开门，穿过走廊进入死者家里，确认完之后又回到了楼梯间。

"是浴室。"

我点了点头："刚才你去确认的时候，一开灯，整个身影都印在白色卷拉式窗帘上，我在这个位置看得清清楚楚。所以我推断，有人在这里偷看死者洗澡的时候手淫，将精液射在了门上。"

"你说这个人如果每天都等着看死者洗澡，那昨晚会不会看到凶手背尸体？"

林霄的话像打开了一个开关，目前掌握的所有信息，像电影一样在我的脑

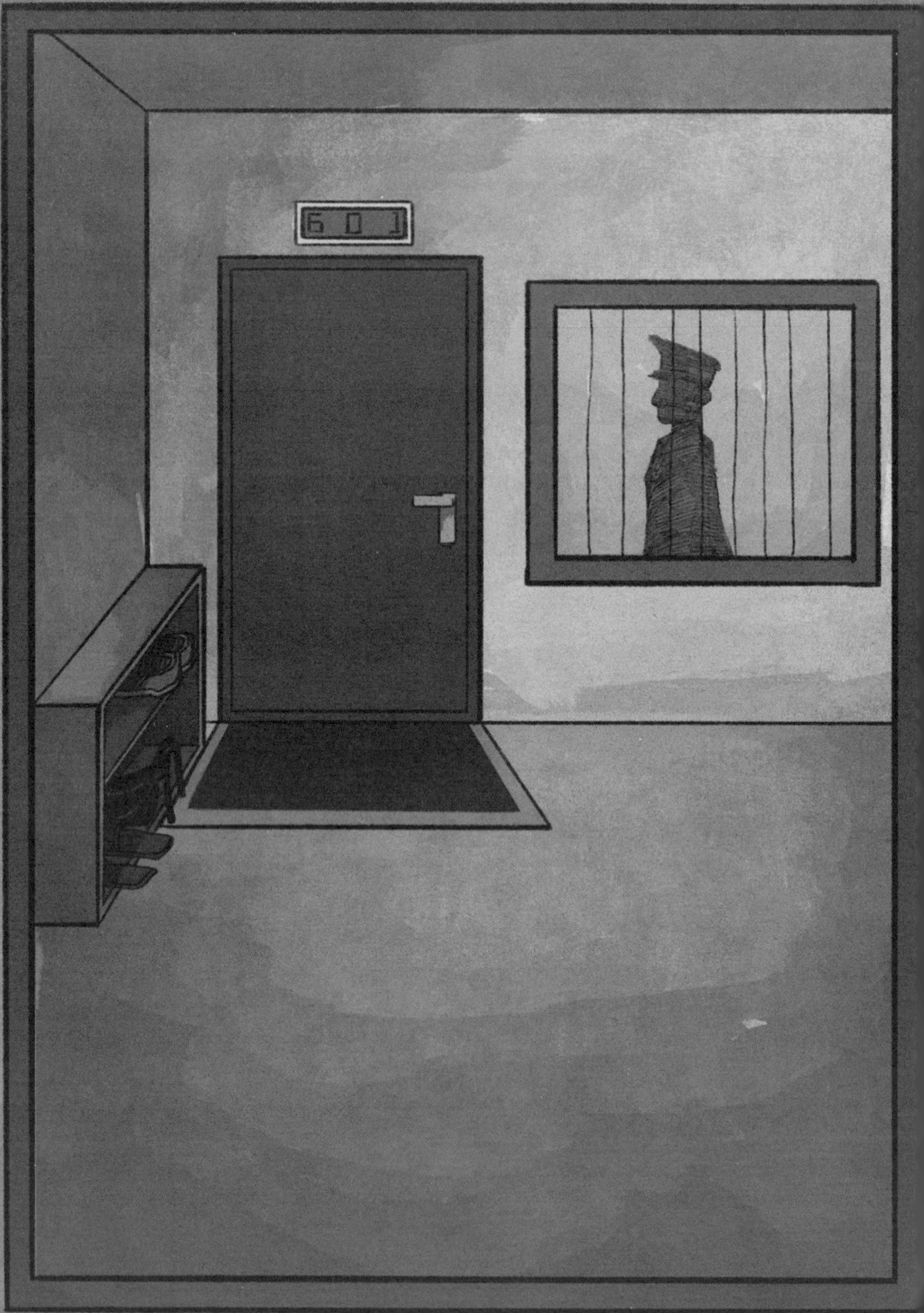
601

子里快速播放着。

"老林，也许我们从一开始就错了！"

"什么错了？"林霄不解地看着我。

"判断凶手的方向错了！"

"我们目前对凶手的刻画基本没有，何谈错误？"

我深吸一口气平复了一下情绪，在脑海中整理了一下思路，然后对林霄说："之前解剖尸体的时候，我说过死者的致命伤是颅脑损伤，对吧？"

林霄给了我一个肯定的眼神。

"另外，从颅骨骨折较轻微和分散这两点，结合火灾现场的空间特点，我推断凶手应该是在空间受限的地方杀死死者后，将尸体移回601室的，对吧？"

"对对对，你有话一起说，别磨磨叽叽的。"林霄有些不耐烦了。

"凶手移动尸体不可能用电梯，第一有监控，第二很容易撞见人，所以我们判断最大的可能是，他是从楼梯间将尸体背上来的。但是……"

"我们在1楼到6楼的楼梯间，没有发现一点痕迹，你是想说这个吧？"

"对，一点痕迹都没有还是不太正常，这么热的天，哪个人不掉一滴汗？何况背着一具尸体。所以我觉得，也许凶手不是从楼下将尸体背回601的，而是在这栋楼里的某个地方杀了人。我感觉偷窥死者洗澡的人嫌疑很大，他长期觊觎死者的美貌，一时没忍住想要侵犯死者，失手杀死了她，然后将尸体背回601制造火灾现场。我知道这种猜想有些异想天开，但不是完全没可能。总之这个偷窥者很重要，要是能找到他，肯定能有收获。"

"那就先取精斑回去送检DNA？但如果这个人没有前科的话，库里没有分型是比不中的。"

"如果比不中，到时候就先从这栋楼的男性住户开始排查。我有种感觉，这个人就住在这栋楼里，而且对案子很重要。"

林霄看了看我，又隔着玻璃望了望601变形的大门，感觉像是在看一个迷宫的入口。

"老陆，不管凶手是从哪里将尸体移到601，既然他要布置火灾现场，肯定会留下痕迹，我们还是要去601仔细找突破口。虽然大火将现场破坏得很严重，而且后来救灾时候还有二次破坏，不过死马当活马医吧！"

因为天气炎热，客厅地上的水蒸发了不少，不过整体上还是一片狼藉。我和林霄以沙发为中心，展开辐射状勘查，检查了两三遍，也没发现任何有用的线索，林霄在旁边长叹了一口气。

"别泄气，说不定侦查那边从死者的人际关系入手，能查出有明显作案动机的人。"我试图用这些话安慰林霄，但自己都觉得苍白无力。我很清楚，就算侦查能锁定嫌疑人，没有证据也是白搭，更何况第一现场在哪里，目前还没有任何线索。

林霄没说什么，晃悠着进了南边的卧室。我还站在原地，想象着凶手将尸体背进大门后可能会有的动作，试图找到一点蛛丝马迹。

没过一会儿，卧室里传来林霄的声音："陆玩，快进来。"

"发现什么了吗？"我边问边快步走进卧室，看到林霄蹲在卧室与阳台玻璃门的连接处。

见我走了过去，他指着地上一块斑迹说道："你看这像不像血迹？"

那是一个钱币大小的暗红色斑点，边缘存在明显的毛刺状突起，说明是从一定的高度坠落下来形成的。

"老林，你先拍照固定，我去拿人血红蛋白试纸。"

林霄放好比例尺，给斑点拍了照，我用干净棉签蘸了一些去离子水，在斑点上擦了几下后,将棉签头剪进离心管,加入去离子水,再伸入人血红蛋白试纸,然后静静等着显样窗口的显示。

"阳性,是人血!"我和林霄对视了一眼,"带回去让王宇做DNA吧,看是不是死者的。"

"我觉得有很大可能是死者的血迹,毕竟她头上的伤很重,出血也较多。"

"我同意你的看法,但有个问题,凶手为啥背着尸体跑卧室转一圈?"

"他是不是打算在床上烧尸体?"林霄猜测道。

"那为什么最后又决定在沙发上烧呢?床上都是床垫被褥之类的易燃物,放起火来更容易。"

林霄没吱声,陷入了沉思,我则在卧室和客厅之间来回穿梭,对比着这两个空间的区别。这套房子里,客厅的面积是最大的,东边有个大窗户,从这里可以看到对面中学的操场。卧室要比客厅小很多,除了一张床、一个床头柜和一个衣柜,再没有其他家具。卧室南边有个小阳台,站在阳台上可以看到对面楼的住户。

转了几圈还是毫无头绪,我站在客厅的窗户前,想整理一下思路。窗玻璃被前来救火的消防员打碎了,时不时有风吹进来,稍稍缓解了我心头的焦躁。

"陆玩,你小心点,玻璃碎了窗户也不结实,窗口风大,别被吹下去了。"林霄在身后提醒道。

"这点风算啥……等等……风!"我心中突然浮现出一个想法,连忙又来回对比了卧室和客厅,然后有些激动地对林霄说,"我知道凶手为什么不在卧室烧尸体了!"

"说来听听。"

"我先问个问题,你觉得凶手为什么烧尸体?"

"肯定是想将凶杀案伪装成火灾意外。"

"这样的话,凶手应该是希望火烧得越大越好,不管是从范围上还是程度上来说,都尽量严重对吧?"

林霄点了点头。

"那回到刚才的问题,凶手为什么不在卧室烧尸体,而是在客厅呢?"

"你直接说你的推论,别磨磨叽叽的可以吗?"林霄明显已经不耐烦了。

"你看两个房间的窗外有什么不同?"我还是自顾自地发问。

林霄走到卧室看了一眼,又回到客厅,用恍然大悟的表情说:"客厅外是操场,而卧室外是另一栋楼,在卧室烧容易被对面楼上的人看见,你是这个意思吧?"

我摇了摇头:"你没说到关键点上,真正的原因是风。"

"风?"林霄一脸茫然地看着我。

"对。这个季节经常刮东风,凶手点火后打开客厅的窗子,由于对面没有遮挡物,风能直接吹进来,在较短的时间内让火势迅速扩大。而且在风的作用下,燃烧的烟尘也不容易飘出去,楼外的人也就不容易看见。但如果在卧室放火,不光没有风的助燃,屋里的化纤制品也会产生很多浓烟,而浓烟会吸引对面楼上人的注意。"

听完我的解释,林霄想了一会儿,没有提出反对意见,而是接着说:"如果你的推断没错,凶手应该对房子的构造非常了解,我合理怀疑,那个偷窥男的嫌疑非常大!"

"咱俩再仔细检查一下房间,然后尽快把精斑送去给王宇。如果精斑和死者口中的男性 DNA 都来源于一个人,就加强了偷窥男是凶手的可能性。确定了凶手后,顺藤摸瓜就能找到第一现场了,顺利的话,杀人证据在那里一定可以找到。"我有些兴奋,但回头看林霄依然愁眉不展。

"你别想得太好了，如果口内血迹和精斑不是同一个人，接下来的调查方向也就没了。"

我刚想开口吐槽，手机响了起来，是王宇打来的。

"你的电话来得正是时候，我们在现场发现了可疑精斑和血迹，待会儿送过去，你加急做一下。"

"没问题的陆哥！我正想跟你汇报，死者阴道内外拭子，我这边都没检出精液成分。"

"知道了，我们很快就回去，要辛苦你一下了。"

"职责所在！"

我和林霄又仔细检查了一遍房间，没有更多发现，于是收拾了下勘查设备，打车回局里。在出租车上，林霄忍不住低声问道："卧室里那滴血如果是死者的，你不觉得奇怪吗？"

"奇怪什么？"

"死者头部伤得那么重，如果血是从尸体上流下来的，怎么会只有一滴？"

"也许刚滴了一滴，凶手就发现并将头部捂住了。"我猜测道。

"不对！如果凶手发现了，一定会把地面上的那滴血也擦掉。"

林霄说得没错，可如果血不是从尸体上滴下来的，那会是从哪里来的呢？我靠在车门上，闭着眼想了一会儿，突然意识到了另一个可能性。

"老林，死者口腔里有血，王宇还从中检测出了男人的DNA。之前我们不是推测，凶手可能被死者咬伤了？那这滴血会不会是凶手搬动尸体的时候，震裂了伤口，从凶手身上滴下来的？"

林霄想了一下说道："如果是这样，你觉得他最有可能哪里受伤？"

"手或者胳膊。凶手在实施侵害的时候，前臂和手是最容易被抓住和下嘴的地方。"

"我想不到反驳的理由,目前暂时先这样吧,等王宇检验结果出来了再说。"

回到局里,我第一时间将检材给了王宇,接下来就只能等待结果了。林霄看我在那里闲坐着,就拉上我,去侦查那里打听情况。我们这边没什么实质性的进展,我本来不太想去,但因为这个案子是老钟在负责,主要干活的是肖良,两个人我都很熟,所以没那么多不自在。

我和林霄刚到大队会议室,刚好肖良也走了进来。

"肖良,你来得正好,我们刚去复勘完现场,想了解一下你们那边的情况。"林霄说道。

"我们刚去了死者的公司,跟她同事了解了一下情况。"肖良从包里拿出一本工作笔记,接着说道,"死者张梦婷就职于一家名为'灵动数据'的网络公司,职位是平面设计师。我们询问了和她关系比较好的同事,没人知道张梦婷和谁有过节。"

"死者最后一餐在哪里吃的,和谁一起,这个查到了吗?"我有些着急地问。

"查到了。死者的同事李秀娟说,昨晚下班后,她和死者一起去步行街的庆庄火锅店吃火锅。但吃了一半,张梦婷接了个电话就走了,之后就再没联系到她。"

"这个李秀娟知不知道电话是谁打来的?有没有听到通话的内容?"

"这个我也问了,李秀娟不知道打电话的是谁,只说张梦婷接到电话后显得很不耐烦,对着电话说了一句'最后一次,不要再来烦我',就挂断了,然后跟她说家里有事,就先走了。"

"有没有对死者之后的行动轨迹进行追踪?"林霄紧接着问道。

肖良点了点头："死者从火锅店出来后，拦了辆出租车。由于路面监控不完善，出租车跟丢了，目前正在找这辆车的司机，我们这边的情况就这些了。"肖良说着合上笔记本。

回到办公室后，林霄说在 DNA 结果出来之前要休息一会，我却一点困意都没有，脑海中一直在想刚刚肖良同步的信息。假如李秀娟的话可信，张梦婷跟电话里的人应该有冲突，而且也是去见这个人后失踪的。那么电话里的人到底是谁？看来要通过通信公司，查死者的通话记录才能知道了，不过估计肖良他们已经在查了。

惯犯

不知什么时候，我靠在椅子上睡着了，迷迷糊糊中，似乎听到有人在叫我。我睁开眼睛，看到了王宇的脸。

"嗯……怎么了？"我用力舒展了一下身体，感觉有些渴，于是伸手在桌子上摸索着水杯。

"DNA 结果出来了，精斑比中了一个人！"

"比中了什么人？"我瞬间清醒了。

"叫刘金海，45 岁，这家伙已经两次因为强奸未遂和猥亵，被公安机关处理过了，是个惯犯。我刚才通过综合信息查询系统查到，刘金海就住在张梦婷的楼上，704 室。"

"提回来的那滴血呢？是死者的吗？"

"是的。"

"好，辛苦了，你去休息吧！"

王宇带来的消息，顿时扫清了我身上的疲惫。我快步走到楼上值班室，刚推开门就听见林霄风箱一样的呼噜声。

"老林，快醒醒！"

"怎么了？"林霄从酣睡中醒来，眯着眼睛看着我，像台被强制开机、系统还没反应过来的旧电脑。

"精斑的主人找到了，有强奸未遂和猥亵前科，我们现在去接触一下。"

我话音刚落，林霄便一骨碌从床上坐起来，开始麻利地穿衣服。真佩服这货，睡个午觉还脱得精光，脱下来的衣服叠得整整齐齐，真是不嫌累。我都忘了上次在床上睡午觉是哪年的事了，公安工作这么多年，让我练就了一个超能力，困极了哪里都可以打盹。

"对了，那滴血怎么样？"林霄边穿衣服边问。

"血是死者的。"

"死者的？就一滴？奇怪了。"

林霄砸门的声音充斥着整个楼道和连廊。其实704的门上有一个门铃，上面还挂了一个醒目的中国结，明显这户的主人希望来访的人可以按门铃。但我故意让林霄使劲砸门，想要激怒他，人在情绪激动的时候更容易露出破绽，方便我们观察。

"他妈的！谁啊！报丧啊！这样敲门……"

大门被打开，一个光着上半身的中年男人站在门后，一手拉着门把手，一手攥着筷子，半张的嘴巴里含着没有咽下去的食物，嘴角的菜汤闪烁着油光。他瞪着眼睛，明显是要发怒，但看见我和林霄身上的警服后，硬生生将要出口的脏话混着食物咽了下去。

"刘金海？"我用异常平静的口吻问道，同时看向男人拿着筷子的右手，并没有什么伤痕，他左手在门后，一时无法确认。

男人缓慢地点了下头："两位警官找我是……因为楼下的事吗？"他的语气听起来很冷静，眼神里却透着不安，上身转向房间的方向，双腿定在原地，形成了一个别扭的姿势。

"对的，楼下601着火的事，想找你了解一点情况，可以进去说吗？"我想推开大门，但明显感觉到一股阻力，我看了看刘金海说，"怎么，不想让我们进去吗？"

"没有，请进请进。"刘金海说着，身体向后撤了一下，将门开得更大了一些。他的左手从门后露出来的一刹那，我的心脏一下子收紧了。只见刘金海的左手上缠着厚厚的纱布和绷带，只是手法看上去非常业余。

"你的手怎么了？"

"受了点小伤，不妨事！"刘金海慌忙地解释道，然后带我们进了客厅。

客厅不是一般的脏乱，沙发上到处堆着衣服，茶几上散乱地放着饮料瓶、一次性餐盒、零食空袋和垃圾，烟灰缸中也被烟头、烟灰和果皮塞得满满的。

刘金海将沙发上的衣服往一边推了推，一脸尴尬地请我们坐下。林霄摆了摆手，直截了当地问道："刘金海，你怎么知道我们来找你是为了楼下的事？"

"消防员救完火，你们警察来了之后，就把6楼那半截和楼梯间封了，事情肯定不简单。"

"你这么清楚，看来你经常去楼梯间吧？"

刘金海连忙否认，吓得嘴皮子都有些不利索了。

"昨天下午五点之后，你都在干什么？"我继续问道。

"在家喝了点酒就直接睡觉了，我是开网约车的，工作时间比较灵活。"

"你是真睡了，还是有什么事不想说啊？"

刘金海情绪激动起来："真睡了，哪儿都没去！"

我将视线转移到刘金海的左手上："你这样包扎会感染的，把纱布摘下来我看看，严重的话，我们一会儿开警车送你去医院。"

刘金海一边说不用，一边将手背到了身体后面。

"给我看一下！"我的语气变成了命令，但面前的男人依然缩着身子。

"刘金海，你来一下！"林霄不知道什么时候跑到了卧室。刘金海瞬间从沙发上弹了起来，快步走了进去，我也紧跟其后。

只见林霄指着满床的女士内裤，盯着刘金海："说说吧，这都是哪来的？"

刘金海脸色煞白，哆嗦着说："我……我买……给充气娃娃穿的。"

"充气娃娃？"林霄指着其中一条内裤裆部的分泌物斑迹说，"胡说！你家娃娃会有这些东西？老实交代，你从哪里顺过来的？"

刘金海看瞒不过去，只能吞吞吐吐地说："有偷……偷的，也有买的，网上有人卖女人穿过的内衣物。太多了，我也说不清楚哪些是偷的了。"

"除了偷内裤，还有没有做别的？"我大声质问道。

"没有了，真的没再做什么出格的事。"

"既然这样，把手上的纱布拆了我看看。"

见我这么坚持，刘金海不情不愿地将纱布拆了下来。纱布下的手背肿得像一块刚出炉的面包，有的地方还有些发紫，但整体上皮肤是完好的。我用手轻轻一碰，他就疼得吱哇乱叫。

林霄在身后轻轻戳了戳我，看了下刘金海的左手，又看向我，显然他也觉得这家伙的手没被咬伤。

"刘金海，你老实交代，有没有去六楼楼梯间的门后偷窥过张梦婷？"林霄急切地想得到更多线索。

"你……你们不要乱说！我没有去……过，偷窥什么的……"刘金海紧张得结巴起来，扫了眼林霄，又连忙瞥到一旁。

"你真的觉得我们什么都没掌握，就贸然来找你吗？你在楼梯间看得很过瘾吧？然后就见色起意，杀人灭口。"林霄趁着刘金海精神紧张，继续加大了火力攻击。

"我没有杀人，你不要胡说！哎呀，我就在楼梯间偷看过几次她洗澡，只是隔着玻璃看了个人影，别的什么都没有做。她的死真的跟我没关系！"刘金海情绪激动地解释道。

"昨晚你看到张梦婷洗澡了吗？"我问道。

"没有。"

"是没去看，还是去了没看到？"

"去了没看到。她洗澡一般很准时的，但昨晚我等了很长时间都没等到她，她应该没在家。"

"你怎么这么确定？"

"她回家会换上门口鞋架上的拖鞋，我昨晚去了几趟，看到拖鞋一直在鞋架上。"

"张梦婷家昨晚还有什么反常情况吗？"

"没有了！我的手好疼啊，能不能现在带我去医院？"刘金海用近似乞求的语气问道。

"话说，你这手到底怎么受的伤？"林霄不耐烦地问道。

刘金海有些讪讪地说："就是昨晚去楼梯间不小心摔倒了，手杵到地上就伤了……对了，我想起来了！昨晚我在楼梯间等张梦婷的时候，好像有个人从楼下上来，我一害怕准备逃跑才摔倒的。"

"什么人，你看清楚他的长相了吗？"

"没有，那个人没有脸！"

"你在胡说什么？"虽然嘴上训斥着刘金海，但从他惊恐的表情可以看出，他大概率没有说谎。无脸男之类离谱的传说，我是从来不信的。楼道里的照明效果不是很好，如果这个人戴着特殊的面具或者头套，从一定角度看过去，也可能会看错。

"这个人穿的衣服你还记得吗？"

刘金海想了一下，说道："好像是一件深色的夹克，我没看太清楚。"

"他没再往上走？"

"没有。"

"大晚上的戴个面具遮住脸，从楼梯间走上来，到6楼就消失了，又没有被电梯摄像头拍到，那只有一个可能性，他去了601室。"林霄看着我说道。

"这个无脸男是一个人吗？有没有扛什么东西？"我转头问刘金海。

"没有，他一个人，什么都没带。"

"他有没有看到你？"

"应该没有，我听见脚步声的时候，就慌里慌张开始往7楼走，之后从7楼的楼梯边缘往下看了一眼，发现他没有五官，这才吓得往回跑。他肯定没有看到我，但应该听到了我跑上楼的声音。"刘金海说到这里深吸了一口气，显然还心有余悸。

"陆玩，你来一下。"

我跟着林霄走到了卧室外面，他凑到我耳边低声问道："你觉得他可以排除嫌疑吗？"

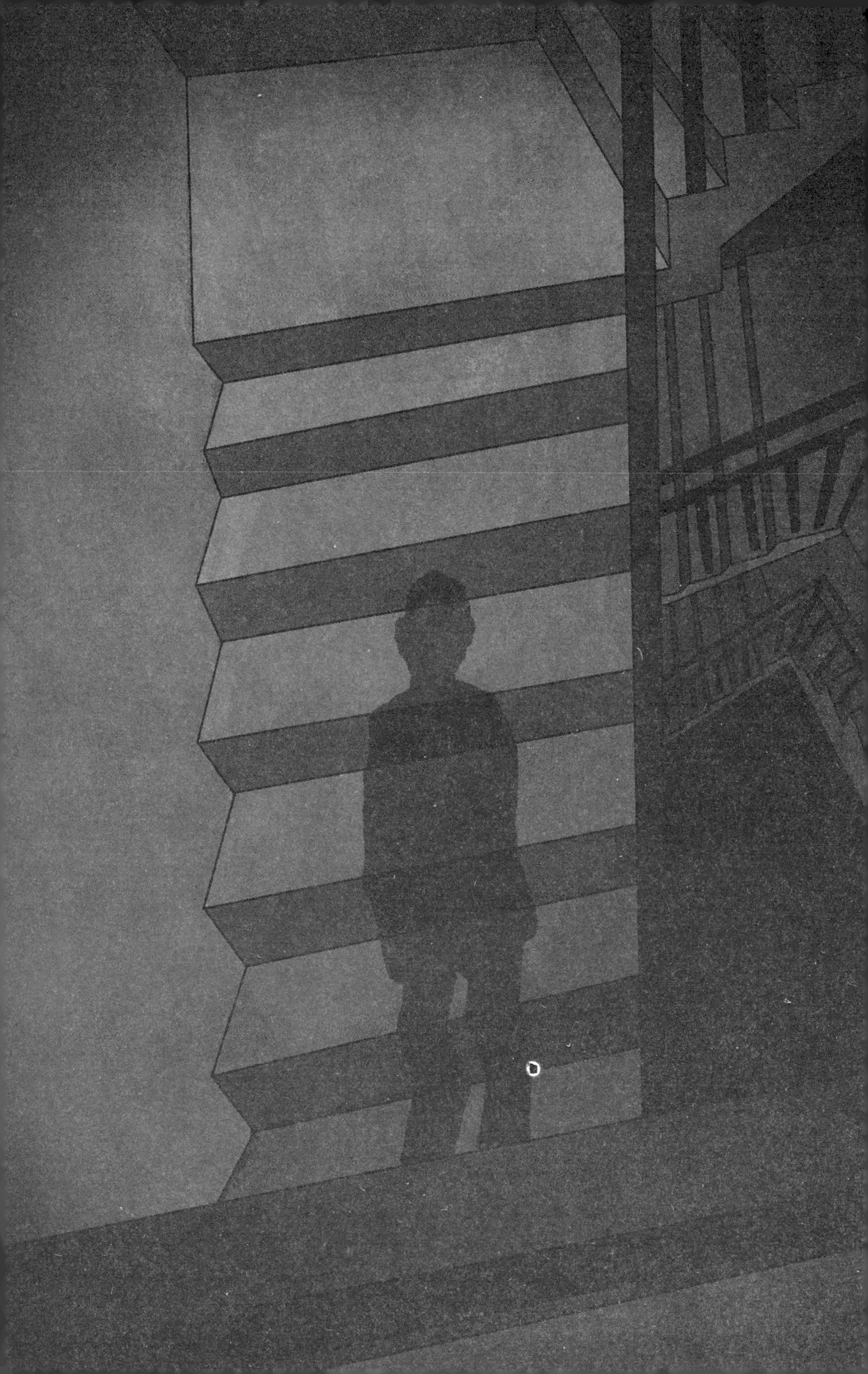

"你觉得呢？"我反问道。

"看他被吓成那个样子，欺负女生我相信，杀人放火不太像。另外，我刚才仔细地检查了一下房间，并没有搏斗痕迹，而且与你推测的第一现场也不相符。"

我点了点头："刘金海的屋子和601的结构一样，都不会是打死人的第一现场。"

"如果刘金海没有撒谎，那个无脸男很可能就是凶手了，不过……"林霄欲言又止，转头看了看卧室内忙着收内裤的刘金海，压低了声音说，"这个无脸男如果没有背尸体上楼，他是怎么把尸体弄到601的呢？还有他不背尸体，自己上楼做什么？"

"这也是我现在疑惑的地方，不过有一点可以确定，凶手很了解小区和这栋房子的情况，可能在这里住过。会不会……"

"你是想说，凶手会不会是张梦婷的恋人？"见我点头，林霄转身回到卧室，问刘金海，"张梦婷有没有同居的对象？"

刘金海思索了一会，摇了摇头。

"仔细想想，你偷窥她这么久，不可能不知道。"

"警官，我也是上个月在电梯里无意中看到她，才知道楼下住了一个这么漂亮的姑娘。那小蛮腰细溜的，那大长腿又白又直，那小脸蛋一掐都出水，小鼻子小嘴大眼睛水汪汪的，看着心里就……"

"闭嘴！看你那猥琐的样子！"林霄一声怒斥打断了刘金海的幻想，把我也吓了一跳。

"对了，你偷回来的内衣裤里，有没有张梦婷的？"我看着眼前的男人问道。

"有是有，不过不是偷的，是我捡到的。"

"放屁！谁会把这东西丢了让你捡到。"林霄边说边翻白眼。

"真的，她来完月经，沾了血的内裤洗不干净，就直接丢到垃圾桶，我就去找回来。"

林霄明显有点受不了，满脸不加掩饰的厌恶表情。

"除了内裤，她还扔过什么？有没有烟头或者其他男人用过的东西？"

刘金海的表情瞬间亮了起来："你这么说我突然想起来，有一次她丢了一大包男人的衣物出来，看着都是值钱货，里面还有个皮带，我看着很新就拿回来了。"说完，他开始在一堆凌乱的衣服里翻找，不一会儿抽出一条皮带递了过来。

"这皮带你用过了吗？"

林金海点了点头："这东西一看就是值钱货，原本想着拿回来卖钱，但没人收，我就自己用了。"

刘金海的话让我们有些失望，这皮带他用过，那估计也做不出别人的DNA了。不过，问出这个信息也算没白来一趟。如果刘金海的话可信，这个皮带的主人肯定和死者一起生活过，而且就在601室。

"老林，我们去把这个信息反馈给肖良他们，让他们全力调查出皮带的主人。"

"你说这个皮带的主人，会不会就是死者吃火锅时，打电话把她叫走的人？"

"怎么说？"

"根据肖良之前的调查，张梦婷在吃火锅的时候本来很开心，但接到电话后很不耐烦。所以我推测，两个人应该是闹了矛盾或是分了手，张梦婷才会把男人的衣物丢掉。之后男人想复合未果，怀恨在心，于是找了个借口，把张梦婷骗到某个地方杀了。"

"这样解释感觉有些牵强。"

"我知道，所以只是猜测。"林霄说完，无奈地摇了摇头。

跟刘金海又聊了十几分钟，没问出其他跟案件相关的信息，我和林霄准备离开。不知道为什么，刘金海突然说什么也不愿搭我们的车去医院看手，看他如此坚持，我和林霄就没和他多纠缠。

肖良趴在办公室的桌子上打着瞌睡，旁边的烟灰缸里烟头插得满满当当。回来的路上，我给他打了个电话，让他在局里等着。也就半小时不到，这家伙居然趴桌上就睡着了，还鼾声大作，看来是真困了。

"肖良！小肖！"林霄一句比一句叫得响，但肖良却毫无反应。

"呦！王洁，你怎么来了？找我……"话音还没落，肖良一下子从椅子上坐了起来，撑着惺忪的睡眼，越过我和林霄向办公室的门口望去。

"你看我师妹魅力多大，光名字都让人精神抖擞。"我忍不住调侃道。

肖良红着脸，揉了揉眼睛说："陆哥，你就别笑话我了。让我在这里等你们有啥事？"

"给死者打电话的人，查到了吗？"林霄抢过话头问道。

"还没有。我们去通信公司调取了死者的通话记录，发现对方是用春和公园附近的公用电话打过来的，目前正在筛查路面监控。"

"你们去现场看过了吗？是要插卡的那种电话吗？"林霄问道。

"看过了，是要插卡的，但现在都不知道去哪里买那种电话IC卡了。"

"用这么麻烦的方式联系张梦婷，看来这个人嫌疑很大。"林霄脸上浮现出笃定的表情。

"我们发现张梦婷应该是有过一个同居的异性，但不知道什么原因，两个人关系破裂了。接下来你重点查一下死者的异性关系。"我转头对肖良说道。

"这个我之前查过，她身边的人都表示张梦婷没有男朋友，至于是不是谁的情人，这个比较私密，目前也不清楚。"

"开房记录、购票记录之类的，都看了吗？如果是恋人，可能一起出游之类的。"

"陆哥，你说的我都查了，没有有用的信息。"肖良露出无奈的表情。

"那个打电话的人嫌疑很大，不知道跟与张梦婷同居的人是什么关系，但是肯定能从这两人身上得到重要的线索。肖良，你要想办法调查出这两个人。"林霄继续交代道。

肖良接到指令，拿着公文包离开了办公室。

楼梯里的无脸男、死者的同居异性、掩饰行踪的电话男，这三个到底是不是同一人？如果不是，那彼此之间是什么关系？又和死者什么关系？凶手怎么将尸体移回死者住所？杀人的第一现场在哪里？随着调查深入，不仅最初的问题没有得到解决，反而涌现出越来越多的疑团。

"现在怎么下手？"林霄在我肩膀上用力一拍。

"有个事，我们两个必须搞清楚。"

"你是想说，凶手怎么将尸体运回去的，对吧？"

"是的，现场勘查过了，但是问题没有解决。我记得之前你跟我说过，凡是有行为存在，一定有痕迹产生，现场一定有什么痕迹被我们忽略了。"

林霄点了点头："有点饿了，先吃饭吧，吃完饭再去现场。"

正值饭点，食堂里打饭的队伍已经从窗口排到了门口，桌子也基本上被占满了。正当我和林霄犹豫着要不要出去吃的时候，权彬拿着托盘走了过来，上面放着的三菜一汤，成功地勾起了我的食欲。

"阿彬，帮忙占个位置，我们一会儿就来。"

排了十多分钟，我和林霄总算打到饭，找到权彬坐了下来。

"真服了，现在局里这么多人吃饭，也不多加一些座位，打饭排队，吃饭抢位。"我无奈地抱怨道，但眼前的两个人只顾埋头狼吞虎咽，根本没听见我的话。

"你们俩慢一点，我又不抢，真是的！对了阿彬，一会儿和我们一起去现场。"

权彬一边咀嚼食物，一边含糊不清地说道："没问题陆哥，你们出发的时候叫我一下就行。"

血手套

再次来到案发现场的时候，夜幕已经降临。林霄开着警车进了小区，绕了两圈，硬是没找到停车位，最后在保安的协助下，才找到了临时停车的地方。

下车后，权彬去找物业的人协助查监控，看火灾前有没有非本小区业主的车进出。我和林霄往死者居住的那栋楼走去。

由于小区十分老旧，只有几盏昏黄的路灯，再加上植被茂密，整个照明特别差，不说伸手不见五指，也是基本没有能见度了。

"好黑啊！路灯不亮也就算了，怎么连月亮也没有啊！"我边走边抱怨，同时打开了携带的手电筒。

"这几天是月初，月亮本来就小，云再遮上，还有什么光亮？"

"还真是月黑风高夜，杀人放火天啊！林捕头，你也要当心啊！"我调侃道。

"管好你自己吧！我一身正气，啥也不怕，再说……"林霄话说到一半，突然发出一声惨叫，手在脸上一阵乱抓，然后低头开始干呕，把我吓了一跳。

"你这是咋了？"

"吊死鬼，一个没注意，被我吸到嘴里了。"

"一个虫子怕啥，就当补充蛋白了！"看他狼狈的样子，我忍不住幸灾乐祸。吊死鬼学名叫尺蠖，是一种蛾子的幼虫，平常待在树上，一旦受惊就会吐丝，把自己悬在空中躲避危险，也用这种方式落在其他物体上脱离树枝。不过这只虫子很不幸，落在了林霄嘴里。

到了现场楼下，我低着头往楼梯间走，被身后的林霄叫住："先别急，上去之前我们好好研究一下。"

"研究啥？你有啥想法？"

"着火的601，应该就是在那里吧。"林霄抬手指着6楼的一处阳台说道。

"是的，就是那家。"

"我们白天来复勘现场的时候，已经找得很仔细了，楼道里没有发现任何搬运尸体的痕迹。所以我在想，有没有可能凶手根本不是通过楼梯移动的尸体？"林霄托着下巴，看着601的窗户说道。

"不是通过楼梯，也不是通过电梯，那尸体怎么去的6楼？自己跳上去的？"

林霄没理会我的吐槽，继续说道："我在想，我们先入为主地认为，尸体是从楼下搬上去的，这样的推论会不会有点局限了？刚才被吊死鬼虫子吓了一跳后，我突然意识到一件事，距离601直线最近的地方，是楼顶，凶手会不会像那个虫子一样，用一根绳子从楼顶将尸体放在了601的阳台？"林霄说完后直勾勾地盯着我，那表情，很显然是想得到我的肯定。

见我半天没反应，林霄接着说："这两天没有月光，小区的照明形同虚设，再加上院子里的植被又这么茂密，你抬头看看，如果真的从房顶顺一个尸体下来，再用不反光的黑布包好,别说路上的人,就是对面楼的住户也不一定看得见。如果凶手选择在深更半夜的时候搬尸体,就更容易完成了。"

我抬头看了一眼黑黢黢的墙,确实,在这样的环境中,林霄推测的这种方式是完全行得通的。

"老林,不错啊,吃个虫子变聪明了。"我调侃道。

"但问题是,凶手这样做的动机是什么?从楼梯间将尸体扛到6楼不是更方便吗?为啥还要特意运到楼顶?"

"可能这样对凶手来说风险更小?即便搬运的过程中留下什么痕迹,也不容易被我们发现。"

林霄低头想了一会儿,然后说道:"姑且这样认为吧,我先去物业问一下,看怎么上到楼顶。"说完他提上箱子,扭头朝物业办公室走去,我则带着装备,围着这幢楼转了起来。

楼不大,只有两个单元,每个单元门的旁边是后期加装上去的电梯井。这时,一个想法突然在脑海中浮现出来:凶手有没有可能从另一个单元的楼梯间上到楼顶?想到这里,我毫不犹豫地冲到了旁边单元的门口。

推开楼梯间门的瞬间,眼前的一切将我刚才的想法击得粉碎。这个楼梯间里全是灰尘,扶手、地面和墙面上没有一个新鲜的痕迹。越往上走我越失望,从三楼开始,楼梯间里就堆满了杂物,只留下一条很窄的通道,一个人勉强可以上下,但如果再背一个人,就会很难通行,也不可能不留下痕迹。走到顶层后,我彻底绝望了,通往楼顶的门被锁上了,锁的表面也覆盖着厚厚的灰尘。

这时,手机铃声打断了我的思绪。接起电话,林霄的声音从听筒里传了出来:"你跑哪里去了?"

"我在隔壁单元的楼梯间,看看这里能不能上楼顶。"

"别费劲了，我刚问过物业，他们怕业主跑到楼顶晒衣服发生意外，所以把通往楼顶所有的门都锁上了。"

"那还有别的方式能上去吗？"

"有的，不过……你先下来，我带你看个地方。"林霄说完就挂了电话，我赶忙顺着楼梯间往下走。

我跟着林霄，穿过楼旁边的绿化带，来到了楼的北侧。这边都是灌木，还有几棵大树，将整个墙面的下半部分挡得严严实实，树下满是落叶，看来小区的居民平时也不会来这个地方。

"物业的保安说，盖这栋楼的时候，在这面墙上用"门"字形钢筋插入墙体，做了爬梯。我刚才从远处大概看了一下，如果一个人上去还可以做到，背个尸体可能就麻烦了。"

"过去看看再说。"

我们俩来到钢筋爬梯下面，抬头一看傻眼了，离地面最近的那级爬梯，也有三米以上。

"凶手应该不是从这里上去的吧。"我嘟囔道。

林霄没理我，戴上手套，从包里拿出功率更大的足迹灯，以爬梯正下方的地面为中心，辐射状开始搜索。

"陆玩，帮我把足迹比例尺和照相机拿来，有发现。"

林霄将落叶和杂草小心拨开，几个比较明显的足迹露了出来，但因为是隔着落叶踩的，没有留下鞋底的花纹和磨损痕迹。

林霄测量了足迹的长度和深度，用相机拍照固定后说道："人的身高大约是足迹长度的7倍，从这个足迹推测，这个人应该是和我差不多高的成年男性，

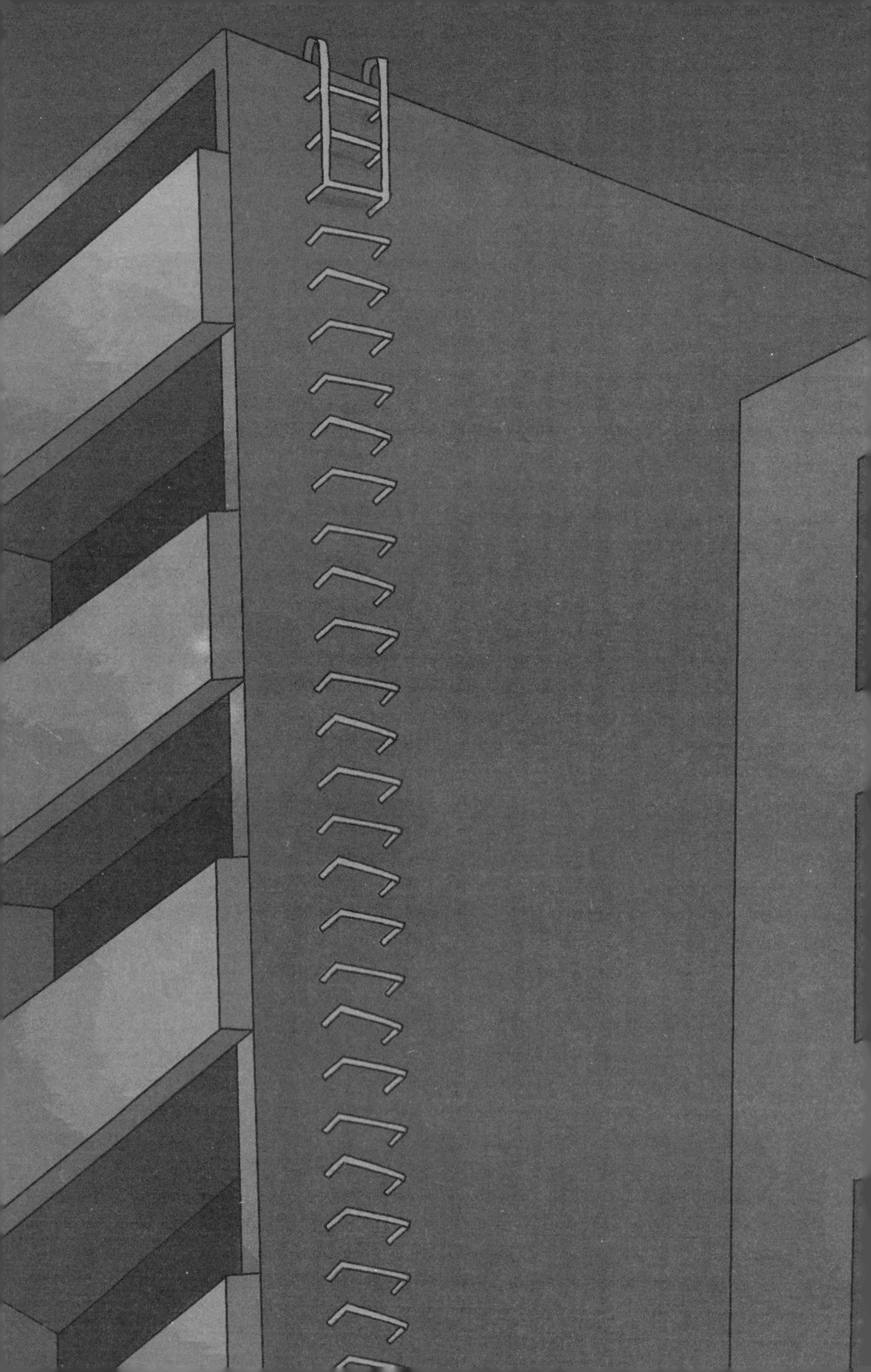

穿的应该是皮鞋。不过,有个问题。"林霄指着旁边的足迹接着说,"跟我的足迹相比,这个足迹有将近 1.7 倍深,并且边缘非常饱满,说明这个人的体重很重,要比我重一百多斤。"

"但 250 多斤的人并不常见。"我已经大概猜到林霄要说什么了。

"对,所以更大的可能性是,这个人背了一个人。"

"那他就是从这里上去的!"我有些激动地说。

林霄摇了摇头:"可是这么高的地方,没有垫脚的东西,他怎么够到那个爬梯的?"

"如果他随身带有可以垫脚的东西呢?"

"这个东西要能承受两个人的重量,首先本身就要有一定的质量。再说,这东西放在这种泥土地上,怎么会没有压痕?"

"我有一个想法。"

"啥?"

"在松软的地上留下压痕和足迹的原因,不是质量的大小,而是压强。如果垫脚的东西和地面接触的面积大,接触面质地软,就算它有一定的质量,也不一定会在地面上留下压痕。"

"所以呢?凶手用什么垫脚够到的爬梯?"

"他用尸体。"

听我说完,林霄一阵沉默,我能从中感受到他的不解和质疑,于是接着说:"我大胆猜测一下,凶手将尸体呈靠墙坐姿放下,尸体上身的高度,加上凶手身高,再加上凶手伸直手臂的长度,差不多可以够到爬梯了。"

林霄看了看头顶的爬梯,又看了看爬梯正下方的地面,接着拿出卷尺测量了一下,回头对我说:"也许真的可以!不过凶手爬上去之后,尸体怎么办?"

249

"我猜测凶手可能事先用一段绳子，绑在尸体身上，他上去之后，再通过绳子将尸体吊上去。"

"那你之前做尸检的时候，有没有发现可疑痕迹？"

"没有，尸体被烧成那样，啥也看不到也不奇怪。"

林霄点点头，语气中有掩饰不住的笑意："那我们只好上去，看看爬梯上有没有痕迹。"

"上就上呗！你笑个啥啊！"我有种不好的预感。

"你帮我垫一下脚。"

"为啥不是你帮我垫？"我下意识地反驳道。

"你看你，平时动不动就讽刺挖苦我，现在让我踩一下咋了？要是爬梯上有指纹，我还要取指纹呢！"

我一时竟无法反驳，只能不情不愿地扶着墙蹲了下来，林霄倒是一点不客气，直接踩了上去。

"我的天，平时没看出来，你咋这么沉……"

我的吐槽很快被林霄打断："老陆，这爬梯上有手套印，还有泥，看来近期真的有人爬过！"

"看好了没？看好了快下来，我要撑不住了……"

"等拍照固定完，你把勘查设备递给我，我直接上楼顶。"

没一会儿，林霄顺着钢筋爬梯回到了地面，我悬着的心也落了回去。

"怎么样，老林，有没有什么发现？"

"601正上方的楼顶边沿，有明显的绳子摩擦痕迹，我提取到了绳子的纤维。楼顶上的足迹非常清晰，还有拖拽重物的痕迹。此外，上面有个水箱架子，周围有很多圈足迹。根据这些痕迹信息，我还原了一下凶手的轨迹。首先，凶手将绳子的一端捆着尸体，带着另一端先爬上去。上去之后，他没有直接用手拽尸体，而是将绳子绑在自己身上，用全身的力量往反方向用力拖拽，这也是为什么房顶边沿有绳子摩擦的痕迹。等尸体拽到了房顶边沿，凶手将身上的绳子解下来，绑在水箱架上固定好，然后到房檐处把尸体搬上屋顶。后面就是用差不多的方法，把尸体降到601阳台的高度，再通过楼梯间到601，将尸体拽回去。在这个过程中，尸体被刮破了，地上有一滴血迹，你看是不是人血。"

林霄说完，递给我一根带血的棉签，我用抗人血红蛋白试纸一测，果然是人血。

"这也解释了为什么601卧室的地上会有一滴血迹了。这个血迹要回去做DNA检验，大概率是死者的。"

"我还有一个更好的东西给你看！"林霄神秘兮兮地说，然后拿出一个物证袋子，里面是一只沾血的手套，"你看，虎口的地方还有一处条索状破口，破口的纤维断裂边缘变得很薄，并且有浸染血液。"

"这会不会是凶手拽绳子的时候磨破的？他手也破了，为了查看伤情摘掉了手套，不小心落在了这里！"我推测道。

"我也是这样认为的，不过有个问题，我暂时还没想明白。"

"啥问题？"

"凶手到601阳台，将绳子上的尸体解下来，但绳子的另一头还在水箱上绑着，他怎么回收的绳子？凶手最初爬上三米多的梯子是踩着尸体够到的，这时候尸体都在601了，他去解绳子的时候踩什么？难道有别的东西垫脚吗？"

我想了一会儿，回答道："这确实是个很大的疑点，我一时也没有头绪。先去跟权彬会合吧，不行了先回局里，检测这个手套上的DNA，看会不会有啥

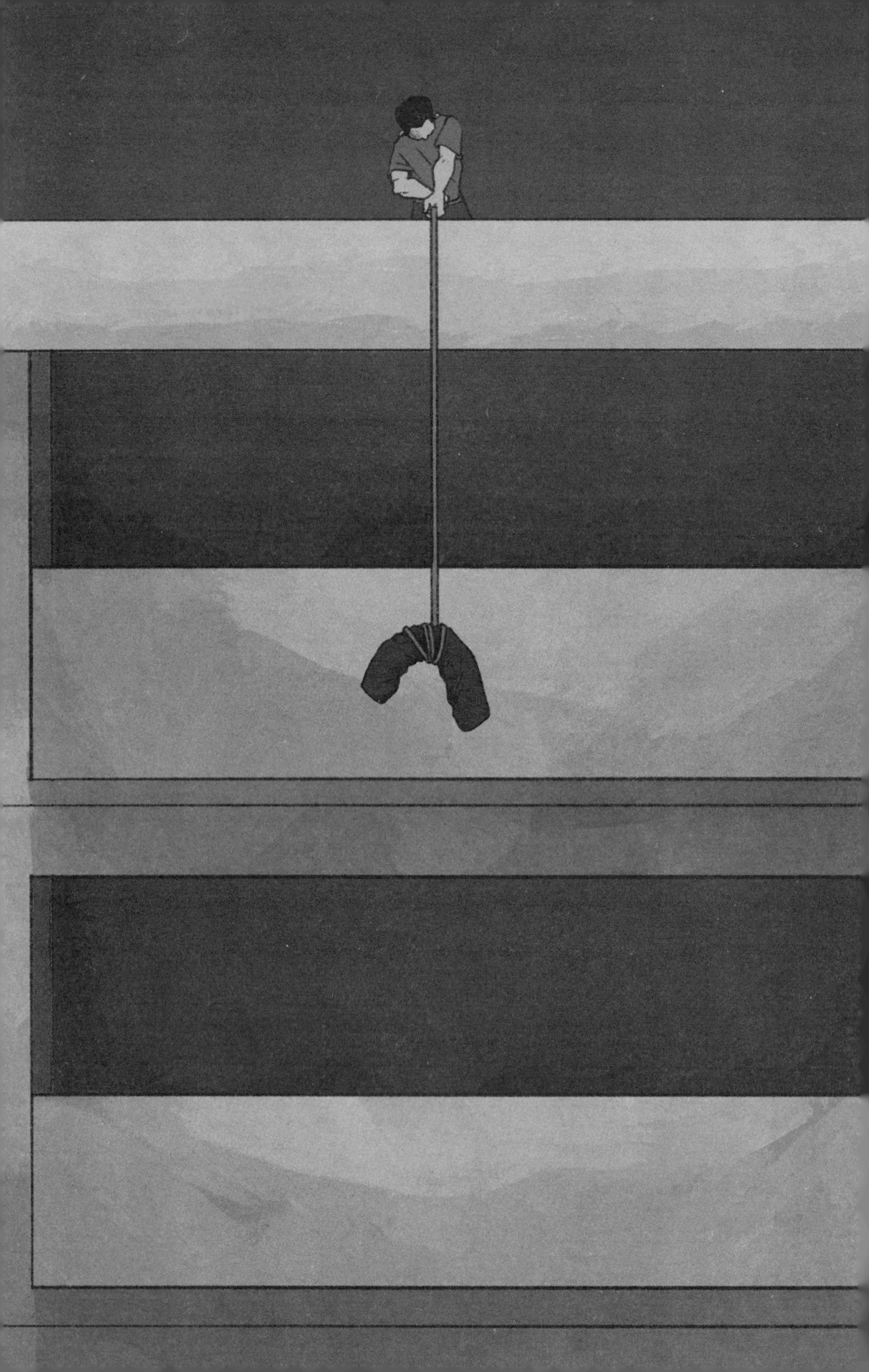

发现。"

我话音刚落，便接到了权彬的电话："陆哥，在监控里排查到两辆非本小区业主的车，在可疑时间段进出小区，但是物业的监控摄像头太差，两辆车的车牌都没有拍清楚。"

"记录车辆信息，咱们回去慢慢查！"

车刚开进局大院，权彬就立刻去了指挥中心，和交警队的人一起调取路面监控权限，寻找可疑汽车的轨迹。视频追踪是件烦琐的事情，不仅依赖好的硬件设备和摄像头的科学分布情况，更需要追踪人员专业的技术素质和研判能力，想要有个满意的结果，必须耗费大量的时间，我和林霄现在只能耐心等待。

林霄在办公室电脑前整理在楼顶拍摄的照片，我拿出包里的物证袋，打算将里面的手套送给王宇检验DNA，确定上面的血迹来源。

这时，手套背面的商标突然引起了我的注意。由于上面的标志是橡胶烫印上去的，时间一长橡胶脱落了，只能看见残缺的两个半圆。

我叫上林霄一起去了旁边的实验室，在痕迹比对显微镜下仔细检查了一下，橡胶虽然脱落了，但热压的痕迹在显微镜下看得很清楚，是奥迪车的标志。

"这应该是买车送的工具手套吧！你的车不也是奥迪的？你没这个手套？"林霄问道。

"我那车好多年前买的，当时是送了把伞。对了！阿彬说案发那晚有两辆可疑车辆进出过小区。快走，把手套送去做DNA，然后去问问权彬车找到没。"

权彬正在电脑前聚精会神地排查路面监控，两只眼睛紧紧地瞪着屏幕。

"阿彬，怎么样，有线索吗？"

"目前还没有，不过我排除掉了一辆可疑车辆。"

"剩下的是不是奥迪车？"

权彬有些吃惊地问："老大，你怎么知道？"

"阿彬，你是怎么确定这辆车嫌疑最大的？"林霄急忙问道，没给我显摆的机会。

"我在公安网查到，这辆白色奥迪登记的车主，是死者张梦婷的姑姑，我电话确认过，车是她姑姑送给她的。"

"小区保安不是说这车不是业主的吗？"

"张梦婷才接手车不久，还没到物业去登记，只是办理了出入识别，所以嫌疑人才能开车进出。"权彬说道。

"嫌疑人可以开死者的车，两人关系不一般啊！阿彬，你继续找车，我们离真相越来越近了。"

我心中突然涌现出了一个猜测，这辆车很重要，很可能，它不只是运尸体的工具，还是……

我安排了两个值班辅警去帮权彬排查监控，现在破案的关键就在那辆车上了，我们只能继续怀揣着希望等下去。

不知不觉夜已深了，林霄已经在值班室的床上睡去。我瞪着天花板，不知过了多久才逐渐进入梦乡。

迷迷糊糊中，听到了权彬的声音。

"怎么了？车找到了？"我半睁着眼睛，着急地问道。

"找到了。"

"在哪里？"

"在南城外龙仙湖里！"

"啥玩意？车在湖里？"

"严谨来说，应该是在湖边的水里。"

"这下有点难搞了！叫上王洁和林霄，我们去勘查现场。"

致命关系

按着所里提供的定位，我们很快来到了龙仙湖。在警灯和车灯的照射下，可以看到湖边的浅滩里有一辆白色的车。

"陆师傅，你们来了。"龙仙派出所的沈波向我们招手。

"阿波，是你们帮着找到这辆车的吗？"

沈波点点头："权彬说跟命案相关，我们没有动，就通知你们了。"

"有没有人看到是谁开过来的？"

"去附近村里问过，没有人看见。"

"先拍一下概貌，然后把车拖上来吧。"

林霄拿出相机，从不同角度拍好了照片。所里的兄弟拿了绳子过来，把水中的奥迪车和警车连在一起，然后加足马力，将车拖了上来。

又拍了一遍概貌后，林霄绕到车后打开后备箱，里面放着的正是我们要找的东西：奶头锤、透明胶带，还有一条扁长的带子。

林霄一个个拍照固定后，把带子拿在手上说道："这应该就是用来吊尸体的，表面的纤维磨损得很厉害，要回去好好检查一下有没有血迹。"

接着，他将装着奶头锤的物证袋递给我说："你觉得这是不是凶器？"

"这个工具符合死者颅骨损伤的特点，不过具体还要回去做 DNA。"

"DNA 还能做出来吗？"

"有点难，毕竟在水里泡了这么久。不光是这几个工具，这个车我们都要处理一下，里面应该还有血迹。"

"血迹？师兄，你在车里看见血迹了吗？"王洁疑惑地问道。

"是潜血，肉眼看不见，但肯定有。"

看几个人一脸困惑，我解释道："之前通过尸检，我推断第一杀人现场应该是个狭小的空间，我现在高度怀疑，就是这辆车。至于我的猜测正确与否，就要结合车上的潜血情况和血迹形态进行分析了。作案工具要是也确定下来，这案子就没得跑了，至于凶手是谁，我相信很快就会浮出水面了。老林，车的里里外外先拍照固定。阿彬，联系交警队叫拖车把车弄回去。小洁，把车后备箱里的东西全部送检 DNA，王宇有得忙了。"

我和林霄搜索了湖周围，没找到更多线索，看来凶手将车沉入水中后就离开了，至于离开的方法就不得而知了。

回到局里，他们几个各自去忙了，我坐在办公桌前面，看着现场拍回来的照片陷入沉思。目前作案动机虽然还不清楚，但作案手段应该跟我推断的出入不大。凶手在车内用铁锤将被害人杀死后，将尸体运回死者住处，然后伪造火灾现场。这一切都做完之后，再将车沉进湖里试图毁灭证据。只是车沉得不够深，被派出所的兄弟发现了。

已经接近凌晨，我正打算去睡觉，手机突然响了起来。

"喂，肖良，怎么样？"

"陆哥，我们走访了跟死者关系比较近的人，他们都不知道死者和异性同居过。不过，我们在死者的银行流水上找到了突破。一个叫刘耀辉的私企老板，给死者转过很多次钱。据他的一个朋友说，张梦婷就是刘耀辉的女友，两人还在一起住过一段时间。"

"你们有没有找到这个刘耀辉?"

"我正要说,刘耀辉两个小时前坐高铁走了,目的地是他老家,明早到。"

"好!通知铁路公安协助,一定把他堵住。"

"乘警已经堵住了,我现在开车去把他带回来。"

"好的,辛苦你了,抓到人第一时间取口腔唾液拭子送检 DNA。"

等肖良回来估计还有几个小时,王宇那边的结果也还没出来,看着事情离真相越来越近,除了心里轻松,困意也慢慢袭来。我拉开折叠床,躺下去就马上睡着了。

我做了一个梦,梦里林霄牵着一个女孩,对我说这是他的女朋友。女孩身姿挺拔,一袭白裙很是美丽。我不由得看向女孩的脸,她的脸被一头乌黑的头发遮住。林霄轻轻拨开女孩的头发,我吓得全身的汗毛都竖了起来,那女孩不是别人,正是死者张梦婷。

我瞬间惊醒,从折叠床上坐了起来。

"叫那么大声,做噩梦了?"林霄一边嘲笑我,一边递过来一杯水。我呆坐着,半天才回过神来。

"老林,我老婆医院里那么多护士和医生,我一定帮你介绍一个,解决你的终身大事。"

"刚起来就抽风,你究竟做了个啥噩梦?和我有啥关系?"

"没什么。"

林霄刚要追问,王宇推门走了进来。

"咦,陆哥和林霄哥都在啊!"

"怎么样,结果出来没?"林霄问道。

"出来了,你们送检的绳、手套和锤柄上,都检出了同一个男性的 DNA 分型，并且和死者口腔里检出的男性 DNA 分型相同。锤头上有一小块皮肤组织，检出了死者的 DNA。房顶和 601 卧室的血迹都是死者的。"

"好的，辛苦你了王宇。不出意外，凶手要落网了，到时候还要麻烦你检测他口腔拭子来核实，如果对中锤柄，案子就破了。"

"嫌疑人身份清楚了？他为啥杀人？"

"现在还不清楚，要等肖良把嫌疑人带回来，审讯完才能知道，现在先去休息吧。"

五小时后，我接到了肖良的电话："陆哥，刘耀辉全都撂了！你要不要过来看看？我们在第一审讯室。"

"他没有辩解否认吗？"

"我把锤子、绳子还有汽车照片给他看了，还告诉他我们已经掌握了全部证据，他可能觉得抵赖不掉，就招了。"

"好的，我现在就过来。"我挂了电话，叫上林霄一起去了审讯室。

刘耀辉坐在审讯椅上，眼神空洞地看着前方，时不时发出一声长长的叹息。

"刘耀辉，我是这个案子的责任人，姓陆，你有什么想和我说的吗？"

他抬头看了看我，又缓缓低下头："我没啥想说的了。陆警官，你们还想问啥就问吧。"

"你为什么杀张梦婷？"

刘耀辉的情绪没有任何波动，眼睛盯着地面不紧不慢地说："我刚刚跟那位警官说了，我很爱张梦婷，在她身上投入了很多感情和金钱，我是真的想和她结婚过一辈子。没想到，见我这两年生意不景气，她就想离开我。我想找她谈谈，结果一冲动失手杀了人。"

"你是没控制住情绪失手杀了她？少在这里胡扯了，你是带着锤子去找她的吧？"

听我这么说，刘耀辉沉默不语，表情也没有太大变化，但眼神却变得跟之前不太一样。

"刘耀辉，你一个大老板，身边的女人不止张梦婷一个吧，会因为分手而杀人？你觉得我信吗？老实交代，为什么杀张梦婷？"

刘耀辉低着头，不知在想什么。过了一会儿，他像是下定了某种决心，然后抬起头，盯着我说道："好吧，我实话告诉你们吧，她是我的情人，我有老婆也有孩子，跟她在一起是挺开心的，但也仅此而已。时间长了她逼我跟她结婚，我怎么可能为了她离婚，就没答应，给了她一笔钱安抚住了。谁知这才是噩梦的开始，自那之后，她动不动就问我要钱，我稍微迟疑或者不情愿，她就威胁说要去找我老婆，还要去我孩子学校闹。我一次次地妥协，花钱买消停，结果她尝到甜头越来越过分，我实在受不了了，决定冒险解决这个麻烦，就对她动了手。"

"你是不是在车里把张梦婷打死后，从房顶将其尸体运回她的住处，最后点火制造火灾现场的？"

"你怎么知道？"从进入审讯室到现在，我第一次在刘耀辉的眼神中看到了震惊。

"你胆子还真大，就不怕被看见！"

"刘耀辉，你戴的面具在哪里？"林霄在一旁问道。

"什么面具？我没戴面具啊！"刘耀辉辩解道。

"那你悬吊完尸体上楼的时候，用什么挡着脸？"

"丝袜，张梦婷的肉色丝袜。"

"丝袜丢在哪里了？"

"小区的垃圾车里。当时我开车走了以后，又折回去看火烧得大不大，正

259

好看到消防员救火，我心里害怕烧得不彻底，留下蛛丝马迹，就在围观的人群里看他们救火。随后看到你们警察来了，我害怕了，想起来还没有处理张梦婷的奥迪车。"

"所以你就把车开到湖里？"

"我以为那个地方水很深，结果刚开下水发动机就熄火了，拽不上来也推不下去。"

"所以你慌了，就想着买车票逃走是吗？"

"我大脑一片空白不知道怎么办了！"

"刘耀辉，你以后有大把时间想了。"

后来肖良做完笔录，刘耀辉交代的整个作案过程和我推测的基本一致，那个我和林霄都想不明白的问题也有了答案。刘耀辉在601伪造完现场放完火后，直接从卧室的阳台，顺着吊尸体的绳子爬回了楼顶。这里距楼顶很近，对身强力壮的他来说，爬上去并没有什么难度。随后，他解开水箱上的绳子，沿着楼侧面的爬梯爬下去离开了。